August Wilhelm Iffland

A. W. Ifflands dramatische Werke

Fünfter Band

August Wilhelm Iffland

A. W. Ifflands dramatische Werke
Fünfter Band

ISBN/EAN: 9783743678163

Hergestellt in Europa, USA, Kanada, Australien, Japan

Cover: Foto ©Andreas Hilbeck / pixelio.de

Weitere Bücher finden Sie auf **www.hansebooks.com**

august wilhelm

A. W. Ifflands

dramatische Werke

Fünfter Band.

Frauenstand.

Der Komet.

Hausfrieden.

Leipzig,

bey Georg Joachim Göschen. 1799.

Frauenstand.

Ein Lustspiel in fünf Aufzügen.

Personen.

***

Hofrath Leffenfeld.

Hofräthin.

Fritz, ihr Sohn.

Herr Leffenfeld, des Hofraths Onkel.

Sekretär Ramstein.

Rath Berg.

Mamsell Rauning.

Werner, Aufseher auf des Hofraths Gute.

Herr Ludwig, ein Kommissionär.

Friedrich, des Hofraths Bedienter.

Margrethe, Mädchen der Mamsell Rauning.

***

Erster Aufzug.

Zimmer in des Hofrath Lestenfelds Hause.

Erster Auftritt.

Margrethe und Friedrich in lebhafter Unterredung.

Friedrich.

Darum mache Sie, daß Sie wieder fort zu Ihrer Mamsell kommt!

Margrethe. Bedenkt Er, was Er thut?

Friedrich. Nun und nimmer keine Heirath unter uns beiden!

Margrethe. Können wir dafür, wenn Sein Herr schief sieht?

Friedrich. Ihr dreht ihm den Schnabel schief.

Margrethe. Hm! verliebt — verliebt ist meine Mamsell nicht in Seinen Herrn.

Friedrich. Was liebt die, als ſich ſelbſt!

Margrethe. Und daß Sein Herr das Gut überdrüſſig iſt, was kann meine Mamſell dafür?

Friedrich. Deine Mamſell, der Rath Berg und Du ſind des Schwarzen Helfershelfer. Darum iſt mein Herr das Gut überdrüſſig, darum iſt er ſeinen erſten beſten Freund, den Sekretär Ramſtein, überdrüſſig — wer weiß — iſt er Frau und Kind nicht auch überdrüſſig!

Margrethe. Die Reue bleibt niemals aus. Warum hat der Hofrath nicht meine Mamſell geheirathet? Gewollt hat er es —

Friedrich. Hat aber die Waare vor dem Kauf beſehen und die ſchlechten Stellen im Stück gefunden.

Margrethe. Nun freylich, die Frau Hofräthin iſt ſans Apprêt, das muß man ihr laſſen. Aber —

Friedrich. Was heißt das?

Margrethe. Ha ha ha ha!

Friedrich. Allons! Gott befohlen — fort!

Margrethe. Zu dienen, das will ich. O, wir wiſſen doch auch, wer wir ſind.

Friedrich. Warum nicht? Das weiß die ganze Stadt.

Margrethe. Impertinent — imperti — Aber nein; man muß ſeines Gleichen mit Höflichkeit

begegnen.　Da — nehm' Er die Tobaksdose wie=
der, die Er mir vorige Messe verehrt hat.

Friedrich. Gut. — Es steht des Monsieur
Blanchard sein Luftschiff darauf, und das hat nun
doch wohl seine Vorbedeutung gehabt.

Er schnupft daraus.

Margrethe. Wehmüthig. Ich habe Ihm doch
immer den schönen ächten Pariser daraus offerirt.

Friedrich. Ja, der Pariser war immer extra.

Margrethe. Und habe wieder ein ganzes
Pfund für Ihn bey mir, wenn Er —

Friedrich lächelnd. Pariser?

Margrethe zuthätig. Freylich.

Friedrich. Ist es erlaubt?

Margrethe zieht den Tobak hervor, öffnet.

Friedrich schnupft. Wie lauter Blumen, wahr
und wahrhaftig!

Margrethe. Und viel mehr soll Er haben,
wenn Seine massive Ehrlichkeit nicht Lärm darüber
schlägt, daß meine Mamsell das Gut von Seinem
Herrn gekauft hat.

Friedrich. Sagt, die Mamsell?

Margrethe. Ja. Geschehen ist es nun doch,
denn eben habe ich die Ohrringe dafür gebracht.

Friedrich. Ohrringe? Ohrringe für ein Gut!
Geh — Du machst mich heiß. Wenn meine Ehr=

lichkeit maſſiv iſt, ſo iſt ſie dafür auch ganz. Um
Kaffee und Tobaks willen brennt ſchon mancher
Bediente bey dem — Gott ſey bey uns. Packe
Sie Sich fort, Sie, die Zettelchen, die Beſtel=
lungen und der Tobak, zu Ihrer Jeſabell.

Er hat ſie haſtig nach der Thür geführt.

Zweyter Auftritt.

Friedrich. Hofrath. Rath Berg.

Hofrath. Was giebt es?

Friedrich. Ich — meinte nur ſo — gegen
Jungfer Margrethen —

Hofrath. Worüber lärmteſt Du?

Friedrich. Daß ſie — daß ich den Pariſer
Tobak nicht mehr recht vertragen kann.

Hofrath. Gewöhne Dir das bäuriſche Toben
ab. — Iſt der alte Werner vom Gute in der
Stadt?

Friedrich ſeufzt. Ja!

Hofrath. Wenn er kommt, daß man ihn
zu mir ſchickt, gerade zu mir. — Jetzt geht —
worauf wartet Ihr?

Friedrich. Ob Sie vielleicht — etwa wegen
des Gutes —

Hofrath. Geht.

Friedrich geht fort.

Hofrath. Unausstehlich, bey meiner Seele!

Rath Berg, der gleich Anfangs ein Buch genommen hat darin zu blättern. Was?

Hofrath. Alles im ganzen Hause nimmt seit kurzem den ermahnenden Ton gegen mich an.

Berg. Wie für sich. Das Buch ist schön gedruckt. Lettern und Papier sind —

Hofrath. Wozu das? Ich spreche —

Berg. Ja ja. Gehört habe ich schon, aber antworten will ich nicht darauf.

Hofrath. Berg, ich bin unglücklich. Die Verhältnisse in meinem Ehestande sind fromm — und gut; allein sie machen weich, muthlos, halten mich auf; sie engen, quälen, bängen und pressen mich matt und elend!

Berg legt das Buch weg. Freund, Du wolltest solid werden.

Hofrath. Nun ja —

Berg. Und warbst deßhalb Ehemann.

Hofrath. Still, still — ich bin ja auch Vater.

Berg. Also komplet solid.

Hofrath. Ach ja, ja.

Berg. Heirathen — kann man, nach meinem Begriff, nur aus zwey Ursachen: bequemer zu seyn, oder sich zu poussieren.

Hofrath. Heirath aus Leidenschaft —

Berg. Ist Tollheit.

Hofrath. Aus ruhiger Ueberzeugung, daß —

Berg. Ach, die Ueberzeugungen — wir kennen das. — 'Nein — man hat nicht gern, daß die Suppe anbrennt, man hält etwas auf ein gut versehenes Ameublement, man liebt eine bestimmte Konversation — nun nimmt man eine Frau. Gut! So hast Du es gemacht, und nun sey zufrieden.

Hofrath. Da ich nun aber, eben durch die Gefühle, welche diese Ehe mir geben würde, mich, Weib und Kind zu erheben, auf hohe Stufen von Glück und Ehre zu bringen träumte —

Berg. Da träumtest Du.

Hofrath. Nun bin ich erwacht, und sehe das.

Berg. Hast Du einen Weg machen wollen — so hättest Du die Rauning heirathen sollen; die hat Familieneinfluß.

Hofrath. Ich habe sie nicht geliebt.

Berg. Ich liebe sie auch nicht, und denke sie doch zu heirathen, und sehr glücklich zu seyn.

Hofrath. Wie soll das möglich seyn?

Berg. So gut als Du und Deine Frau sich herzlich lieben und nicht glücklich seyn können.

Hofrath. Könnte das stille Hausleben mir genügen — kein Mensch wäre glücklicher als ich.

Berg. Nun so lege Dir eine Perücke zu, schaukle Dein Kind und laß Dir genügen.

Hofrath. Und meine Aussichten? Kraft ist in mir — das sagt die Welt —

Berg. Und ich fühle es.

Hofrath. Vor mir ist Bahn zu Ehre und hohem Glück.

Berg. Betritt sie mit Mannseifer, noch geleitet Dich Jugendglück.

Hofrath. Wenn ich es will, dann hängen Weib, Kind, Ehestand und Bürgerton sich an mich, und ich bin an den Boden gebannt! Ich bin verheirathet, ich bin verschenkt, ich bin weg! In keiner Tochter Leidenschaft kann ich wirken, und in keines Vaters Plan kann ich nützen. Todt bin ich für die Welt, und muß die Flamme, die in mir brennt, in Rauch vergehen sehen.

Berg. Was kann ich dazu sagen?

Hofrath. Mir rathen, wie ich es ändre.

Berg. Du kannst — aber Du wirst nicht.

Hofrath. Ich will. Ich sage Dir, ich will.

Berg. Nie — denn Du kennest —

Friedrich tritt ein. Ihr Herr Onkel läßt fragen, ob die Schrift fertig ist —

Hofrath. Schrift? — Welche? —

Friedrich. Für den Mann, den er Ihnen empfohlen hat —

Hofrath. Ah — ah so. Ja. Hole Er von meinem Schreibtische die Papiere linker Hand.

Friedrich geht in des Hofraths Kabinet.

Hofrath. Warum würde ich es nie ändern können?

Berg. Du kennst die Weiber nicht. Du kniest vor ihrer Liebe, ihrer Zärtlichkeit, ihrer Anhänglichkeit. Alles dieß ist eine Laune, die wechselt. Wer noch auf diese Laune Plane baute, hat es mit Haarausraufen bezahlt. Die Dich am besten amüsiert, ist die beste. Der übrige gute Wille der sämmtlichen schönen Zunft geht mit in den Kauf. Sey ihnen gut, nur verehre sie nicht.

Hofrath. Ich begreife das.

Berg. Da sitzest Du, gaffst mit Weib und Kind in die Abendsonne, und dann soll Dir Glück und Ehre wie Manna vom Himmel kommen.

Hofrath. Es ist wahr, es ist wahr!

Friedrich bringt einen Stoß Akten.

Hofrath. Das — an meinen Onkel. Das Uebrige in die Regierung.

Berg. Warte Er noch. Er sieht die Sachen obenhin an. Das alles hast Du schon expediert?

Hofrath. Die vorige Nacht.

Berg. Geh Er nur.

Friedrich geht ab.

Berg. Du bist ein herrlicher Kopf, ein treff=
licher Arbeiter. Talent, Welt, Suada, Figur!
Alle Menschen könntest Du überflügeln, wenn diese
tolle Jugendwärme sich abkühlen wollte. Aber Herz=
lichkeit verdrängt die Vernunft, Du arbeitest Dich
zu Tode, und alles, was Du davon hast — ist ein
Lob, das Dir Deine Frau an der Spindel ertheilt.
Kein Mensch weiß daß Du lebst, sähe man Dich
nicht Sonntags nach der Kirche auf der Promenade
den Fallhut Deines Kindes tragen.

Hofrath. Seit geraumer Zeit habe ich doch
für das Aeußere manches, mit großen Kosten sogar,
gethan.

Berg. Alles ist umsonst gethan, so lange der
Papa Dein brillantester Titel ist. Lebe mit der
Welt wie sie lebt, höre den Wächter nicht blasen,
die Reveille nicht schlagen, Champagner = Muth
throne auf Deiner Stirne, arbeite leicht, mache
die Menschen Dir anpassend, mache sie fremd in
ihren eignen Zimmern. Sieh — die Welt, die
uns heben oder stürzen kann, ist träge oder bos=
haft — Beide weichen nur der Gewalt; also wol=
len wir sie beherrschen oder bekriegen.

Hofrath. Bey einer gewissen Klasse mag es
angehen, allein —

Berg. Klasse — Klassen! Für den Mann
von Kopf giebt es nur Menschen und keine
Klassen. Das habe ich Dir schon vor sechs
Jahren geprediget; jetzt predigen es ganze Völker.

Hofrath. Ich soll die Aufmerksamkeit der Großen reißen —

Berg. Halt! Reißen — nicht beschäftigen. Kennen mögen sie Dich: studieren sie Dich, so bleibst Du Schreiber. Liebenswürdiges Nichts — schlüpft überall durch. In Scherz, Geschwätz und Lachen, stehst Du da, Herr und Herrscher! Wenn Du so weit bist — dann — ja dann nimm Deine Kraftsuppen am Kamin, dann gaffe mit Weib und Kind in die Abendsonne: so schwärmst Du gescheidt.

Hofrath reicht ihm die Hand. So soll's seyn. Aber meine Frau — welche Figur in den großen Zirkeln!

Berg. Laß sie dort weg. .

Hofrath. Das kränkt sie dann wieder.

Berg. So schicke ihr Leute von Welt und Leben ins Haus, dann kommt das dunkle Kolorit in goldnen Rahm. — Es ist mir lieb, daß das Gut weg ist, wo Deine Frau Dich den Sylvio spielen ließ. — Es ist freylich zu wohlfeil weggegeben. Aber —

Hofrath. Darüber habe ich keine Reue. Ich wollte die Rauning verbinden.

Berg. Spiele ich Dir nicht einen Streich, wenn ich sie heirathe? Denn Du hast den Wahnsinn, alles mit Leidenschaft zu thun.

Hofrath. Nicht doch.

Berg. Amüsire Dich bey ihr. Liebst Du, so gehörst Du ins Tollhaus.

Hofrath. Sie interessirt sich sehr, daß ich die Referendarstelle erhalte.

Berg. Ich weiß es.

Hofrath. Das ist edel.

Berg. Gar nicht. Rache ist es gegen Ramstein, der Dich abhielt, sie zu heirathen, und auch Referendar seyn will.

Hofrath. Ramstein sucht die Stelle? So bewerbe ich mich nicht mehr darum.

Berg. Bist Du von Sinnen, Mensch?

Hofrath. Ich weiß, was ich meinem ersten Freunde schuldig bin.

Berg. Wieder Roman! Mein Herr, wir leben nicht auf der Insel Felsenburg, wo die Brillanten in Hutköpfen weggegeben werden. Nimm, was sich Dir beut.

Hofrath. Und wie sich es beut?

Berg. Nein ich verzweifle an Dir! Da ist nirgend System; überall Wallungen, die dem Knaben in rundem Haar mit englischem Kragen naiv genug lassen möchten; den Mann machen sie zum Spott.

Hofrath. Sollte man diese Gefühle, die so glücklich machen, mit den Planen der Ambition nicht vereinigen können? Berg — das wäre so edel! Herzlich. Sollte man das nicht können?

Berg. Du kannst es nicht.

Hofrath. Nun so überlasse ich mich Dir.

Berg. Wollen sehen! Willst Du Referent werden? — Ja oder nein!

Hofrath. Ich will.

Berg. Gut. Adieu! Nur das bitte ich, sey gegen Deine Frau honett.

Hofrath. Natürlich.

Berg. Höflich. Giebt's Tragödien, so laß Dich nur nicht auf Sentiment ein, sonst bist Du verloren. Aufhebung der Barrieren, ohne Erklärung, dann Höflichkeit und Jovialität, und so fort; so verwandelt sich der Sturm in Blokade; zuletzt lässest Du ihr einen ehrenvollen Abzug. Adieu, Leſtenfeld. Geht ab.

Dritter Auftritt.

Hofrath. Onkel Leſtenfeld.
Er hat eine Schrift in der Hand.

Hofrath geht ihm entgegen. Guten Morgen, lieber Onkel.

Leſtenfeld. Auch so, Vetter! Schon auf dem Sprunge?

Hofrath. Wie so?

Lestenfeld. Schon zum Ausgehen fertig?

Hofrath. Es ist nicht mehr so früh —

Lestenfeld. Für uns andre nicht. Für jemand, der nicht geschlafen hat, aber —

Hofrath. Glauben Sie, daß ich —

Lestenfeld. Pst! die frische Dinte verräth Dich. Du hast mir und meinen Klienten Wort halten wollen, darum mußte die Nacht gearbeitet werden. Das ist so das genialische Wesen.

Hofrath. Genialisches Wesen? Onkel, ich bin ja im fünften Jahre schon verheirathet.

Lestenfeld. Nun — vielleicht auch genialisch verheirathet. — Auf die Schrift zu kommen — Du hast kräftig gearbeitet und pünktlich, wie ein Mann von Geschicklichkeit und Wort! — Warum hältst Du der Frau allein nicht Wort?

Hofrath. Der Frau? Meiner Frau?

Lestenfeld. Ja. — Sieh meine festen Nerven an — Ordnung hat sie erhalten. Wenn Du in meine Jahre kommst, wie wird es dann seyn? Kalte Bäder, Schwindel, Ohnmachten, gefütterte Fenster, Pelzstiefel, Vipernbrühe — und wenn ein Knabe durch die Gasse hüpft und sein Stückchen pfeift — ein zorniger Keichhusten hinter dem Ofen. — Heißt das Frau und Kindern Wort gehalten?

Hofrath. Finden Sie meine Gesundheit so zerrüttet?

Leſtenfeld. Noch nicht. Sieh aber nur den Rath Berg an. Zwar — ſehen kann man ſeinen Verfall nicht ſo ſehr, allein man fühlt ihn deſto mehr.

Hofrath. Der Rath Berg —

Leſtenfeld. Iſt ein verlebter Menſch, der Kraftloſigkeit für Syſtem ausgiebt. Darum erſchrecke ich, ſo oft er ins Haus kommt.

Hofrath. Sie thun ihm Unrecht.

Leſtenfeld. Er führt Dich irre.

Hofrath. Wie fern?

Leſtenfeld. Dein Geld, Deine Einrichtung läßt man Dich verſchleudern um eine hohe Stelle. Erlangſt Du ſie, ſo biſt Du arm. Das heißt geſtickte Kleider tragen und keine Wäſche darunter.

Hofrath. Ich habe jetzt gewiſſe Hoffnung.

Leſtenfeld. Hoffnung — und Gewißheit — das ſind ja Widerſprüche! Aber ſo geht es: in den einfachſten Dingen ſieht man nicht mehr klar, wenn man in dem Taumel der Hoheit ſchwebt.

Hofrath. Herr Onkel —

Leſtenfeld. Laß den Satz ja gelten — er iſt noch Deine einzige Entſchuldigung —

Hofrath empfindlich. Das heißt —

Leſtenfeld. Man phantaſiert nicht ohne Hitze.

Hofrath. Wenn Sie glauben, daß ich in der Hitze bin —

Lestenfeld. Ich glaube es, und denke an Aufsicht! — Du suchst die Geheime = Referendars = Stelle. Wenn nun Ramstein Dir den Rang abliefe?

Hofrath kalt. Es ist möglich. Er hat die Achtung der Welt, und seine Arbeiten müssen Auf= sehen machen, eben weil er sie nicht. um des Auf= sehens willen thut. Wahr! Dann auch ist er reich, und man kommt immer dem Reichthum entgegen.

Lestenfeld. Aha! Darum mußt Du durch Entkräftung reich scheinen. Neffe, was wird Verg Dich scheinen lassen, wenn Du nun nicht mehr reich scheinen kannst?

Hofrath. Bey Gott, Sie verkennen ihn —

Lestenfeld. Nicht doch! Er hat Imagina= tion, und meint, daß er das glaubt, was er Dich lehrt. Er vergißt aber, daß noch zu viel Saft und Kraft in Dir ist, als daß Du seinen frivolen Weg mit Sicherheit gehen könntest; daher zer= sprengst Du alle Augenblicke die gebrechlichen Schran= ken, die er Dir setzt.

Hofrath. Alles dieß — lieber Onkel, wohin soll es uns führen?

Lestenfeld. Wir sind daran: Zum frühen Grabe Deiner Frau und einem trostlosen Alter für Dich!

Hofrath. Was?

Leſtenfeld. Höre! Die erſte Baſis von
Bergs Syſtem iſt, die Frau — die Ehefrau — zur
Haushälterin herabzuwürdigen. Dahin leitet man
Dich —

Hofrath. Onkel —

Leſtenfeld. Du gehſt freylich dieſen Weg
mit Sträuben — aber Du gehſt ihn doch.

Hofrath heftig. Nein! bey allem —

Leſtenfeld. Ja! Du willſt — und kämpfeſt;
Du kämpfeſt und leideſt. Dieß ſoll niemand ſehen —
denn jede Unentſchloſſenheit iſt Schwäche; das fühlſt
Du doch noch — daher entſteht Zurückhaltung.
Und nun laß mich feierlich die Frage an Dich
thun, warum ich eigentlich gekommen bin: —
Ob Du bedacht haſt, wohin Zurückhaltung des
Mannes die Frau endlich führen kann?

Hofrath. Sie ſchaffen Sich Schrecken, die —

Leſtenfeld. Ausgewichen? Gut. So laß
mich ſtatt Deiner antworten. Eine Frau, die ihren
Mann in den Wirbeln der Leidenſchaft ſieht, kann
nur im Stillen entgegen ſtreben. Predigen und
fechten — führt nur zu wechſelſeitigem Ueberdruß.
Alles kann gut gehen, ſo lange beide für einander
Achtung haben können. Wenn aber in einem
unglücklichen Augenblicke ihre Achtung ſich min-
derte, ſo wäre ihre Liebe dahin. Die Ehefrau

haſt Du ſelbſt ſchon aufgegeben — Dir bliebe
alſo — die kluge Geſellſchafterin. Was Du dann,
Du — Dein Haus — Dein Kind — was Ihr
d a n n zu erfahren hättet — davor bewahre Euch
Gott!

Hofrath fein. Hat meine Frau über mich
geklagt?

Leſtenfeld. Da Du das frägen, jetzt fragen kannſt — ſo biſt Du weiter und feſter in Deinem Syſtem, als ich gedacht habe. — Kurz. Ich
kondoliere. Geht.

Hofrath. Herr Onkel!

Leſtenfeld. Ach ja, Herr Neffe!

Hofrath. Sie denken alſo geradezu —

Leſtenfeld. Ich denke — Beſinnt ſich etwas und
ſagt dann wehmüthig: daß ſo ein alter Kalender, wie
ich bin, in einem modernen Hauſe überflüſſiger
Hausrath wird. Klopft ihm auf die Schulter. Geduld,
Vetter, Du wirſt mich ja etwann doch noch los.

Vierter Auftritt.

Vorige. Hofräthin.

Hofräthin. Lieber Onkel —

Sie küßt ihm die Hand.

Lestenfeld. Guten Morgen. Einen schönen Tag dazu! Den lasse der Himmel leuchten über Ihnen! Dieß letzte sagt er mit Rührung.

Hofräthin. Freundlich. Wie bisher. Sie sieht den Hofrath an. Du siehst ernsthaft aus, lieber August? — Freylich ist es schon spät — und Du hast auf mich gewartet. — Sey nicht ungehalten über mein Ausbleiben. Ich mußte großen Hausrath halten, mein Buch schließen —

Hofrath. Ja, ja, eine ganze Haushälterin bist Du. Ueber allen ökonomischen Spekulationen bleibt Dir keine Zeit für das Leben. Nun — es ist ja auch keine Nothwendigkeit, daß wir zusammen kommen, ehe ich auf die Kanzley gehe.

Hofräthin. Erstaunt. Wie?

Hofrath. Ich meine, daß es gut und mir angenehm ist, wenn wir zufällig noch vorher zusammen treffen; aber es sey ohne Zwang, daß eins auf das andere wartet — ohne Zwang.

Hofräthin. Lieber August!

Hofrath. Wir sehen uns die übrige Zeit des Tages ungestörter. Adieu. *Er giebt ihr die Hand.* Auf Wiedersehen, Onkel! *Geht ab.*

Hofräthin. Adieu, August!

Fünfter Auftritt.

Leffenfeld. Hofräthin.

Leffenfeld *geht auf und ab.* Der Vetter ist übel aufgeräumt.

Hofräthin. Sie haben Recht.

Leffenfeld. Machen Sie Sich keine Gedanken darüber.

Hofräthin. Nicht im geringsten.

Leffenfeld. Er hat ein sehr verwickeltes Geschäft.

Hofräthin. Und das kann Laune geben.

Leffenfeld. Und Launen — geben Gesichter.

Hofräthin. Durch Gesichter denkt man sich die üble Laune zu erleichtern, wie das Zahnweh durch Augenzudrücken.

Leffenfeld. Die Gesichter sind freylich eine häßliche Gewohnheit.

Hofräthin. Bequemlichkeit.

Leſtenfeld.   Man ſoll aber auch nicht ſo bequem ſeyn.

Hofräthin.   So lebte man kürzer.

Leſtenfeld.   Sie ſind eine liebe Frau.

Sechster Auftritt.

———

Vorige. Werner.

Leſtenfeld.   Ey, ſieh da, unſer ehrlicher Werner!

Werner.   Es hat lange gewährt — Guten Tag, Madam.

Hofräthin.   Willkommen, lieber Alter.

Werner.   Ich weiß, daß ich willkommen bin, das freut mich.

Hofräthin.   Wie ſteht es auf dem Gute?

Werner.   Alles herrlich und wohl. Ich wäre längſt gekommen. Sind aber die Tage gut, ſo will die Feldarbeit gefördert ſeyn; bey ſchlechtem Wetter iſt aufzurechnen, und Haus und Keller nachzuſehen —

Hofräthin.   Und wer das ſo gewiſſenhaft thut, wie unſer guter Werner, dem bekommt dann Abends das Ruheplätzchen am Ofen wohl. — Setze Er Sich zu uns, guter Alter.

Lestenfeld giebt ihm einen Stuhl.

Werner setzt sich. Ja, seit Madam ins Haus gekommen sind, hat alles ein ander Ansehen. Wissen Sie schon, Herr Lestenfeld, daß Madam die Stallfütterung bey uns eingeführt haben?

Lestenfeld. Verwundert. Nein.

Hofräthin. Wie geht es damit?

Werner. Gar zu gut. Alles macht uns das jetzt nach.

Lestenfeld. Und das haben Sie so in der Stille ausgeführt?

Werner. Was? Um zwey tausend Thaler haben die Frau Hofräthin das Gut gebessert.

Lestenfeld. Wie ist das möglich?

Hofräthin fällt rasch ein. Wie ist es, hat der Fischteich sich gehalten?

Werner. Frau Hofräthin, auf jeden Zug einen Hecht.

Hofräthin. Das wird meinem guten Fritz Freude machen.

Lestenfeld. Das Kind hat einen leidenschaftlichen Hang zum Fischen.

Hofräthin. Ich habe ihm ein Fischnetz stricken müssen; er denkt und spricht von nichts anderm.

Werner. Wann kommen Sie denn nun für diesen Sommer zusammen hinaus?

Hofräthin. *Fröhlich.* Künftige Woche, hoffe ich.

Lestenfeld. *Zu Wernern.* Sie ist ganz Leben und Feuer, wenn sie von ihrem Gute spricht.

Hofräthin. Ja, ich hänge ganz an diesem Dörfchen — Dort kommt alles mir freudig ent-gegen. Die Alten grüßen mich vertraulich, rasch hüpfen die Kinder vor mir her. Da sehe ich Men-schen, denen ich Gesundheit gegeben habe, durch Arzney und Trost; Früchte, die ich pflegte; Bäume, die mein August setzte; eine Laube, worin er arbei-tet. Habe ich den Tag emsig und nützlich voll-bracht, mein August ist zufrieden mit mir, so leuch-tet der Strahl der Abendsonne so schön zu unserm kleinen Mahle. Alles zieht aus den Feldern heim zu seinen Hütten, der segnende blaue Duft ruht auf der ganzen Landschaft. Wenn nun die Abend-glocke zu Dank, Zufriedenheit und Ruhe ruft, dann fühle ich mächtig, ich bin ein glückliches Weib! dann fehlt mir nichts, als Sie, lieber Onkel!

Werner. Es freut sich alles, daß Sie kommen, Madam. Es hat alles so ein ander Leben und Wesen, wenn Sie da sind.

Siebenter Auftritt.

Vorige. Friedrich.

Friedrich. Werner, Er soll zum Herrn kommen.

Werner. Ja, ja.

Hofräthin. Wir sehen uns noch.

Werner. Wohl, wohl. Geht mit Friedrichen ab.

Achter Auftritt.

Hofräthin. Leſtenfeld.

Hofräthin. Ja, lieber Onkel, nur Sie vermiſſe ich dort.

Leſtenfeld ſteht auf.

Hofräthin auch. Erlauben Sie, daß meine Hausregierung mich jetzt auf einen Augenblick abruft?

Leſtenfeld. Dießmal noch nicht.

Hofräthin. Wenn ich Ihnen nun ein Gericht beſorgen will, das Sie gern eſſen?

Lestenfeld. So bitte ich für heute, daß ich es nicht erhalte.

Hofräthin. Auf einmal so strenge gegen Sich?

Lestenfeld. Wissen Sie, was der alte Werner eben sagte?

Hofräthin. Nun?

Lestenfeld. Es hat alles so ein ander Leben und Wesen, wenn Sie da sind.

Hofräthin. Onkel, Sie machen ein verzognes Kind aus mir.

Lestenfeld. Nein. So wahr ich ein alter ehrlicher Mann bin, ich sage das aus Herzensgrunde.

Hofräthin. Wenn es Ihnen bey uns gefällt, warum haben Sie uns dennoch die vier Jahre her allein aufs Gut ziehen lassen?

Lestenfeld. Gewohnheit — meine Spielpartie — Es war nicht recht: ich kann aber nicht mehr allein seyn. Dieß Jahr gehe ich also noch einmal mit.

Hofräthin. Ich lasse gleich das Zimmer zurecht machen — wissen Sie — an der Ecke — das die Aussicht nach der Landstraße hat.

Lestenfeld. Gut.

Hofräthin. Wenn wir daneben eine Voliere anlegen, so singen die Vögel Ihnen die

Grillen weg, wenn Regen und Nebel Sie zu Hause halten.

Lestenfeld. Brav!

Hofräthin. Dann trage ich Ihnen die Suveränität über meinen Blumengarten auf.

Lestenfeld *küßt ihr die Hand.* Charmant, hiermit empfange ich die Lehen.

Hofräthin. Wollen Sie mich zu Ihrer Nachmittagspartie engagieren?

Lestenfeld. Nein.

Hofräthin. Ich spiele freylich schlecht.

Lestenfeld. Sie gebrauchen Ihre Zeit besser. Es wohnen so ein paar alte Erb= und Eingeborne von und zu — in der Nähe, dahin will ich, der Bewegung halber, Nachmittags in einem schweren Tressenrocke hintraben. Sie, der Vetter, und Fritzchen holen mich dann ab, wenn es kühl wird.

Hofräthin. Topp, lieber Onkel.

Lestenfeld. Also ich komme. — Bin ich aber nicht ein gelbes Herbstblatt in Eurem frischen Buchenlaube?

Hofräthin. Vorbild des heitern Alters, das unser wartet.

Lestenfeld. Ich habe eine — eine besondre Idee.

Hofräthin. Geheimniß?

Lestenfeld. Hören Sie mich an. Ich will es kurz machen. Wenn ich im Erzählen auf etwas komme, das schon da war, so zupfen Sie mich; denn ich sage nicht gern etwas zweymal, außer daß ich Sie sehr in Ehren halte.

Hofräthin. Guter Onkel —

Lestenfeld. Wenn ich das wiederhole, dabey will ich nicht gezupft seyn. — Ich heiße ein Hagestolz — das ist aber nicht meine Schuld. Ich liebte ein gutes Weib; gut — wie Sie sind. Sie trägt meinen Ring im Grabe. Dieß — ist ihr Ring. Hätte ich ihres gleichen in der Welt wieder gefunden, so würde ich den Ring vom Finger genommen — und ihr angeboten haben. Aber ich fand nicht, und mein Ring blieb wo er ist. Wie mein Neffe vor fünf Jahren Sie heirathete, zog ich — auf gut Glück — hier bey Ihnen ein. Was sollte ich erwarten? — Eine Modefrau — eine Modehaushaltung. Sie waren aber gut, und es gefiel mir hier. Sie sind noch gut — und es gefällt mir nicht mehr. Warum? — Nichte — das lassen Sie uns mit Schweigen übergehen. Genug — ich habe keinen Widerwillen, gegen wen es auch sey.

Hofräthin. Sie sind nicht mehr glücklich bey uns?

Lestenfeld. Das Alter wird argwöhnisch — die beste fremde Pflege dünkt doch Almosen.

Ich werde wahrscheinlich sehr alt werden — Da ich nun nicht viel fordre — sollte ich denn nicht ein Geschöpf finden, das auf meinen guten Willen etwas hielte? Wie? — Sie schweigen? — Handle ich thöricht? —

Hofräthin. Ihr Verlust wird mir sehr schmerzhaft seyn.

Lessenfeld. Pause. Dann tritt er zu ihr. Nicht wahr, ich soll meinen Ring nur mit ins Grab nehmen?

Hofräthin. Würde Ihnen denn meine Pflege verdächtig seyn?

Lessenfeld. Nein! — Aber — ersparen Sie mir ein Geständniß. Er geht einen Augenblick bey Seite. Ich muß meine Empfindung anders lenken. — Man sey so alt man wolle, an Etwas muß unser Herz hängen. — Ihre Schwester hat noch nicht geliebt. Zeigen Sie ihr den Ring — fragen Sie, ob sie ihn annehmen will. Will sie nicht, keine Uebersredung. Der Ring geht dann zurück und mit mir hinunter. Er giebt ihr den Ring. Gott befohlen!

Geht ab.

Hofräthin. Es gefällt ihm nicht mehr bey uns! — Warum? — Es ist freylich manches anders geworden. — Seufzt. Manches! Und dadurch verliere ich ihn. Wer ersetzt mir diesen Freund?

Neunter Auftritt.

Hofräthin. Hofrath.

Hofrath. Es ist nöthig, Sophie, daß ich Dir Nachricht von einem Handel gebe, den ich gestern getroffen habe.

Hofräthin. Der wäre?

Hofrath. Im ersten Augenblicke wird er Dir nicht so einleuchtend scheinen, als er dennoch wirklich ist. — Ich habe meinen Hof mit den Ländereyen verkauft.

Hofräthin merklich getroffen.

Hofrath. Es mißfällt Dir —

Hofräthin. Sanft. Ach, August!

Hofrath. Nun?

Hofräthin. Eben wollte ich Dich fragen, ob wir nicht die andere Woche hinaus ziehen würden.

Hofrath. Ich hätte Dir es wohl früher sagen sollen, aber —

Hofräthin. Vorhin war der alte Werner bey mir. Es soll alles so gut stehen, die Früchte — die Saat — ach, es soll dieß Jahr reizender seyn als jemals.

Hofrath. Auch habe ich gut verkauft.

Hofräthin. *Schmerzlich.* Verkauft?

Hofrath. Es war denn doch ein ennuyanter Aufenthalt in dem Winkel.

Hofräthin. *Mit Feuer.* Ach so schien es mir niemals!

Hofrath. *Kalt.* Unbegreiflich! Strohdächer, Gras und Armuth gewähren keinen seelenerheben= den Genuß.

Hofräthin. Die einfache Natur stärkt die Seele, wie Grün das Auge.

Hofrath. Die Natur ist schön auch außer diesem Gute.

Hofräthin. Dort — genossen wir uns Tage: hier — kaum halbe Stunden.

Hofrath. Das Geschäftsleben will seinen Mann ganz.

Hofräthin. Im Geschäft.

Hofrath. Also — Du wirst mir nicht ver= zeihen, daß ich das Gut verkauft habe?

Hofräthin. Ich verliere es ungern — aber mit Trübsinn will ich Dich deßhalb nicht quälen, das darf ich Dir versprechen.

Hofrath. Gut, gut. *Etwas verlegen.* Sophie! — Du hast keine brillantnen Ohrringe; jedermann von Deinem Stande trägt sie. Ich habe ein Paar

mit eingehandelt. Hier sind sie. Ich wünsche,
Du trügest sie heute noch.

Hofräthin. kalt. Sie sind schön. — Heute
noch?

Hofrath. Und warum nicht heute?

Hofräthin. Weil — — auch das; Du sollst
sie heute noch an mir sehen.

Hofrath. Es ist sonderbar, daß ich es nicht
treffen kann, Dir Freude zu machen.

Hofräthin. Mit Wärme. War mir je auch nur
eine Blume aus Deiner Hand gleichgültig?

Hofrath. Die Brillanten vielleicht, weil es
nicht Blumen sind. — Ueberhaupt bist Du nicht
oft genug gekleidet.

Hofräthin. Ich war immer sorgfältig gekleidet, wie ein Mädchen. Seit einiger Zeit verlangst
Du Putz — nun — habe ich nicht auch darin
mich Dir gefällig zu machen gesucht?

Hofrath. Nun ja. Aber — — ich will,
daß Dein Anzug mehr in die Augen fallen soll.

Hofräthin. Guter August — Du siehst mich
mit den Augen der Liebe; ich bin schon vier Jahre
Mutter!

Hofrath. Das ist kein Privilegium für Ver-
nachlässigungen.

Hofräthin. Hätte ich —

Hofrath. Nein, nein. Wenn Du aber in den Gesellschaften nur das Verdienst der Hausfrau zeigen kannst, so quält mich das.

Hofräthin. Ey, sieh da. Rede ich nicht in drey Sprachen? Ich lerne den Esprit des Journaux auswendig. Ich rede in Gesellschaften nicht mit Dir, ich sehe Dich nicht an; spiele ich nicht, und verspiele ich nicht?

Hofrath. Es hat aber alles ein etwas gezwungenes Air.

Hofräthin. Das ist möglich — und mag mir denn freylich widerwärtig genug lassen. Ich will suchen es mit besserer Art zu thun, damit ich meinen Liebhaber erhalte.

Hofrath. Du wirst mich damit verbinden — heute Abend ist Spiel bey uns. Hier ist die Liste von denen, die gebeten werden sollen.

Hofräthin. Wirst Du diesen Mittag zu Hause essen?

Hofrath. Ja. — Nein. — Vielleicht doch — ich weiß es nicht gewiß. Adieu, Sophie. Habe ich Dir gesagt, wer das Gut gekauft hat?

Hofräthin. Nein.

Hofrath. Und Du fragst nicht. Warum fragst Du nicht? Mamsell Rauning hat es gekauft. Gelegentlich sag Ramstein davon; ich wollte nicht, daß wir darüber eine Scene hätten.

Hofräthin. Wäre es nicht vertraulicher, wenn Du selbst —

Hofrath. Nein, ich hasse die Autoritäten, die er sich giebt.

Hofräthin. Nimm ihn nicht so, den ehrlichen offenen Mann. Sieh die Heftigkeit Deinem ältesten Freunde nach. Willst Du?

Hofrath. Wann hätte Ramstein nicht Recht bey Dir?

Hofräthin. Aufrichtig folge ich meinem Gefühl.

Hofrath. Nun ja. — Adieu. Er geht.

Hofräthin. Schwer. Adieu, August!

Hofrath kehrt zurück. Versteh mich nicht unrecht: alle aufrichtige Zuneigung unter uns muß dieselbe bleiben; nur der Ton, der vom zu Hause sitzen und Attentionenspiel herkommt, muß sich ändern. Er erschlafft die Seelenkräfte, und strebt gegen den Plan der Erhebung meiner Familie. Freundlich. Adieu, Sophie!

Geht ab.

Zehnter Auftritt.

Hofräthin allein.

Und strebt gegen mein Glück. Nun ist alle meine Freude dahin. Auf dem Lande war er wieder derselbe. Er zog Bäume an, lehrte seinen Fritz, arbeitete wie ein Mann für sein Vaterland. Jetzt ist es um alle Hoffnung gethan.

Sie setzt sich.

Elfter Auftritt.

Hofräthin. Fritz.

Fritz. Mütterchen, Werner ist da gewesen. Jetzt geht es zum Fischen.

Hofräthin. Nein, mein gutes Kind.

Fritz. Ja, ja, wir gehen jetzt aufs Land.

Hofräthin. Nein, Fritz, wir gehen nicht hin.

Fritz. Warum bist Du böse?

Hofräthin. Der Kopf thut mir weh —

Fritz. Heb mich auf — heb mich auf —

Hofräthin. Was willst Du? —
Sie hebt ihn auf.

Fritz. Will blasen. — Arme Mama, Ihr Kopf ist heiß. *Er küßt ihre Stirne.*

Hofräthin *küßt ihn.* Du guter Junge!

Fritz. Ist Mütterchen besser?

Hofräthin *stellt ihn wieder hin.* Ja. *Steht auf.* Mir ist besser. Du guter Knabe. Der Himmel erhalte Dich mir, und gebe mir immer den Trost Deiner Liebe.

Fritz *hüpft umher.* Jetzt fischen wir, da ist das Netz — soll ich nicht fischen?

Hofräthin *sieht ihn eine Weile an.* Höre Fritz, Du ißt gern Kirschen?

Fritz. *Schmeichelnd.* Hast Du?

Hofräthin. Hernach. Deinen großen Baum im Hofe fressen die Raubvögel ganz leer.

Fritz. O weh, meine Kirschen!

Hofräthin. Wenn Du willst, so können wir wohl machen, daß das nicht geschieht.

Fritz. Bitte, bitte! Mach das.

Hofräthin. Wir spannen ein Netz um den ganzen Baum. Ich habe aber keines. Willst Du mir nun Dein Fischnetz leihen, so mache ich es größer, und wir spannen das herum.

Fritz *giebt ihr das Netz.* Da, Mütterchen.

Hofräthin. Fischen kannst Du nun freylich nicht, aber Du behältst Deine Kirschen.

Fritz. Bitte, bitte, Mütterchen komm.

Er zieht sie am Rocke fort.

Hofräthin nimmt ihn auf den Arm. So willig wechselst Du Deine Freuden — (und ich sollte eigensinniger auf der Freude meiner Seele beharren? Sie küßt ihn. Nein! — Wer ganz für andere lebt — lebt am meisten für sich selbst.

Sie geht heiter und schnell mit dem Kinde weg.

Zweyter Aufzug.

Erster Auftritt.

Herr Ludwig. Friedrich.

Ludwig. Nun — fröhlichen Tag, Alter!

Friedrich. Fröhlichen Tag? Fröhlicher Tag ist nicht, wo Er hinkommt.

Ludwig. Und bin doch ein Mann, der Geld hergiebt.

Friedrich. Und wieder fordert.

Ludwig. Richtet man sich bey guter Zeit aufs Bezahlen, so ist es auch ein fröhlicher Tag, wo man mich los wird. — Also fröhlichen Tag, Alter — einen Stuhl her.

Friedrich. Was Teufel, Er wird sich gar —

Ludwig. Hier hat man mir einen Stuhl geboten, da ich das Geld herlieh; da war ich der galante christliche Herr Ludwig: hier will ich mich auch ſetzen, da ich das Geld wieder forbre. *Er ſetzt ſich.* Rufe Er Seinen Herrn.

Friedrich. *polternd.* Geld hat er nicht, und wenn Er nicht ruhig iſt, ſo —

Ludwig. *Apbis.* Höre Er — Musje! Wie viel Tauſend hat Er Seinem Herrn mit dem Geſchrey ſchon erſpart? — Apropos — jetzt ein Wort im Ernſt: Wohnt hier der alte Onkel, Herr Leſtenfeld?

Friedrich. Ja.

Ludwig. Kann ich den ſprechen?

Friedrich. Will Ihn hinführen.

Ludwig. Nein, Gevatter — ich gehe nicht aus der Feſtung. — Bitte Er ihn hierher. Sehr höflich, verſteht ſich.

Friedrich. So höflich, als Er iſt.

Ludwig. Und ſo höflich, als Er es ausrichten kann.

Friedrich *geht ab.*

Zweyter Auftritt.

Ludwig allein.

Man kann ſich doch nicht genug in Acht neh=
men! Das klingt und lacht und flittert alles in
dem Hauſe — und ſteht doch auf der Wippe!
Man kann ſeiner rechten Hand nicht mehr trauen. —
Wenn es hier einen Bankerot geben ſollte — an
was könnte man ſich halten? *Er ſieht umher.* Das
Haus — iſt nicht eigen. Mobilien? Nun was
kann das austragen? Dieſes Zimmer — zum
Exempel — ſieht anſtändig aus. Gleichwohl
wenn es zum Zuſchlag käme — was importiert
das? Sechs Stühle — zwiſchen acht und neun
Thaler. *Er ſchlägt mit dem Stock auf den Tiſch.* Zwey
Thaler. *Auf einen andern Tiſch.* Ein und ein halb.
Die Kiſſen ſind auch nicht — *Er nimmt eines ab, und
wiegt es auf der Hand. Indem kommt Leſtenfeld unbemerkt
herein, und bleibt hinten ſtehen.*

Dritter Auftritt.

Ludwig. Leſtenfeld.

Ludwig ſpricht weiter: Doch — doch gutes Pfer: behaar; nun ſo kommen die Stühle auf eilf Thaler. Das wären — eilf und zwey iſt dreyzehn, und anderthalb — iſt vierzehn und ein halb. — Wer weiß, iſt es am Ende nicht Eingebrachtes? Die Illata, die Illata — der böſe Feind hat ſie erfun: den! Er erblickt Herrn Leſtenfeld. — Ach ſieh — verzei: hen Sie —

Leſtenfeld. Laſſen Sie Sich nicht ſtören.

Ludwig. Verlegen. Schöne Mobilien —

Leſtenfeld. So ziemlich.

Ludwig. — Sind das. Ein wackeres Haus.

Leſtenfeld. Ganz artig.

Ludwig. O ja.

Leſtenfeld. Ja.

Ludwig. Ja, ja.

Leſtenfeld. Was ſteht zu Ihren Dienſten?

Ludwig. Habe ich die Ehre Ihnen bekannt zu ſeyn?

Leſtenfeld. Sie heißen — ich glaube —
Herr Ludwig — ja.

Ludwig. Zu Befehl — Ja.

Leſtenfeld. Ihr Geſchäft iſt —

Ludwig. Dem Nächſten dienen. Mit Geld,
erlauben Sie. Auf — Wechſelchen, Obligationen
und — ſonſtige Sicherheit.

Leſtenfeld. Das ſind — Pfänder?

Ludwig. So — Einſätze. ja.

Leſtenfeld. Nun, und wie fern kann ich
hiermit in Verbindung kommen?

Ludwig. Ey, wenn Sie wollen, ſehr gern.
Denn das Geld, was ich ausleihe, iſt nicht alles
von mir. Es ſind gute Freunde, fromme, gottes=
fürchtige Leute, alte Fräulein und dergleichen, die
vor der Welt nicht gern das Anſehen haben
möchten —

Leſtenfeld. Acht Prozent zu nehmen?

Ludwig. Sieben. Eines iſt für mich.

Leſtenfeld. In dieſe Verbindung trete ich
nicht.

Ludwig. Weiß es wohl. Sie nehmen nicht
mehr als vier Prozent, leihen nur auf Ländereyen,
ſind auch kein ſtarker Kapitaliſt.

Leſtenfeld. Das wiſſen Sie?

Ludwig. O ja. Von der Art, weiß ich alles. — Nun — wie befinden Sie Sich, mein sehr werthester Herr Lestenfeld?

Lestenfeld. Ich?

Ludwig. Ja. Wie steht es mit der Gesundheit?

Lestenfeld. So so.

Ludwig. Die Gesundheit ist das kostbarste was der Mensch hat. Ja, ja, ja!

Lestenfeld. Ich bin ganz wohl für mein Alter.

Ludwig. Wie alt sind Sie? Funzig Jahre?

Lestenfeld. Fünf und funfzig Jahre.

Ludwig. Doch fünf und funfzig? — So, so! — Sie scheinen mir aber nichts von chronischen Krankheiten an sich zu haben?

Lestenfeld. Gott Lob nicht!

Ludwig. Gar nichts?

Lestenfeld. Behüte mich —

Ludwig. Nun einen Athem scheinen Sie zu haben, der muß nur so seyn!

Lestenfeld. Ja, so ziemlich.

Ludwig. Und einen Gang! Sapperment! Ich habe Sie gestern gehen sehen; das setzt ein, wie ein Preußischer Feldwebel, so gerad, so gestreckt — allein, wie ist es hier? Er deutet und faßt auf die große Zehe. Darf ich ein Bißchen drücken? — Das thut Ihnen nicht weh?

Leſtenfeld. Nein, Herr. Aber —

Ludwig. Nun das iſt brav. Gott erhalte Sie! Wenn es Ihr Doktor nicht mit der Apotheke hält, erleben Sie Methuſalems Jahre.

Leſtenfeld. Was ſoll aber die ganze Unterſuchung? Sie ſind, ſo viel ich weiß —

Ludwig. Kennen Sie einen gewiſſen Rath Berg?

Leſtenfeld. Ich kenne ihn.

Ludwig. Das iſt ein liſtiger — liſtiger Vogel.

Leſtenfeld. Er hat Verſtand. Allein, wie —

Ludwig. Nicht wahr, Sie ſind des Herrn Hofraths Vaters Bruder?

Leſtenfeld. Das bin ich, ja.

Ludwig. So ſo!

Leſtenfeld. Nun?

Ludwig. Alſo wäre der Herr Hofrath, nach Ihrem Gott gefällig ſeligen Hintritt, Ihr Erbe?

Leſtenfeld. Hm — ja. Das iſt aber doch auch noch nicht ſo ausgemacht.

Ludwig. Nicht ausgemacht?

Leſtenfeld. Erſtens habe ich mehr Verwandte.

Ludwig. Ich weiß. Schnell. Vom ſeligen Herrn Acciſinſpektor Leſtenfeld waren ſieben Kinder da. Eines iſt todt, ſechs ſind noch am Leben, und die Mutter. Kriegen die auch?

Lestenfeld. Vermuthlich. Und dann — ich könnte ja noch heirathen?

Ludwig lacht. Da hat es gute Wege.

Lestenfeld. Warum?

Ludwig. In Ihren Jahren — Gott behüte. Da kommen Vettern, junge Herren, die geigen, die zeichnen; was zeichnen sie? Antike Köpfchen — da fährt es einem durch die Knochen, wie sie das zu geben wissen, daß die junge Frau merkt, ihr Mann hätte lieber einen Leichenstein für sich bestellen sollen, als ein —

Lestenfeld. Ich verstehe.

Ludwig. Also nach Ihrem respektive seligen Hintritt, erben der Herr Hofrath nicht ganz allein?

Lestenfeld. Nein.

Ludwig. So? Nicht allein — und dazu sehen Sie mir gar nicht aus, als ob Sie Lust hätten —

Lestenfeld. Bald hinzutreten?

Ludwig. Nun?

Lestenfeld. Nein, das scheint nicht.

Ludwig. Mord tausend —

Lestenfeld. Wie, muß ich gleich sterben?

Ludwig. Nein. Gut ist es aber gleichwohl, daß ich sein gewesen bin.

Lestenfeld. Wie so?

Ludwig. Ich darf es Ihnen wohl sagen; da
ohnehin der Herr Hofrath nichts dabey verlieren
kann. Da kommt neulich der Rath Berg zu mir,
und sagt: — „Mein Freund Lestenfeld braucht
Geld. Er wird einmal von einem alten Onkel,
der doch so gut als hinfällig ist, alles erben. Auf
diese Erbschaft borgen Sie inzwischen ein paar
Tausend. Von diesem Antrage weiß der Hofrath
nichts. Indeß — wenn Sie das Geld geben,
disponiere ich ihn, daß er es nimmt." — Ich war
nicht abgeneigt. Denn an Onkeln, wenn sie sonst
gut konditioniert sind, kann man ein Ziemliches
gewinnen; dachte aber doch — sieh erst selbst zu!
Da ich Sie nun in einer so enormen Gesundheit
finde — wird nichts daraus.

Lestenfeld. Das ist stark. — Ist mein Neffe
schuldig, und viel schuldig?

Ludwig. Ja.

Lestenfeld. Könnten Sie mir genau sagen,
wie viel?

Ludwig. Pause. Um vier Uhr?

Lestenfeld. Wenn Sie es erfahren können.

Ludwig. Können? Es sind ein paar Hypo-
thekenfresser hier in der Stadt, die wissen auf ein
Haar, wenn Sie, zum Exempel, um eilf Uhr
einen Beutel mit Thalern eingesteckt haben, wie
viel um zwölf Uhr, durchs Verschieben, abgängig
worden ist. — Sie sollen's wissen.

Lestenfeld. Ist mein Neffe Ihnen auch schuldig?

Ludwig. Einen Wechsel von hundert Reichsthalern. Vier Wochen über die Zeit. Wollen Sie vielleicht zahlen?

Lestenfeld. Nein.

Ludwig. Haben Recht. Ich thäte es auch nicht. Es giebt aber so Leute, die gern für andre Wechsel bezahlen. Vielleicht wären Sie auch von der Race gewesen.

Lestenfeld. Race? Nun, eine böse Race sind die Menschen nicht.

Ludewig. Auch keine gute. Sie sind genereux auf aller Welt Kosten. Was weiß so ein Herr Generosissimus was er thut? Er nimmt dem Nächsten den sauern Schweiß, und spendet aus, was nicht sein ist. Herr, der Schaum tritt mir vor den Mund, wenn ich auf die Guttäter und Menschenfreunde zu reden komme.

Lestenfeld. Das ist arg.

Ludwig. Herr — die gnädigsten Excellenzen haben durch mich Pensionen zahlen, Bettelkinder kleiden lassen, kleiden und speisen, werden in Büchern gelobt, mit rothen und grünen Umschlägen, man betet für sie, und ich habe noch nichts wieder.

Lestenfeld. Schlimm.

Ludwig.   Fordre ich mein Geld höflich —
keine Antwort. Ein gnädiger Spaß. Man kitzelt
mich — und — sehen Sie — wenn ein vornehs=
mer Herr unser einen kitzelt — da sollten Frau und
Kind allemal auf die Kniee fallen und ein Bußlied
singen — denn es gilt unserer Stirne oder unserm
Beutel.

Lestenfeld.   Ich kenne das.

Ludwig.   Fordre ich mein Geld ernstlich —
einen Rippenstoß. Sehen wir uns auf der Straße —
so schießt die Excellenz an mir vorüber — alles
brüllt ihr nach — „Der Menschenfreund, der
Menschenfreund“ — und mir, der ich gekitzelt,
geschlagen und gestoßen bin, sieht es kein Mensch
an, daß i c h der Menschenfreund bin.

Lestenfeld.   Sie sind's aber auch gegen
Ihren Willen.

Ludwig.   Das weiß Gott. Sonntags gebe
ich meinen Pfennig in die Armenbüchse, und das
mit Holla.

Lestenfeld.   Ich höre kommen und störe nicht.
Also die Nachricht von meinem Neffen — und für
Ihr Wort über alter Leute Heirath, danke ich.

Ludwig.   Für Ihren Neffen zahlen —

Lestenfeld.   Nein. Ich bin kein Menschen=
freund —

Geht ab.

Ludwig. Das dachte ich gleich. Kleine Schnallen, die klare Farbe von frischem Wasser, und, wenn man für Vettern Schulden zahlen soll, eine herzhafte Stimme — Nein zu sagen — bedeutet langes Leben.

Vierter Auftritt.

Friedrich. Hofräthin. Ludwig.

Hofräthin. Wie viel haben Sie zu fordern? — Lasse Er uns, Friedrich. — Ich bin eilig.

Friedrich geht ab.

Ludwig. Gleichfalls eilig. Hundert Thaler.

Hofräthin. Wie hoch nehmen Sie den Ring, den mein Mann nicht mehr braucht?

Ludwig besieht ihn. Der Ring gehört Ihnen, Madam.

Hofräthin. Gleichviel.

Ludwig. Für mich? O ja. Aber nicht für Sie. Das ist so ein pretium affectationis, von einem alten Mütterchen, so in einer Todtheilung auf Sie gekommen. Ja, solche Sachen spazieren wunderlich herum. Nun — er mag — mag — zehn Thaler mehr werth seyn, als der Wechsel.

Hofräthin. Denen ich entsage, gegen die ausdrückliche Bedingung, daß mein Mann nicht erfahre, wer den Wechsel bezahlt hat. Niemals —

Ludwig. Ist gehandelt. Aber Sie sollten das Ihrige nicht so weggeben; denn im Konkurs geht alles, was der Frau gehört, den Kreditoren vor. Notieren Sie Sich das. *Geht ab.*

Hofräthin. Konkurs? — Zwar — solche Leute übertreiben immer. Gleichwohl ließ sich mein Mann an diese nicht beträchtliche Summe oft erinnern; zu oft. Es ängstigt mich. Sollten es nicht bloß kleine Unordnungen seyn, darin er ist? Sollte es schlimm stehen?

Fünfter Auftritt.

Hofräthin. Friedrich.

Friedrich. Mit Bedacht habe ich Ihnen den Mann gemeldet. Sehen Sie nun, daß mein Herr —

Hofräthin. Er meint es gut. So lange Er aber mich ruhig sieht —

Friedrich. Das werden Sie immer seyn, wenn es noch so schlimm geht. Glauben Sie mir, die Ohrringe —

Hofräthin. Lassen wir das.

Friedrich. Kapitale find aufgeliehen —

Hofräthin. Davon weiß ich.

Friedrich. Sie wüßten es? Das wüßten Sie?

Hofräthin. Schicke Er den alten Werner.

Friedrich. Ich habe das Meinige gethan.

Geht ab.

Sechster Auftritt.

———

Hofräthin allein.

Das will auch ich. Untergang aufhalten, Gefahr abwenden, vermag ich nicht. Er würde geloben, dennoch würde der Strom ihn fortreißen. Mein Anblick würde ihn beschämen — und Beschämung endigt so leicht in Ueberdruß. O dann wäre erst alles verloren! Guter, verblendeter, guter Mann, du wirst erwachen, und wenn du dann in mir dieselbe findest — so that ich, was ich soll.

Siebenter Auftritt.

Hofräthin. Werner.

Hofräthin. Gutmüthig. Werner!

Werner. Gerührt. Madam —

Hofräthin. Wir wollen uns das Herz nicht weich machen.

Werner. In Thränen. Nein.

Hofräthin. Tragen wir es so gut wir können.

Werner. Ich habe ihn dort groß werden sehen.

Hofräthin. Werner!

Werner. Die Allee am Thore pflanzten wir bey seiner Geburt.

Hofräthin setzt sich und verbirgt ihre Thränen.

Werner. Das schöne Obst — der alte Herr selig hat es selbst gesetzt.

Hofräthin. Ich bitte Ihn.

Werner. Ich habe so treulich in dem Gute gearbeitet. Wir hatten es auf so gutem Wege —

Hofräthin. Er verliert viel, ich alles.

Werner. Recht! Ich schweige. Gott wird es Ihnen schon ausgleichen, und ich — nun — wie oft werde ich denn die Bäume noch blühen sehen? Wenn aber das erste Obst kommt, was ich Ihnen sonst brachte —

Hofräthin. Bringe Er mir das künftig immer noch.

Werner. Das ist etwas.

Hofräthin. Und Seine Stube hier im Hause behält Er immer noch.

Werner. Das ist wieder etwas. — So will ich denn — ehe ich in fremde Hand übergehe — will ich nur noch sagen — wer bezahlt denn das wieder, was Sie die vier Jahre her von Ihrem Gelde auf das Gut gewendet haben?

Hofräthin. Stille, lieber Werner, nichts davon.

Werner. Nein, Madam, davon bin ich nicht still. — Der Hofrath meint nur, das wäre so von selbst gekommen. Bis dato habe ich auf Ihren Befehl geschwiegen. Jetzt aber muß ich —

Hofräthin. Nein, Werner.

Werner. Es sind neun hundert sechs und vierzig —

Hofräthin. Ich weiß es.

Werner. Es ist Ihr Geld.

Hofräthin. Eben darum.

Werner. Nein, es ist nicht Ihr Geld. Es ist Ihres Kindes Geld. Ich muß reden. Die Liebe ist gut, die Geduld ist gut, das aber ist zu arg.

Hofräthin. Werner, mein Vermögen ist unberührt.

Werner. Unberührt? Und das Geld —

Hofräthin. Dennoch.

Werner. Wie soll denn das möglich seyn? Der Herr Hofrath war nicht vorwärts, lebt hoch! So haben Sie — ach — so haben Sie Ihre Kapitale aufgekündigt?

Hofräthin. Das werde ich nie. Meine Kapitale sind gering, und ich sehe sie im strengsten Sinne als meines Kindes Eigenthum an. Guter Werner, Sie faßt seine Hand. beruhige Er Sich über das Geld. Freylich verliere ich an dem Gute — aber ich werde es mit reichem Segen wieder erhalten.

Werner. Alles so zu verlieren?

Hofräthin. Es kann nicht anders seyn. Ich verschweige Ihm, warum es nicht anders seyn kann: Er kann das nicht als Mißtrauen ansehen, so bald ich Ihm sage, daß mein Mann es auch nicht weiß.

Werner. Der Herr Hofrath auch nicht?

Hofräthin. Nein — und eben dieß Geheim=
niß ist doch fast die beste Handlung meines Lebens.
Nur zwey wissen es und ich.

Werner. Und der Hofrath nicht? Ist das
auch recht?

Hofräthin. Werner, das habe ich mich
selbst schon oft gefragt, und ich will Ihm die
Antwort geben, die ich mir gegeben habe. Wenn
nun das, was mein Geheimniß ausmacht, nicht
nur unschädlich, sondern rechtschaffen ist — von
zwey braven Menschen dafür erkannt ist — und
gleichwohl ich und diese vorher sehen, daß mein
Mann aus vorgefaßter Meinung das Gute, was
ich thue, verbieten würde — was ist dann die
dringendere Pflicht — Unterlassung des Guten,
oder Verschweigung des Guten?

Werner. Madam sind viel zu gut, daß Sie
mir so umständlich Bescheid geben.

Hofräthin. Nein, Werner, ich bin ohne=
hin in jedem Augenblicke zur offensten Rechenschaft
bereit. So lange aber Schweigen unschädlich ist —
unterstütze ich im Stillen meine Haushaltung —
und verschaffe noch einer guten Wittwe Unterhalt.

Werner. Wofür der Himmel Sie segnen
wird! — Das erste Obst bringe ich also nach wie
vor. Und meine Suppe und ein gut Gesicht soll
ich finden, nicht wahr?

Hofräthin. Ehrlicher Mann — die Allee von meines Mannes Geburtsjahre verpflegt Er doch?

Werner. Mit gewaltsamen Todreißen. Adieu!

Hofräthin. Jetzt scheide ich von meinem Gute.

Werner. Und der Segen scheidet vom Gute —

Hofräthin. Adieu! Sie geht rasch vorwärts.

Werner. Adieu! Er geht fort.

Sie sitzt einen Augenblick im Nachdenken, nachher

Achter Auftritt.

———

Friedrich. Hofräthin.

Friedrich. Eilig. Wollen Madam zu Hause seyn?

Hofräthin. Wer kommt?

Friedrich. Isabell.

Hofräthin steht auf. Ich verstehe nicht was Er will.

Friedrich. Die Mamsell — mit den Ohrringen.

Hofräthin. Ist etwa Mamsell Rauning unten?

Friedrich. Freylich! Nun — Sie sind nicht da — krank, in der Kirche, ich weise sie ab.

Hofräthin. Mit Würde. Ich bin da. Nehme Er Sich nicht heraus mit mir über Leute, die das Haus besuchen, zu scherzen. Ueber diese Unanständigkeiten werde ich mich bey meinem Manne beklagen, wenn Er sie fortsetzt. — Gehe Er entgegen.

Friedrich geht ab.

Hofräthin. Sie kommt also? — Guter Himmel, gieb mir Geduld — sie könnte mir nöthig werden.

Neunter Auftritt.

Hofräthin. Mamsell Rauning.

Rauning. Ah bon jour, Maman — wie geht es? — Sie lassen lange warten — ich war schon überall. Frau von Dornwald hat mich unleidlich aufgehalten, sonst wäre ich früher hier gewesen. Was ist das für ein Hut? — Ach zum Englischen Negligee — Recht hübsch.

Hofräthin. Ziemlich einfach.

Rauning näht anständig. Einfach — ja. Was ich sagen wollte — ja — wir sagten uns noch nicht

guten Morgen. Umarmen Sie mich. Umarmung.
Lieber Himmel! wie sind Sie so von der Sonne
verbrannt! — Was macht Fritzchen?

Hofräthin. Er ist bey —

Rauning. Sie müssen nicht so in der Sonne
herum laufen.

Hofräthin. Ich achte darauf nicht.

Rauning. Was macht Ramstein?

Hofräthin. Er war lange nicht da.

Rauning. Nicht? — Was Sie sagen?
Der Herr Hofrath haben mich heute Morgen beeh-
ren wollen, sind aber ausgeblieben. — Apropos —
ich habe Ihr Gut.

Hofräthin. Ich weiß es.

Rauning. Hat Ihnen der Hofrath schon
gesagt, daß ich es habe?

Hofräthin. Ich verliere es sehr ungern.

Rauning. Sie haben Unrecht; denn dort
bekommen Sie alle Airs einer Schulzensfrau.

Hofräthin. Wir waren dort so froh, so
innig!

Rauning. Innig? Aha! — Aber sehr von
der Sonne verbrannt, chere Maman! Ja. Der
Hofrath ist nicht da — Sie stehen auf. Ihnen habe
ich meinen guten Tag gegeben — also — Adieu
Maman! Sie geht. Noch eins. Sie kommt zurück.
Man hat mir gesagt, daß Sie hier und da für

Ihren Mann bezahlen — das sollten Sie nicht
thun, ma chere!

Hofräthin. Das sollte man nicht sagen.

Rauning. Brillant handeln Sie — aber
klug nicht.

Hofräthin. Lassen Sie mir einige Ansprüche
auf Gutheit, so will ich den andern beiden
Eigenschaften gern entsagen.

Rauning. Im Gehen und Wiederkommen. Auf den
Abend schicke ich Ihnen Ananas. — Guter Himmel, wie ist die Dorrw⬤ alt geworden! Nein,
davon haben Sie keine Idee! — Und ein so
fataler Knochenbau! Sie setzt sich. Ist es nicht eine
ennuyante Personnage?

Hofräthin. Sie leben dort, Sie schreiben
Sich wechselsweise —

Rauning. Barmherzigkeitskommissionen: die
Prüde interessiert sich ja um alles —

Hofräthin. Sie kommen täglich zusammen.

Rauning. Wo will man hin? — Elf Uhr —
Sie gähnt. So gehe ich noch ein wenig in die
Kirche. Adieu. Sie küßt sie. Mille et mille belles
choses à Fritzchen. Ah — des Herrn Hofraths
gestrenge Gnaden!

Zehnter Auftritt.

Vorige. Hofrath.

Hofrath. Schöne Dame, ich komme gerade zu von Ihrer verwaisten Toilette!

Rauning. Ma chere Maman, wie ist der Mann so schwerfällig, wenn er galant seyn will!

Hofräthin. Ich bin ein bestochener Richter.

Rauning. „Verwaiste Toilette!" Hilf Himmel — „verwaist! — Denken Sie an meine niedliche Toilette — und das eiserne — „verwaist!" Das haben Sie aus — aus einer Citation.

Hofrath. Verwaist? — Nun, ich finde —

Rauning. Das soll eine Definition werden? Ich nehme sie für empfangen an. Verbessern Sie Ihre Barbarey durch eine Liebeserklärung, die Sie mir thun. Aber sie muß so seyn, daß nur ich sie verstehe, und Maman nicht. Darin liegt die Pointe. — Ach, da schwebt etwas Förmliches auf Ihrer Zunge — pst — still —

Hofrath. Ich betheure —

Rauning. Kein Wort! — Zur Strafe dort in den Winkel, bis ich gehe. Sie führt ihn an das Ende des Zimmers. Er küßt ihre Hand. Sie geht vor. Mama, was machen Sie aus dem Manne? Er ist so traurig —

Hofräthin. So wird er mir gegeben.

Rauning. Bey mir ist er ganz anders, die ewige Fröhlichkeit.

Hofrath. Noch keine Entzauberung?

Rauning. Non Monsieur! — Bey mir ist er heiter, verbindlich — galant sogar. — Allons, mein Herr, hierher!

Hofrath kommt.

Rauning. Bitten Sie um Vergebung, daß Sie nicht heiterer sind.

Hofrath. Kann man wohl lustig seyn, wenn man geradezu darauf angeredet wird?

Rauning. Zu schwer, zu schwer! Ach chere Maman, ich gehe ganz anders mit dem Sünder um.

Hofräthin. Sie sind seine Freundin.

Rauning. Eh bien — und Sie, seine beste Freundin.

Hofräthin. Die müssen ertragen und nicht belehren wollen —

Hofrath. Gezwungen freundlich. So wie sie wieder ertragen werden wollen.

Hofräthin. Das hätte ich hinzu gesetzt. Du warst aber hastiger als ich.

Rauning. Ihr werdet trocken — und ich scheide. Adieu! Also ich komme. *Zum Hofrath.* Euer Gestrengen machen meine Partie. *Zur Hofräthin.* Ich schicke Ananas — Umarmen Sie mich. *Sie umarmt sie, und führt sie in eine Ecke.* Wenn Sie heute Abend nicht Roth auflegen, so sehen Sie bey den Lichtern todtengelb aus. Was macht — Aha — ich weiß schon. *Sie wirft ihr einen Kuß zu, hängt sich an seinen Arm, geht ein paar Schritte, bleibt stehen, spricht leise mit ihm, geht weiter, bleibt an der Thüre stehen, lacht laut, sieht sich um.* Adieu Maman — *und geht lachend mit ihm fort.*

Elfter Auftritt.

Hofräthin *allein.*

Nein — das war zu viel! — Ich muß mich erklären — ich will es! *Sie geht heftig auf und ab bleibt endlich stehen.* Was will ich erklären? *Sie geht einige Schritte.* Sophie — keine Thorheit. — Warum Erklärung? — Freylich hat sie sich thöricht benommen! Aber — hat sie nicht ihn in Verlegenheit gesetzt? — Sie hat mich gekränkt, das ist gewiß! — Gekränkt? — Was? Mein Herz oder mein Ansehen? — Mein Ansehen als Frau — Mag sie doch! Mein Herz bleibt ihm werth. — Und so hätte ich um gekränkte Eitelkeit mich erklären wollen? Wie klein hätte ich ihm

scheinen müssen! Ach ja — die Summe unter die
Rechnung gezogen, glauben wir oft ein Opfer gebracht zu haben — und unterlassen nur eine Thorheit. — Frischen Muthes, Sophie, du hast eine
Schwäche überwunden.

Sie geht dem Hofrath entgegen.

Zwölfter Auftritt.

Hofrath. Hofräthin.

Hofrath. Sophie, Du bist gegen die Rauning sehr kurz gewesen.

Hofräthin. Ich dächte nicht.

Hofrath. Es mißfällt mir.

Hofräthin. Und ich habe ein Kompliment
fordern wollen, über meine Geduld mit einer Bekanntschaft, die ich nicht liebe.

Hofrath. Man muß mit jedermann leben
können.   Ueberall Herzlichkeit ist nicht an seiner
Stelle.

Hofräthin seufzt. Ja wohl!

Hofrath. Was soll das?

Hofräthin. Was —

Hofrath. Das Ja wohl!

Hofräthin. Glaubst Du mich in einer Lage, daß es Bedeutung gehabt haben könnte, so ändre sie; wenn nicht — so war es ein unwillkührlicher Ausruf.

Hofrath. Das war nicht von Herzen geantwortet.

Hofräthin. Sollte ich es Dir nicht zurück geben — „überall Herzlichkeit ist nicht an seiner Stelle."

Hofrath. Die Gattung Gespräch hasse ich — Geradezu: ich bin verdrießlich.

Hofräthin. Ich habe Rechte auch auf Deinen Verdruß.

Hofrath. Da will man mir die Kommission über Garnecks Geschichte geben — aufbringen. Was kommt da heraus? Sklavenarbeit, eine unglückliche Familie, keine Ehre! Ich will die Kommission ablehnen.

Hofräthin. Hast Du das schon gethan?

Hofrath. Nein. Aber noch heute will ich es.

Hofräthin. Der Arbeit muß dabey viel seyn — so wie ich die Sache begreife.

Hofrath. Viel! Die Schwierigkeiten unzählig. Sie vermehren sich durch den allgemeinen Haß auf Garnecks.

Hofräthin. Kann man ihn nicht retten?

Hofrath. Durchaus nicht.

Hofräthin. Das Schicksal der Familie — ließe das sich mildern?

Hofrath. Hm — unbeträchtlich. Hier und da —

Hofräthin. So läßt sich gewiß manches in schlimmerem Lichte zeigen, als es ist.

Hofrath. In viel schlimmerem; bey einigen Dingen besonders.

Hofräthin. Die armen Leute! — O — sie werden doch in ehrliche Hände kommen?

Hofrath. Frau und Kinder dauern mich.

Hofräthin. Für die wäre also etwas zu hoffen?

Hofrath. Mit unsäglicher Mühe, mit der feinsten Wendung und Engelsberedsamkeit möchte es seyn, daß die dem Verderben entrissen würden.

Hofräthin. O wie würden die Armen ihre Hände im Dankgebet zu Gott ringen, wenn sie Dich hätten! Du bist gut, gerecht, vollherzig! August — in welchem schimmernden Lichte stehst Du vor mir — Retter der Waisen! Beschützer einer guten verlassenen Frau! O schlag' es nicht aus. Diese Handlung giebt unserm Kinde einen Vormund, wenn wir sterben.

Hofrath bleibt vor ihr stehen. Ich verstehe Dich. Er giebt ihr die Hand. Ich will die Sache annehmen. — Ich will bald anfangen — ich fange

heute noch, an; Er umarmt sie. Ich bin auch nicht
mehr verdrießlich.

Hofräthin. August — Du liebst mich und
bist gut. August, Du hast mich jetzt sehr glücklich
gemacht! — Ich athme in überwallenden Gefühlen — und schweige. — Denn der Geschäftsmann
muß nicht zu oft gereizt — nicht zu reizbar seyn.

Hofrath. Gerührt. Damit ich Dir Wort halte,
meine Sophie, ich will gleich schreiben, daß ich die
Sache übernehme.

Hofräthin. Thu das. Doch noch eins vorher, das ich nicht verschieben kann. Der Onkel —
hat mir mit seiner eignen Art und Güte gesagt,
daß er sich zu verheirathen entschlossen ist.

Hofrath. Der Onkel Lestenfeld?

Hofräthin. Freylich.

Hofrath. Das — ist sonderbar. — Ich
billige es nicht.

Hofräthin. Warum?

Hofrath. Der Onkel ist ein alter Mann, er
kann nicht dabey gewinnen — und — einst — habe
ich dabey zu verlieren; denn der Onkel hat keine
Verwandte, die er liebt wie uns. — Es scheint
mir sehr sonderbar. Nun — wen will er hey-
rathen?

Hofräthin. Meine Schwester.

Hofrath. Der — — —

Hofräthin. Ja, Lieber, meine Marie!

Hofrath. Hat sie eingewilligt?

Hofräthin. Ich gehe jetzt zu ihr.

Hofrath. Thu das! *Heftig.* Es setzt mich sehr in Verlegenheit.

Hofräthin. Warum?

Hofrath. *Verlegen.* Als Vormund. — Kann ich ihr rathen, einen alten Mann zu nehmen?

Hofräthin. Er will keine Zuredungen.

Hofrath. Im Gegentheil muß man abrathen.

Hofräthin. Das nicht. Wenn sie wollte. —

Hofrath. *Pause.* Sophie — ist die Idee von Dir?

Hofräthin. Nein. Nein, August!

Hofrath. Gewiß nicht?

Hofräthin. Nein.

Hofrath. Es ist doch sonderbar. Ich bitte Dich, liebe Sophie — denn es ist mir gar zu unwahrscheinlich, daß es mit dem Onkel Ernst seyn sollte. — vermuthest Du — Du und der Onkel — besorgt ihr etwas von mir? Sage mir das.

Hofräthin. Nein. *Aengstlich.* Sollte ich etwas besorgen?

Hofrath. *Kalt.* Nicht doch. — Nun — frage Deine Schwester. _____

Hofräthin: Du glaubst mich besorgt — und heißest mich gehen?

Hofrath. Zu Deiner Schwester. — Wir reden hernach — den Nachmittag reden wir weiter davon.

Hofräthin. Ist eine Unannehmlichkeit, wir wollen abwenden. Ein Unglück? — Je nun — wir müssen dann suchen frischen Muth zu bekommen. Rede, August. — Oder nähme Dir es die gute Laune zur Arbeit — so will ich warten. — Nachmittag also? Gut. August, Du wirst mir heute noch einmal sagen müssen: „Ich bin nicht mehr verdrießlich." Sie geht ab.

Dreyzehnter Auftritt.

Hofrath allein.

Das wollen wir sehen! — Der besorgte Onkel — der mich heute warnte — die ängstliche Frau! Diese Heirath ist ein angestellter Handel. Ich soll mich demüthigen, vor ihrem Tribunale mich krümmen, Hülfe gegen Einschränkung tauschen! — Nein, ich will ohne sie Rath schaffen. Heirath, oder nicht, ich will meine Mündel zufrieden stellen. — Der Onkel, der uns so liebt — in seinem Alter heirathen?

Vierzehnter Auftritt.

Hofrath. Sekretär Ramstein.

Ramstein. Mit frischen Schritten auf und ab? Gut. So wünsche ich Dich.

Hofrath. *Finster.* Wozu?

Ramstein. Zu meinem Antrage. — — Doch da sehe ich einen Zug auf der Stirne — wenn dazu schnelle Schritte kommen, das deutet auf Ungestüm — und ich gehe.

Hofrath. Pah — ein vernünftiger Mann läßt sich nicht von einer Runzel verscheuchen, er verscheucht die Runzel.

Ramstein. Sonst vermochte ich das. Wer mag ich es noch?

Hofrath. Wozu das?

Ramstein. Du bist anders geworden — kalt, und oft scheinst Du —

Hofrath. Was?

Ramstein. Stolz —

Hofrath. Pful!

Ramstein. Wir sind Jugendfreunde — aber wie wir standen — stehen wir nicht mehr.

Hofrath. Wir stehen noch so: scheint es anders, so ist das Schuld daran, was so oft dem Menschen ein anderes Licht giebt — meine Heirath.

Ramstein. Nein —

Hofrath. Glaube mir — unmerklich bekommt man andere Richtungen, und —

Ramstein. Dein Umgang mit der Rauning giebt Dir andre Richtungen, nicht Deine Heirath. Der Rath Berg giebt Dir Kälte, nicht Deine Frau —

Hofrath. Der Rath Berg, die Rauning: nun bist Du auf dem Tummelplatze, wo die Gemeinsprüche von Euch allen paradieren.

Ramstein. Die Rauning taugt nicht —

Hofrath. Ich nutze ihr Gutes.

Ramstein. Hat sie Gutes?

Hofrath. Sehr viel. Nicht die sanften Eigenschaften, die Liebe gebieten, aber Sinn für Freundschaft, Standhaftigkeit und manchmal Edelmuth. Diese Unterscheidung macht die Gränze zwischen ihr und meiner Frau, und mein Herz bürgt, daß ich keine übertrete.

Ramstein. Das möchte ich nicht so fest behaupten.

Hofrath. Ueberhaupt nehmt ihr alle die Sache zu ernst. Ich amüsiere mich dort. Man muß gestehen, sie hat Rath und Auswege für alles —

Ramstein. Für alles, und auf Kosten aller.

Hofrath. — Hm — wie sind wir denn auf das Gespräch gekommen?

Ramstein. Ich? Weil es mir am Herzen liegt. Ich möchte davon reden, wo ich Dich sehe.

Hofrath. Du sagst oft Dinge, die man nicht anhören kann —

Ramstein. Du thust Dinge, die niemand begreifen kann.

Hofrath. Du bist oft so rauh —

Ramstein. Ehedem hast Du das nicht gesagt — Du bist mich aber nicht mehr gewohnt.

Hofrath. Nach einigem Nachdenken. Wir waren etwas entfernt — laß uns näher kommen.

Ramstein. Von Herzen. Gieb mir Deine Mündel, Deiner Frau Schwester, zur Frau.

Hofrath. Ramstein!

Ramstein. Nun?

Hofrath. Du hast Dich doch nicht aus Gutherzigkeit wozu verleiten lassen?

Ramstein. Was willst Du?

Hofrath. Ist es Dein Ernst?

Ramstein. Zuverlässig.

Hofrath. Vor einer Viertelstunde hat der Onkel um sie angehalten, nun Du. Beides ist mir unwahrscheinlich: der Onkel ist ein alter Mann;

und von Deiner Liebe sollte ich nichts gewußt haben? so auf einmal bestimmst Du Dich zur Heirath!

Ramstein. Ich kann die Menschen nicht ausstehen, die von ihrer Liebe wie vom Fieber reden, wo die ganze Sippschaft fragen muß, wie man geschlafen hat, und jeder Vorübergehende höflichkeitshalber nach dem guten und bösen Tage fragt. Mauren und Riegel fordern keine Wagstücke, Hindernisse keine Schwärmerey. Oder sind Hindernisse da? — Das mußt Du wissen.

Hofrath. Nein, es werden keine da seyn.

Ramstein. Nun — da ich also glaube, wir werden glücklich seyn — so zögere ich nicht und fordere sie zur Frau. Dir sage ich es zuerst; wenn Du Ursachen hast, die es hindern; so sage sie; wir —

Hofrath. Nein! Aber wenn ich Ja sagen kann, und das Mädchen Ja sagt — Wirst Du nicht blaß?

Ramstein. Das weiß der Himmel, ich verstehe Dich nicht.

Hofrath. Aber ich verstehe Euch!

Ramstein. Euch? Wen —

Hofrath. Dich, den Onkel, meine Frau —

Ramstein. Ich habe kein Wort mit beiden hierüber gesprochen, nicht mit Deiner Mündel.

Hofrath. Kann man nicht offen handeln? Soll ich durch ein Kunststück, und ein so elendes Kunststück mich gängeln lassen?

Ramstein. Kunststück? — Ich habe Blut! —

Hofrath. Ich auch — und Ehre dazu! —

Ramstein. Jetzt ist's genug.

Er nimmt Hut und Stock.

Hofrath. Fürwahr das ist es!

Ramstein. Ich kenne Dich nicht mehr, kein Mensch erkennt Dich mehr, und Du verkennst alles. Das kommt von der Rauning. Dein herrliches Weib untergräbt der Jammer, Deine Freunde trauern, und Du gehst zu Grunde um ein Luftsystem.

Hofrath. Deutlich.

Ramstein. Und nöthig. Keiner sagte es; ich bin ehrlich genug, es zu wagen.

Hofrath. Ich sehe mehr als mir lieb ist. Noch einen Beweis erwarte ich, dann aber — hier ist meine Hand, daß ich —

Ramstein. Halt — hier ist die meinige dagegen.

Hofrath. Daß ich meinen Hausfrieden räche —

Ramstein. Daß ich Dein Glück — Ja, Deines und Deines Weibes Glück, schätze auf Leben und Tod.

Hofrath. Es bleibt dabey.

Ramstein. }
Hofrath. } Auf Leben und Tod!

Sie gehen.

Dritter Aufzug.

In dem Hause der Mamsell Rauning.

Erster Auftritt.

Margrethe allein.

Sie fißt etwas tief im Zimmer, an einem Tische, der voll
Sachen ist.

Krumm werde ich von dem verdammten Sißen!
blaß wie die Wand! Sie wirft Garnierung und Schere
hin. Ich will fort! Sie steht auf. Ja, das will ich
heilig und gewiß! Bey Nacht habe ich keine Ruhe,
bey Tage werde ich ausgehunzt, schöne Vorschriften
kriege ich und kein Geld — da der alte Narr, der
Friedrich, böse thut — auch keinen Mann. Von
ihrer Garderobe sehe ich nichts. Aus dem Türken
hat sie Deshabillés gemacht, aus denen Bauern-
kleider, aus diesen Morgenanzüge, aus den Mor-
genanzügen — Stuhlküssen.

Zweyter Auftritt.

Margrethe. Mamsell Rauning.

Rauning kommt zänkisch herein und geht vorn auf und nieder.

Margrethe geht leise wieder an die Garnierung.

Rauning. Nun?

Margrethe. Mamsell befehlen? Sie kommt zu ihr.

Rauning stößt den Sonnenschirm an die Erde.

Margrethe nimmt ihn ab, legt ihn weg, kommt wieder.

Rauning läßt die Spitzen an dem Fingerhandschuhe.

Margrethe zieht sie aus, will ihr den Mantel nehmen.

Rauning wickelt sich darin ein, und geht auf und ab.

Margrethe bleibt stehen.

Rauning besieht sich im Spiegel, und setzt sich darauf vorn hin. Ich sehe übel aus.

Margrethe geht an die Garnierung.

Rauning. Laut. Mein Roth ist zu blau, das entstellt mich. Den Spiegel —

Margrethe bringt ihn und ein Tuch.

Rauning nimmt das Roth theils ab. Kaffee!

Margrethe *geht.*

Rauning. *Bleib* Sie. Er erhitzt nur mehr.

Margrethe *kommt wieder halb vor.*

Rauning. Nun — soll ich zu ihr da hin
auf schreyen? Zu mir herunter komme Sie.

Margrethe *kommt mehr vor.*

Rauning. Daher —

Margrethe *kommt noch näher.*

Rauning. So! Sie steht auf und geht umher.
Spreche Sie —

Margrethe. Es ist sehr heiß.

Rauning. Weiter!

Margrethe. Mamsell sind verdrießlich.

Rauning. Weiter!

Margrethe. Mamsell — aber —

Rauning. Wird's?

Margrethe. Sie werden ungehalten —
Sie — Auf einmal. Sie sehen heut übel aus.

Rauning. Hm!

Margrethe. Soll ich weiter — —

Rauning. Still. Es ist genug. *Sie setzt sich.*
Höre Margrethe — *läßt sie neben sich sitzen.* — Ich
sehe wirklich übel aus.

Margrethe. Das ist wahr.

Rauning. Warum aber? Freundlich. Ich bin wohl, ich bin zufrieden, — Pause. Ich will reden, also sprich.

Margrethe. Wie ein Strom. Die eine Hälfte der Nacht spielen, des Morgens schlafen, in der Mittagshitze Morgenpromenaden machen —

Rauning lacht. Du hast Recht. Sie denkt nach. Ich will — Sehr ernst. Heute. Um zehn Uhr schlafen gehen.

Margrethe steht auf. Wir werden beide grämlich und wunderlich, Mamsell.

Rauning. Meine Schatiere —

Margrethe bringt sie.

Rauning schnupft. Grämlich und wunderlich? — Ja so müssen wir unsere Partie nehmen. Das will ich auch thun.

Margrethe. Friedrich sagt — wie sähen aus — Sie und ich — wie alte Hyazinthen in Treibgläsern.

Rauning. Sey nicht böse, Margaris. Wecke mich morgen früh Punkt neun Uhr. Ich will mich auch nicht mehr ärgern. Zwar habe ich es eben noch —

Margrethe. Ueber wen?

Rauning. Madam Lessenfeld.

Margrethe. Was hat sie gesündigt?

Rauning steht auf. Nichts! und das macht mich eben wahnsinnig. Alles habe ich gethan, sie aus der Fassung zu bringen. Umsonst!

Margrethe. Lassen Sie doch die Leftenfeld —

Rauning. Nein! Ihr Wesen ist angenommen, und ich ruhe nicht, bis die Stadt das weiß, wie ich es weiß. Ueberhaupt aber habe ich bey Gelegenheit einiger Fremden, die die Kirche besahen, eine Reflexion gemacht, die betrifft mich —

Margrethe. Nun?

Rauning. Ich interessiere nicht mehr.

Margrethe. höslich. Ah, das wüßte ich doch nicht.

Rauning. Ich gefalle — man sieht mich gern — ja, aber ich interessiere nicht mehr.

Margrethe. Je nun — interessieren, gefallen — das gilt ja gleich?

Rauning. O gar nicht, Mamsell, gar nicht gleich! Wenn wir interessieren — so kosten wir den Männern dumme Streiche; wenn wir gefallen — höchstens eine Etourderie, die mit einem Tage ausgeträumt ist. Mit Einem Worte — Interesse giebt mir Despotenzepter; Gefallen eine republikanische Ehrenstelle.

Margrethe. Und die wechselt, glaube ich, alle Jahre.

Rauning. Darum will ich schleunig meine Partie nehmen.

Margrethe. Welche denn?

Rauning. Wollen sehen. — Ich wüßte niemand, den ich liebte — mich liebt niemand — das kann eine vernünftige Ehe werden, wenn die Gelegenheit sich fände.

— Margrethe. Das dächte ich nun nicht. Man wird doch alt —

Rauning. Ja, und stirbt.

Margrethe. Dann hat man doch gern jemand um sich, dem es lieber ist, daß man lebt.

Rauning. Gewalt ist das angenehmste Gefühl! Gehen unsere Reize sie uns nicht mehr, so giebt sie uns der Verstand. Wer sich nicht liebt, kann sich doch einander quälen. Sieh, Margaris, den ganzen Lebenslauf der Weiber füllen zwey Ideen, zu quälen, oder gequält zu werden.

Dritter Auftritt.

Vorige. Rath Berg.

Berg. Der Ihrige.

Rauning. Sie kommen spät.

Berg. Dieß und jenes Geschäft. Nun das Gut —

Rauning. Ist endlich mein.

Berg. Gut für Leßenfeld, daß diese Träumerey ein Ende hat! Aber die Stadt schreyet.

Rauning. Ueber mich?

Berg. Und mich und Leßenfeld. Alle alte Herren, die dort bey seinem Vater ihr Pfeifchen in den geraden Alleen geraucht haben, wüthen. Herr Sekretär Ramstein fiel mit hohem Enthusiasmus auf mich zu.

Rauning. Was wollte er?

Berg. Es war lang. Er hat Freundschaft, Weib, Kind, Madam Leßenfeld, und alles von vorn an, und dann wiederum Madam Leßenfeld, recht artig gemischt und mit hoher Pracht vorgetragen, dabey von Seelenruhe, Rechenschaft und

Bettelstab ein langes und breites geschwatzt. —
Kurz — er hält etwas auf Madam Lestenfeld.

Rauning. Und sie hält etwas auf Ramstein.

Berg. Sie gehen zu weit, ich stehe nur
für ihn.

Rauning. Und ich für sie! — Wen hatte
sie zum Vertrauten? Sie hat für' ihren Mann
bezahlt; kann sie das ohne Ramstein? — Dank,
lieber Berg! — Land, Land, Land! möchte ich
rufen.

Berg. Wie können Sie aber —

Rauning. Das ist meine Sorge. Lestenfeld
ahndet schon so etwas; er getraut sich nur noch
nicht zu denken, daß er es glaubt. Er ist kalt
gegen Ramstein —

Berg. Hm — Sie sind Nebenbuhler auf
dem Wege der Ehre, in der Meinung des Publi-
kums.

Rauning. Nicht doch. — Ramstein predigt
für die Frau — also hat sie geklagt, über ihren
Mann geklagt; er wird ihr Recht geben; das
gefällt ihr. Sie, schön, artig, jung — Ramstein,
frey, reich, ein Mann von Kopf — und diese
Leute sollten sich nicht lieben?

Berg. — Sie lieben sich. Aber —

Rauning. Sie müssen sich lieben. Der
Weihrauch fällt, Madam hören auf ein Wunder

zu ſeyn, und müſſen von ihrem Altare herab,
oder —

Berg. Daß Weiber ſo ſchwer weibliche Tugend
gelten laſſen.

Rauning. Das war platt geſagt.

Berg. So widerlegt man nicht.

Rauning. Und ſo klagt man nicht an. —
Ich begreife Liebe, Güte, Großmuth — jede Tu-
gend einzeln. Aber das Zuſammentreffen aller
Tugenden in dem reißendſten Einklang, wie es die
Leſtenfeld affektiert — bringt mich auf — denn es
iſt Taſchenſpielerey.

Berg. Falſch geſpielt, ich gebe es zu. Indeß
gewinnt ſie dadurch.

Rauning. Sie kann aufhören zu gewinnen.

Berg. Wenn Sie Leſtenfeld lieben wollten,
allerdings. — Wer weiß? Er gefällt ſich hier bey
Ihnen —

Rauning. Gut. Ich will jedermann gefallen;
was geht aber jedermann mich an?

Berg. Hätten Sie Leſtenfeld nicht geliebt?

Rauning. Ich habe ihn für eine konvenable
Partie gehalten.

Berg. Nicht geliebt? Und dennoch treiben
Sie es mit der Referentenſtelle für ihn ſehr ernſt-
lich — ſehr —

Rauning. Aus Mitleid. — Er muß ewig mein Schuldner bleiben müſſen, und fühlen wie viel ich vermag. Lieben? Euch lieben? Da wäre mir die Konvenienz eines alten Amtmanns, der zu ſeinen Schafen, Kühen und Scheuern mich mit ins Inventarium ſetzen wollte, mehr werth als eure Liebe.

Berg. Ob ſie das wohl alles glaubt, Mar=garis?

Margrethe, die hinten arbeitet. O ja, mein Herr.

Berg. — Ihr Herz iſt alſo frey?

Rauning. Und wird es bleiben.

Berg. Sie werden Sich nicht verheirathen?

Rauning. Darnach es fällt.

Berg. Aha. Verheirathen alſo, und doch ein freyes Herz behalten?

Rauning. Wenn ich anders vernünftig bleibe.

Berg. Brav! Das iſt mein Syſtem! — Darf ich mich Ihnen antragen? Unſere Vereini=gung würde unſerm Hausleben den Reitz des Pikanten geben.

Rauning. Haha! Vorausgeſetzt, daß wir immer in Gränzſtreitigkeiten bleiben würden.

Berg. Unſere Kabinette zu üben — ja.

Rauning ſieht ihn an und lacht.

Berg lacht auch.

Rauning. Wenn wir sonst nur etwas auf einander hielten!

Berg. Wagen wir es?

Rauning. lachend. Immerhin.

Berg. Höflich. Mann und Frau?

Rauning. Je nun — ja.

Berg verbeugt sich. Sehr verbunden.

Rauning. Ich bin besser, als Sie glauben.

Berg. Denken Sie von mir, daß die Extreme sich berühren?

Rauning verneigt sich. Wir sind einig.

Berg. Unsre Heirath — darf ich sie bekannt machen?

Rauning. Morgen — wenn ich auf das Gut gefahren bin. Widerwillig. Wenn ich zurück gekommen bin, spricht niemand davon.

Berg. Das gefällt mir. Der Ihrige. Geht.

Rauning. Adieu.

Berg kommt zurück. Jetzt, zum Beyspiel, hätte ich gern Ihre Hand küssen mögen — aber es ist außer meinem Plane.

Rauning. Auch ziemlich außer dem meinigen.

Berg. Himmel, wie sind wir für einander geschaffen! Geht ab.

Margrethe sieht ihm nach und geht vor. Huhuhu — mich friert.

Rauning. Warum?

Margrethe. Vor der Ehe. Es ist wohl
nur Spaß —

Rauning. Voller Ernst. Dieser Mensch hat
seine schiefen Richtungen — das ist wahr — aber
dabey bleibt's; er hält etwas auf seine Schiefhei-
ten — und noch mehr, er wird mir nicht verbogen
werden.

Margrethe. Ey ey —

Rauning. Diese Gattung Menschen ist sehr
brauchbar. Sie arbeiten ihren Vormittag fleißig
weg, führen Nachmittags eine Intrike gut genug
durch, fournieren Abends eine heitre Konversation,
und schließen bey allem dem Sonnabends ihr Haus-
buch richtig ab. Sie nützen und amüsieren; so geht
das Leben erträglich zu Ende.

Vierter Auftritt.

Vorige. Hofrath.

Rauning. Was führt Sie zu mir? — Es
ist Mittag — man wird auf Sie warten; ich
behalte Sie nicht.

Hofrath. Ihre gute Laune führt mich her.

Rauning. Bringen Sie keine mit zu mir?

Hofrath. Ich komme von Hause.

Rauning. Das Kompliment amüsiert mich nicht. Es ist unartig gewesen. — Wollen wir spielen?

Hofrath. Ich bin sehr zerstreut.

Rauning. So reden Sie. Oder soll ich reden? Gut. Wovon? Von Moden — Hm! Sie sind ein Gelehrter! Lästern ist gar zu ordinär.

Hofrath. Offenherzig — ich bin übel daran, und hoffe hier bessern Muth zu holen.

Rauning. Kann werden, mein Freund.

Hofrath. Ach!

Rauning. Soll ich nicht mehr erfahren? So kann ich nicht mehr antworten. — „Ach!" — So — nun sind wir fertig.

Hofrath. Mein Onkel will heirathen —

Rauning nimmt eine Arbeit. Je nun —

Hofrath. Auf und abgehend. Meiner Frauen Schwester.

Rauning. So bleibt das Geld in der Familie —

Hofrath. Denken Sie Sich meine Verlegenheit — Ramstein hält auch um sie an. Scherz oder Ernst, es quält mich.

Rauning lächelt, legt die Arbeit weg. Welcher von diesen beiden wird abgewiesen?

Hofrath. Doch wohl der On —

Rauning. *Rasch.* Nein! — Nein, der Onkel
wird nicht abgewiesen. *Sie sieht ihn lachend an.* Der
Onkel wird nicht abgewiesen.

Hofrath *stutzt.* Warum nicht?

Rauning *arbeitet, und lächelt in sich.* Weil Ramstein nicht angenommen wird.

Hofrath. Wissen Sie das?

Rauning *sieht ihn an.* Ich — schließe so.

Hofrath. Ich muß Ihnen sagen, ich halte
die ganze Sache für einen angelegten Plan meiner
Frau, um —

Rauning. *Schalkhaft.* Nun — *Gedehnt.* Nein —
das nicht. Es ist wohl mehr ein Plan von dem
ängstlichen Ramstein, Sie sicher zu machen.

Hofrath. Wen?

Rauning. Sie.

Hofrath. Mich?

Rauning. Den gestrengen Eheherrn, ja. —
Er weiß, daß er nichts dabey wagt. *Gleichgültig.*
Denn immer wird das Ansehen der Frau dem
Kinde den Onkel geben, und er deckt seine Verehrung.

Hofrath. Verehrung? Wessen?

Rauning *lacht.* Wessen? *Sie lacht wieder.*

Hofrath. Ihr Lachen giebt mir ein übles Verhältniß.

Rauning. Hätten Sie — *Sie steht auf.* Lieber Himmel — hätten wir einander — Meinten Sie etwas andres —

Hofrath. *Bitter.* Mit zwey Worten — Sie glauben, Ramstein sey in meine Frau verliebt?

Rauning. Und wenn er es wäre — so ist Ihre Frau —

Hofrath. Unschuldig wie ein Engel!

Rauning. Darauf schwöre ich.

Hofrath. Das können Sie, das müssen Sie.

Rauning. Sie nehmen mich —

Hofrath. Wie Sie Sich geben. Ist auch dieß engelgute Weib vor Euern Zungen nicht in Sicherheit, dann schützt keine Tugend mehr.

Er will gehen.

Rauning. *Mit angenommenem Schrecken.* Lestenfeld —

Hofrath. Sie, die den Spiegel ihrer Seele so klar auf dem Gesichte trägt!

Rauning. Werden Sie auch hören?

Hofrath. Nein! Nein, ich habe schon zu viel gehört. *Er greift nach Hut und Stock.* Oder — ja. Nennen Sie mir das Geschöpf, das sie verführte, daß Sie, Sie an meiner Frauen Ehre — Nennen Sie mir es.

Rauning. Das will ich.

Hofrath, nimmt nun Hut und Stock und stellt sich zu ihr. Ich höre.

Rauning setzt sich. Lestenfeld, wie behandeln Sie mich?

Hofrath folgt ihr. Den Namen!

Rauning. Ramstein ist ein ehrlicher Mann.

Hofrath. Das ist er.

Rauning. Fühlt er Neigung für Ihre Frau, so ist er auch edel genug, sie ihr zu verschweigen.

Hofrath. So kenne ich ihn.

Rauning. Und Ihre Frau ist —

Hofrath. Ist einer Niederträchtigkeit unfähig — unfähig.

Rauning. kalt. So haben Sie nichts zu fürchten, und das zarteste Gefühl ist unverletzt.

Hofrath. Wer sprach Ihnen von dieser Verehrung anders? Wer nennt meinen Namen und lächelt? Wer lächelte es Ihnen zu, daß Sie mir es zulächeln könnten? Nur einen Namen. Einen nur — aus Barmherzigkeit — Wer?

Rauning steht auf. Dieser — jener — hart. Was weiß ich!

Hofrath. Also die Stadt?

Rauning. Sie sind wüthend. Ich ließ Sie dabey; ich hatte jemand zu nennen, Ihre Raserey aufzuhalten.

Hofrath. Und meine Frau, die dem Kinde den Onkel giebt — Allerliebst!

Rauning. Den Onkel glücklich zu machen — ja.

Hofrath. Und das Lächeln zu allem diesem, das allerliebste Lächeln!

Rauning. Wie man lacht — nun — wie ich oft lache. Genug. *traurig.* Sie sehen, jetzt lache ich nicht. Sie haben Dinge hingeworfen, die auf gewisse Bagatellen — deuten konnten. In dem Sinne habe ich geantwortet, und bin trost= los, daß ich nur den Schein haben sollte, an der guten Frau zu sündigen.

Hofrath. Sie haben mir ein Gefühl gege= ben, das Sie mir nun nicht mehr nehmen können.

Rauning. Ihr Gefühl darf ich jetzt weniger achten, als die Verletzung meiner eignen Delika= tesse. — Sie kommen daher, scheinen gekränkt, reden einsylbig, und verleiten mich in Ihre Idee zu gehen. Denn — was wurmt in Ihnen, weß= halb Sie hier klagen, Trost suchen wollten? Wel= cher Sünde wollten Sie denn Ihre Frau zeihen? Welcher?

Hofrath. Ich hatte nicht —

Rauning. Gegen Ihre Frau hatten Sie etwas — Keine Widerrede — es war gegen Ihre Frau. Es war keine Kleinigkeit, denn es sollte mir mit Rücksichten gesagt werden — mit Egards. — Es liegt tief unter Ihrer Brust, weßhalb Sie

hierher gekommen sind, was noch zurück ist — und
das betrifft die Frau.

Hofrath. Gleichviel, ich —

Rauning. Nein, mein Herr —

Hofrath. Genug, ich sehe, Sie wollten meine
Frau nicht absichtlich kränken, und —

Rauning. Heftig. Genug! Stolz. Nein, mein
Herr, Ihr „Genug" bestimmt das meine nicht.
Noch ein paar Worte habe ich zu Ihrem Ueber-
muthe zu reden, ehe ich Sie entlassen werde.
Ueber Ramstein habe ich gelacht. Sie hielt ich
für vernünftig genug, der Tugend Ihrer Frau
gewiß zu seyn. Ich habe eine Schwäche genannt,
davon Ihre Frau die zufällige Ursache ist, die sie
nicht begeht. Wer ihr aber durch Wort und Betragen schadete, waren Sie! Sie, mein Herr, Sie,
der selbst sagte, ich halte es für einen angelegten
Plan meiner Frau, und dem nun nach der Zweydeutigkeit, womit er von dem besten Weibe sprach,
der eheliche Don Quixote schlecht ansteht.

Hofrath. Wohl. Ich will Ihnen sagen, was
ich auf dem Herzen hatte, um nicht an meiner Frau
zu sündigen, wenn ich schweige. Ich bin Vormund
meiner Schwägerin. Fast alles Vermögen derselben,
die liegenden Gründe ausgenommen — ist für mich
ausgegeben und dahin. Nun will sie heirathen;
das Vermögen muß also da seyn. Meine Frau hat
sich in meine Einrichtungen nie gemischt; der Onkel

aber hebt oft den Zeigefinger, und Ramstein spricht laut. So standen die Sachen, da auf einmal beide um das Mädchen anhalten.

Rauning. Nun?

Hofrath. Habe ich meine Frau im Verdacht, daß sie diese Bewerbungen nur zum Schein angestellt hat, um — um —

Rauning. Sie zur Räson zu bringen.

Hofrath. Hm — so — etwas. Ja.

Rauning zuckt die Achseln. Sie müssen aber auch bedenken, es gilt das Eigenthum Ihrer Schwägerin.

Hofrath. Das ich ersetzen kann.

Rauning. Ihre Frau ist eine gute Wirthin, nicht wahr? —

Hofrath. Ach ja!

Rauning. Also sieht sie dergleichen anders wie Sie. Das ist billig. — Uebrigens — sollten Sie etwa Sich leichter helfen können, wenn das Gut Ihre bleibt — so sind wir ja Freunde. Ich —

Hofrath. Freunde sind ehrliche Leute — und wir haben gehandelt.

Rauning. Aengstlich. Vielleicht beförderte es doch Ihr Arrangement. In solchen Umständen — nehme ich ja gern die Brillanten zurück.

Hofrath. Quälen Sie mich nicht so.

Rauning lacht. Ihre Frau verbinden Sie obenein. — Die säet, pflanzt, hackt, begießt lieber, als —

Hofrath. Weil sie überhaupt eine beſſere Landwirthin iſt — als — Hm, laſſen wir das. — Zur Hauptſache — Ich bin nicht ſo albern, eiferſüchtig zu ſeyn; ich bin meiner Frau gewiß. Da aber die Stadt auf Ramſtein ſieht — mußte ich nicht auf ihn ſehen? — Was ſagen Sie?

Rauning. Pauſe. Ja — Raſch. und nein! Nein, Leſtenfeld! — Ihre Frau hat Verſtand, Tugend, Reize. — Haben Sie bisher geglaubt, daß unter allen Männern Sie der Einzige ſind, der das bemerkt?

Hofrath. Nein. Aber —

Rauning. Ramſtein, der ſtündlich dort iſt, ſieht die Frau, anſcheinend, leiden; er iſt ſchwärmeriſch — das kann Heroismus in der Liebe geben.

Hofrath. O ja!

Rauning. Darum ſind Sie geborgen; denn um ſo delikater wird er ſeyn.

Hofrath. Fremder Heroismus kann leicht mehr intereſſieren, als die Zuneigung des leibeignen Mannes —

Rauning lacht. Das iſt wahr. — Aber — Ernſt. dagegen iſt der Charakter Ihrer Frau Bürge.

Hofrath. Schnell und mit Wärme. Dieſe Sicherheit ehre ich. Sonſt — Pauſe. habe ich aber auch keine. Wie? Da ſtehe ich denn doch gefährlicher, als ich es Anfangs überſah.

Rauning. Die Reflexion muß ich machen, daß, wenn jemals Ihre Frau gegen Ramstein gewisse Verbindlichkeiten erhalten sollte —

Hofrath. Verbindlichkeiten? Welche?

Rauning. Wenn nun — vergeben Sie der Freymüthigkeit — bey Ihrer jetzigen Lage, Ihrer Frau Geldbedürfnisse entständen; diese würde Ramstein, reich wie er ist, gern befrie —

Hofrath. *Empfindlich.* Beruhigen Sie Sich. Meine Frau hat Ehre.

Rauning. *Delikat.* Eben darum! Wenn nun ein Zudringlicher — Sie kennen die Güte, die Liebe Ihrer Frau noch nicht. Wenn ich nun weiß, daß sie ganz in der Stille für Sie, bey Simoni, Wechsel ausgelöset hätte?

Hofrath. Wie kann sie das? — Sie frappiren mich! Ihre Kapitale stehen unangegriffen. Wovon hat sie —

Rauning. Von Ersparnissen — natürlich! Allein die Liebe ist unendlich. Wer gut ist, will edel seyn. So könnte immer aus Liebe für Sie am Ende Verbindlichkeit für Ramstein entstehen. Verbindlichkeit ist bey guten Seelen nie ohne Dankbarkeit; und Dankbarkeit ist eine Pflicht, die schöne Seelen immer reich abtragen. So könnte —

Hofrath. Ich verstehe, was Sie sehr wohl verstehen! — Ich reime mancherley — daß — Dank! Sie retten mich von einem Abgrunde.

Rauning. Der noch ſehr fern iſt; allein —

Hofrath. Nicht ganz ſo fern. — Mit hoher Empfindung ſpricht Ramſtein von meiner Frau — mit ſeinen Entſchuldigungen ſie von Ramſtein — er und ſie kalt von ſeiner Heirath. Es ſind mehr Wechſel eingelöſet, als die von Simoni. Ich glaubte, Berg habe etwa — Nun hat meine Frau — und woher? — Gott im Himmel!

Rauning. Sobald Ramſtein Ihre Schwä; gerin heirathet —

Hofrath. Bin ich beruhigt! Wenn er aber das nicht thäte?

Rauning. Dann — läßt ſich weiter davon reden. Sie ſieht nach der Uhr. Es iſt ſpät. Adieu Leſtenfeld!

Hofrath. Vergeben Sie mein Auffahren?
Er küßt ihre Hand.

Rauning. Wie — ich ſollte Ihnen die Liebe für Ihre Frau vergeben? Nimmermehr! — Adieu! — Nun, warum gehen Sie nicht?

Hofrath ſieht ſie lange an. Es iſt gewiß, daß ich nirgend — nirgend am rechten Platze ſtehe. — Bedauern Sie mich. Geht ab.

Rauning ſieht ihm nach. Sieh, Margaris, der Menſch iſt ein Gelehrter, hat aber keinen Men; ſchenverſtand.

Fünfter Auftritt.

Mamſell Rauning. Margrethe.

Margrethe, die im Fond gearbeitet, und mit den Zeichen der Ungeduld und des Unwillens hier und da Theil genommen hat, geht vor. **Er dauert mich. Er hat Sie doch gern —**

Rauning. Mich? — Meine Spiegel, meine Ringe, meine Zimmer, die Großen, die hierher kommen, in deren Mitte er ſich groß dünkt, das erhebt mich in ſeinen Augen zu einem Etwas. Ein Narr betet ein Nichts an, was kümmert das mich? Solche empfindelnde Knaben, ſolche hoch gehende Thoren, haben mich um meine Jugend gebracht. Mit Thränen und Verſen hat der Menſch ſeine Frau gefangen; und, wie ein Knabe ſein Spielzeug, opfert er ſie um jede Poſſe auf, die man ihm vorwirft. — Wäre die Leſtenfeld nicht eine ſo grobe Taſchenſpielerin, ſie könnte mich dauern.

Margrethe. Wenn ſie es nun nicht wäre?

Rauning. Sie iſt's, ſie iſt's, ſage ich Dir! — Gut können wir ſeyn; aber nicht feſt und gut zugleich. Gar, wie dieſe, feſt, gut und liebend:

würdig zugleich ist eine Lüge. — Wenn man den
Rath Berg so behandelt, wie ich den Lestenfeld,
wird er lachen, vergnügt mit mir zu Mittage
essen —

Margrethe. Wird aber auch nie um Sie
betrübt seyn —

Rauning. Desto besser für ihn!

Margrethe. Wird sich nie nach Ihnen sehnen.

Rauning. Was liegt daran?

Margrethe. Wenn Sie krank sind —

Rauning. Kommt der alte Doktor.

Margrethe. Nicht an Ihrem Bette sitzen
und —

Rauning. Meine Suppe —

Margrethe. Der Hofrath quälte sich freylich — Aber, denken Sie, wie gut muß man sich
seyn, wenn man nachher sieht, daß es nur blinder
Lärm war! Ich weiß nicht warum — aber eben
jetzt gefällt mir der Hofrath recht wohl, und ich
möchte wohl an seiner Frauen Stelle seyn! Wenn
die beiden sich versöhnen — haben sie alles, was
auf Erden glücklich macht — und wir ärgern uns.

Rauning. Bis dahin hat es Zeit. Die Farce
hat mir Appetit zu meiner Suppe gegeben. —
Komm — beym Frisieren wollen wir den Narren
auslachen. Sie gehen ab.

Sechster Auftritt.

In des Hofraths Hause.

Ramstein. Hernach Friedrich.

Ramstein allein. Niemand hier? — Ich glaube, die Leute sind am Tisch eingeschlafen. Ob ich's abwarte? — Er setzt sich. Das kann aber lange dauern, und ich möchte doch wissen woran ich bin. Er klingelt. Endlich regt sich etwas.

Friedrich. Ah Sie sind da?

Ramstein. Schon gegessen?

Friedrich. Bewahre! Kommt er noch — kommt er nicht — das weiß kein Mensch. Da steht die gute Frau am Herde, verbrennt sich das Gesicht, damit, wenn er ja noch käme, er nicht am Essen merken soll, daß man lange gewartet hat.

Ramstein. Die gute Frau! —

Friedrich. Bedauert sie jemand von uns — gleich lächelt sie — oder erzählt etwas — ja — wenn denn aber so im Erzählen die Thränen auf den Herd fallen —

Ramstein. Bitte Er sie auf einen Augenblick zu mir hierher.

Friedrich. Sogleich. *Er geht und kommt zurück.* Sehen Sie mich einmal an.

Ramstein. Nun?

Friedrich. Ich war sonst kein häßlicher Kerl — aber jetzt — es ist ein Spektakel wie ich aussehe. Warum? Da ist keine Ordnung — keine Ruhe, keine Zeit zur Arbeit, keine Zeit zum Essen, kein Kirchgang — und so fällt der Mensch von Kräften. Will er sich hervor arbeiten — es geht nicht. Er muß kaput gehen und das partoutement! Warum? — Kaput gehen muß er! Ja das ist ein Leben — *Geht ab.*

Ramstein. Ein verderbliches Leben! Und wie helfen? Gut ist Lestenfeld, aber ohne Festigkeit. Er kennt die Welt nur aus Büchern, und —

Siebenter Auftritt.

Hofräthin. Ramstein.

Hofräthin. *In einer feinen Leinewand-Schürze und braunen Handschuhen.* Ramstein, es geht Ihnen gut. Meine Schwester hat Sie herzlich lieb.

Ramstein. Wirklich?

Hofräthin. Das hätten Sie nicht schon gewußt?

Ramſtein. Vermuthet; gewußt nicht — Ach das liebe natürliche Mädchen! Nun habe ich nichts mehr zu wünſchen.

Hofräthin. Der Onkel hatte zuvor ſchon ſeinen Wunſch zurück genommen.

Ramſtein. So koſtet mein Glück niemanden eine trübe Stunde.

Hofräthin. Dennoch.

Ramſtein. Wem?

Hofräthin. Ramſtein — die Vorſicht prüft Ihre Freundſchaft für meinen Mann.

Ramſtein. Da bin ich, mit Seele und Entſchluß. O ich liebte ihn von Jugend an —

Hofräthin. Sie ſind älter geworden —

Ramſtein. Mit Leſtenfeld —

Hofräthin. Erfahrner —

Ramſtein. Darum weiß ich, was ich an ihm beſitze.

Hofräthin. Wollen heirathen?

Ramſtein. Ihre Schweſter, und will Ihrer und ſeiner würdig bleiben.

Hofräthin. — Würden Sie der Freundſchaft ein Opfer bringen können, auf Koſten der Liebe?

Ramſtein. Ich nehme nie mein Wort zurück — aber ich gebe es mit Bedacht —

Hofräthin. Ich rede nicht zu.

Ramstein. Was heißt hier — auf Kosten meiner Liebe? Verzicht?

Hofräthin. Nein. Verzug.

Ramstein. Wer verlangt ihn?

Hofräthin. Verlangen — Niemand; am wenigsten mein Mann, ohne dessen Wissen ich rede. Ob ich wünschen soll — entscheiden Sie. Man sagt mir, Leitenfeld habe meiner Schwester Vermögen in Bergwerken riskiert —. muß er dieß Vermögen jetzt heraus geben — so ist er gestürzt.

Ramstein. Er bezahlte —

Hofräthin. Ich kenne Ihre Güte; aber Sie kennen auch das Ehrgefühl meines Mannes. So wie Sie die Heirath erklären, zahlt er und richtet sich zu Grunde.

Ramstein. Ich kenne ihn; das würde er.

Hofräthin. Und möchte es. Aber — er, der mich noch glücklicher zu machen viel aufopferte, dessen großes Talent das Streben nach glänzendem Glück so verzeihlich macht — wie würde er verspottet, gehemmt, vernichtet werden! Soll nun Ihr Glück ihn ganz zu Grunde richten?

Ramstein. Beym Himmel nicht.

Hofräthin. So gäbe es nur Ein Mittel — meinen Mann zu erhalten und auch das Ehrgefühl zu schonen — das seines Lebens Herz ist. — Meine Schwester ist jung — sehr jung. Wenn Sie nun

meinem Mann erklärten, Sie wollten aus eigner
Bewegung noch warten. Zwey Jahre gehen bald
hin, indeß erholt sich mein Mann — Was sagen
Sie? —

Ramstein. Es ist ein Opfer.

Hofräthin. Ach ich habe zu viel gefordert!
Vergeben Sie. Das sorgsame Weib darf ja Dinge
erbitten, damit der entschloßne Mann nicht entge=
gen kämpfe.

Ramstein. Es kostet mich viel — aber ich
fühle die Nothwendigkeit; ich warte. Wenig Men=
schen werden es begreifen — wenig Menschen sind
Freunde.

Hofräthin. Ramstein — die Opfer der
Freundschaft erquicken und glänzen nicht. Sie
geben Genesung, Leben und Wonne — und neh=
men zum Lohne — genügsam eine Thräne hin.
Ramstein, Sie sind ein guter Mensch, ein treuer
Freund, ein Freund, wie ihn mein guter, guter
Lestenfeld verdient!

Ramstein. Gut ist Lestenfeld. Wäre er
nur —

Hofräthin. O so lange er in diesem Herzen
erkannt wird — mag die Welt von ihm sagen, was
sie will.

Friedrich kommt. Eben kommt der Herr die
Gasse herauf.

Hofräthin. Man soll gleich anrichten.

Ramstein.   Ich selbst trage auf Verzug an.

Hofräthin.   Tausend Dank. Ich hätte gern noch — Nur Eines: Mein Mann hat viele Geschäfte — wenn er zu Zeiten lebhaft — wollen Sie —

Ramstein.   Auch ich bin zu lebhaft.

Hofräthin.   Zwey solche Freunde! Ach Ramstein, mein Mann ist gut! Er ist so gut!

Ramstein.   Ihre Augen sind roth von Thränen.

Hofräthin.   Nicht doch. Ueberhaupt müssen Sie meine zu große Aengstlichkeit nicht meinem Mann anrechnen. Er hat viel Geduld damit. Friedrich! — Da bin ich auch noch in dem Küchenanzuge. *Sie zieht die Handschuhe aus.*

Friedrich kommt.

Ramstein.   Bleiben Sie doch so.

Hofräthin nimmt die Schürze ab und giebt sie Friedrichen. Lassen Sie mich Lestenfelden gefällig seyn; er sieht mich gern so. *Sie rangiert ihre Brasseletten.*

Ramstein.   Gute, treffliche Frau!

Achter Auftritt.

Vorige. Hofrath.

Hofrath. Vergieb mir, Sophie, ich komme spät; es ist unartig, und ich will genauer werden. Berg ißt mit uns, er ist schon oben, empfange ihn.

Hofräthin. Gleich. Ramstein, zanken Sie doch mit dem Manne, daß er mir das Ansehen geben will, als tyrannisirte ich ihn mit der Stunde, wo er essen will. Wenn Sie es recht arg machen, sollen Sie ein Couvert haben. *Geht ab.*

Neunter Auftritt.

Hofrath. Ramstein.

Ramstein. Meine Eßstunde ist zwar vor, bey — doch ich bleibe bey Euch.

Hofrath. Hast Du in meinem Hause jemand Geld geliehen?

Ramstein. Ich? — Wie kommst Du zu der Frage?

Hofrath. Ist meine Frau Dir schuldig?

Ramstein. Nein.

Hofrath. Du hast ihr also kein Geld gegeben?

Ramstein. „Geliehen — gegeben?" Verwechselst Du die Wörter zufällig, oder —

Hofrath. Könnte das Dir auffallen?

Ramstein. Du bist so gespannt, daß ich auf jede Sylbe von Dir achte.

Hofrath. Ja oder Nein!

Ramstein. Ich habe ihr weder geliehen noch gegeben.

Hofrath. Gewiß nicht?

Ramstein. Ich habe Nein gesagt.

Hofrath. Gut, gut.

Ramstein. Was ist Dir, was widerfährt Dir? Rede offen mit mir —

Hofrath. Ein Liederlicher und ein Haustyrann, wofür ich Euch gelte — dem fordert man keine Offenheit mehr ab. — Reden wir von etwas anderm —

Ramstein. Von etwas, was Dich sanfter machen, Dich mir näher bringen kann. Ich werde Dein Schwager.

Hofrath. Frappiert. Gewiß? Freudig. Ist das gewiß?

Ramstein. Zweifelst Du denn an Allem?

Hofrath. An vielem, seit kurzem. Wirst Du mein Schwager? Gutmüthig. Das ist mir lieb.

Ramstein. Und heute Morgen war es Dir —

Hofrath. Jetzt ist mir's lieb. Froh. Recht lieb!

Ramstein. Siehst Du nun, wie leicht man einem doch zu nahe treten kann?

Hofrath. Pause. Ich fange an es zu glauben. — Er öffnet seine Arme. Umarme mich! Ich wünsche es in dem Augenblicke von ganzem Herzen.

Ramstein tritt zurück. Nur in dem Augenblicke!

Hofrath. Traurig. Ha! — Wir sind Menschen und — ein Spiel der Begebenheiten. Wer weiß, was ich und Du — Nun, laß Dich nicht bitten —

Ramstein. Ohne Rückhalt. Er fällt in seine Arme. Von Herzen! — Sie ruhen an einander. Wird es Dir an meinem Herzen leichter? O dann bleib lange so!

Hofrath. In derselben Stellung, den Kopf erhaben. Ramstein — es ward Dir doch wohl sauer, gegen mich zu handeln?

Ramstein ergreift seine Hand. Gegen Dich?
Sie treten aus einander.

Hofrath. Sage mir nur — Es wird mir sauer — und ich bin zufrieden.

Ramstein. Was habe ich jemals —

Hofrath. Nein — nichts mehr. Ich bin zufrieden. Wir haben uns umarmt — in dem Augenblicke ging unser beider Unrecht gegen einander auf.

Ramstein. Gut. Nur laß mich fragen —

Hofrath. Laß doch, laß doch! Dein Händedruck hat mir die schönen Augenblicke unsrer Knabenzeit zurück gegeben. — Ich habe nichts mehr gegen Dich.

Ramstein. Gewiß?

Hofrath reicht ihm die Hand.

Ramstein schlägt ein. Beide bleiben eine Weile so.

Hofrath. Verfahre billig mit mir.

Ramstein. Bey Gott! ich will so —

Hofrath. Gut, gut. Sie geben aus einander. Du bist gerührt?

Ramstein. Ich bin's — Du hast da einer Zeit erwähnt, wo wir nicht wußten, was Versöhnung ist.

Hofrath. Mit gefaltnen Händen, den Blick zum Himmel. Sie war schön!

Ramstein. Wenn alle Knaben uneins waren, und jedes Spiel sie mehr verfeindete — wir waren einig.

Hofrath faßt seine Hand und wendet sich ab.

Ramstein. Wenn des Abends alle, erschöpft und leer, vom Ballspiel weg — der Stadt zuschlen-

derten — dann gingen wir noch Arm in Arm mit
raschen gleichen Schritten dem Ufer der Weser zu.
Da verstanden wir die süßen Schauer der Abend-
stunde im Herbste! Mit feierlicher Wonne folgten
wir dem Silberfaden der Weser, weit bis an die
hohen Westen des grauen Abendgewölkes! Dahinter
träumten wir unsere Zukunft, Glück und Unglück —
ewige Einigkeit! Da standen wir in stiller Wehmuth, bis das gelbe Laub, das auf uns fiel, an
die Vergänglichkeit uns mahnte! Fester umfaßten
wir uns, und boten ihr Trotz — Ach — könnte
ich Dich jetzt an jene Ufer führen und fragen:
Wer von uns hat Wort gehalten? Lestenfeld, wir
sind uns fremd geworden. Was man Dir statt
der Gefühle jener Zeiten gegeben hat — wird nie
die Probe dauern.

Hofrath. Ja, das waren selige Tage! Wer
hat nicht Stunden, wo er gern die spätern Spiel-
werke gegen die Unschuld des Knaben vertauschen
möchte? O Ramstein, da hatten wir noch keine
Leidenschaften, da hatte die Welt uns ihren Stem-
pel noch nicht gegeben.

Ramstein. Wie haben wir da nicht Plane
für die Zukunft gemacht! Du — einen Landdienst;
ich, einen in der Nähe. Ich kein Glück ohne
Dich; Du keine Freude ohne mich. Rief uns
dann die tiefe Abendglocke heim, so kehrten wir
voll Muth und Willen für das Gute zurück nach

der Stadt. Dort rannte, fuhr, verkehrte alles
im Tumult — Noch einmal lauschten wir nun
am Thore nach dem stillen Zeugen unseres Bun=
des, und das Rauschen der Weser fern herüber
mahnte uns an den Schwur der Freundschaft.

Hofrath. Mein alter Vater hieß uns dann —
weißt Du noch? — Orest und Pylades.

Ramstein. Und alles, was uns sah — sah
uns gern, und wußte, daß wir unzertrennlich
waren, und die ganze Stadt hieß uns zuletzt
Orest und Pylades — Das waren Zeiten —
gute Zeiten!

Hofrath. Sie sollen uns wieder kommen.
Die Zeit soll wieder kommen, wo jede Geschick=
lichkeit und jede beßre Art dem, der sie hatte,
zuwider war, weil sie den andern verdunkeln konnte.

Ramstein. Und jedes Glück — Lestenfeld —
ich halte Wort! Ich halte gewiß Wort.

Hofrath. Wo wir uns mit sanfter Liebe
leiteten —

Ramstein. Und so manches Gute aus die=
sem Bunde keimte —

Hofrath. An einem schönen Feste wollen
wir diese Zeit erneuern. Wenn soll Deine Hoch=
zeit seyn?

Ramstein. Mein lieber Lestenfeld —

Hofrath. Bruder! Gieb mir den Namen! Gieb mir bald das Recht dazu, laß Deine Hochzeit doch recht bald seyn.

Ramstein. Lieber, guter Bruder — so ganz früh noch nicht. Denn —

Hofrath. Nur in diesem Monat noch.

Ramstein. Nein, mein lieber —

Hofrath. Nicht?

Ramstein. Wohl mir, daß des guten Mädchens Blüthe, so wie sie täglich mehr sich entwickelt — mir beschieden ist! Allein sie ist so jung, so gar jung noch — Laß immer Dein gutes Weib sie zu den ernsten Pflichten vorbereiten, die ihrer warten.

Hofrath. *Nach einer Pause. Wehmüthig.* Ramstein!

Ramstein. *Ernstlich.* Sterbe ich in zwey Jahren —

Hofrath. So lange willst Du es trainiert wissen? —

Ramstein. Trainiert?

Hofrath. Oder aufgeschoben. Zwey Jahre?

Ramstein. Aus Wahl und Ueberlegung — Sterbe ich in den zwey Jahren, so erhält sie dennoch ein Witthum von —

Hofrath. O geitzig bist Du nie gewesen. Vielleicht warst Du nur gar zu freygebig gegen meine Anverwandten. Ramstein — Ramstein!

Ramſtein. Was iſt das?

Hofrath. Zwey Jahre? — Bleibſt Du dabey?

Ramſtein. Ja. — Aber was iſt Dir? Das
Blut ſteigt Dir ins Geſicht.

Hofrath. Ich fühle ſo etwas. —

Ramſtein. Warum? Wie iſt's?

Hofrath. Du haſt unſrer Knabenzeit erwähnt.
An eine Saite haſt Du gegriffen, die tief im
Innerſten meines Herzens Dir wiedertönte — und
kannſt mich doch betrügen?

Ramſtein. Betrügen! Ha, das iſt —

Hofrath. Mein Weib kommt. Sie hat Dich
eingeladen — ſchlage es aus.

Ramſtein. Du weiſeſt mich von Dir weg?

Z e h n t e r   A u f t r i t t.

Vorige. Hofräthin.

Hofräthin. Es iſt angerichtet, und weil
mein Mann ſo ſpät gekommen iſt, kriegt er zur
Strafe die böſe Ecke am Tiſche. *Sie nimmt Ram-
ſteins Arm.* Wollen wir gehen —

Ramſtein. Liebe Leſtenfeld, ich kann nicht
bleiben.

Hofräthin. Nicht bleiben?

Ramstein. Ich habe einen Auftrag Ihres Mannes, ich kann nicht mit Ihnen essen.

Hofräthin. Er gebe seine Aufträge zu gelegnerer Zeit.

Hofrath. laut. Es eilt, Sophie.

Ramstein. Adieu, Madam!

Hofrath. Stark. Ramstein!

Ramstein. Was?

Hofrath. Wir sprechen uns heute noch.

Ramstein. In Gottes Namen!

Geht ab.

Elfter Auftritt.

———

Hofrath. Hofräthin.

Hofräthin. Er geht?

Hofrath. Er geht!

Hofräthin. Er schien —

Hofrath. Traurig. Ja, er scheint! Ganz recht. So manches schien bisher, und ist nicht was es scheint, daß ich endlich — Zu Tisch, Sophie!

Geht ab.

Hofräthin steht einen Augenblick nachdenkend, dann ruft sie schnell aus der Thüre: **Fritz, Fritz!** —

Fritz. Von innen. Ich komme.

Hofräthin. Bring Deinen Hut mit.

Zwölfter Auftritt.

Hofräthin. Fritz.

Fritz läuft her. Da bin ich.

Hofräthin. Geh hin zu Ramstein, er soll Dir Bilder geben.

Fritz. Bilder, das ist schön!

Hofräthin. Sag ihm; er möchte Dich um sich haben, wenn er nicht bey Deinem Vater bleiben wollte.

Fritz. Will er nicht mit dem Vater seyn?

Hofräthin. Nein. Ich weiß nicht. Sie setzt ihm den Hut auf und streicht sein Haar rund. Fall nicht, sey artig. Lauf hin, Du lieber Knabe, sey der gute Engel der Freundschaft. Das Kind läuft weg, sie trocknet sich die Augen und folgt schnell ihrem Manne.

Vierter Aufzug.

Erster Auftritt.

Ludwig. Hernach Friedrich.

Ludwig allein. Da gehe ich nun schon sechstehalb
Minuten Treppe auf, Treppe ab. — und finde
keine Seele! Bald wird mir es zu viel für einen
Gang, der nichts einträgt.

Friedrich geht mit dem Kaffee durchs Zimmer. Was?
Hat Ihn der Kuckuck —

Ludwig. Brülle Er nicht so; dießmal hole
ich nichts —

Friedrich. Was ist denn aber —

Ludwig. Sage Er dem alten Herrn Lestens
feld leise ins Ohr, daß ich da bin. Aber leise —

Friedrich. Wo Eures Gleichen hinkommt,
da wird immer leise gesprochen.

Ludwig. Pst! Seine Ehrlichkeit ist zu laut;
sie schlägt den Leuten ins Gesicht. Bey so grober

Ehrlichkeit sieht man den Rauch aufsteigen, und merkt erst recht, wo es brennt. — Ein ehrlicher Esel! Kann man aber so einen Kerl nicht gerade an einen Silbertisch Schildwache stellen, so nützt einem ein Eichbaum besser. Das schwatzt — das schwatzt von seiner Ehrlichkeit so breit und unbeholfen, daß mir mit einem gewandten Dieb oft mehr gedient ist.

Zwenter Auftritt.

Ludwig. Lestenfeld. Hernach Friedrich.

Lestenfeld. Das heißt Wort halten, Herr Ludwig. Nun wie steht mein Neffe?

Ludwig. Zu dienen. Der Bankerot und er machen Fronte gegen einander.

Lestenfeld. Daß Gott! — So arg ist es? Können Sie mir seine Lage nicht näher sagen?

Ludwig. Ganz nahe. Er liest aus einem Taschenbuche: „Er war schuldig — an Juden, Christen, Waaren, Verbürgungen für andre —

Lestenfeld. Verbürgungen für andre?

Ludwig. O ja, mein Herr. Die jungen Herren der Art sind alle eine gutherzige Bande. Das zahlt, das schreibt, verbürgt sich, frisch darauf los! Der Wein macht gutherzig, und wenn die Herren

des Nachts um einen Tisch her sich die Hände geben,
wissen sie nicht mehr, daß es je wieder Tag wird. —
liest: „Wechseln, Obligationen und Ehrenwortsschul-
den — die Summe von sechs tausend Thalern." Die
sind aber bezahlt worden —

Lestenfeld. Wovon?

Ludwig. Von der Mamsell Mündel Vermögen.

Lestenfeld. Mein Neffe sollte — Man unter-
steht sich zu sagen —

Ludwig. Ha — er wird ihr schon ersetzen —
Das Gut ist ja verkauft, damit —

Lestenfeld. Diese Nachrichten sind also zuverlässig?

Ludwig. Zuverlässig? — In zwey Stunden wollte ich Ihnen sagen können, wie viel Sie
selbst dieß Jahr Geld ausgegeben haben.

Lestenfeld. Eine fürchterliche Geschicklichkeit.

Ludwig. Die bey uns Geld suchen, sind
auch geschickt.

Lestenfeld. Was bin ich für Ihre Bemü-
hung schuldig?

Ludwig. — Hm — das läßt sich nicht wohl
taxieren — dürfte ich mir aber morgen Mittag
bey Ihnen eine Suppe ausbitten?

Lestenfeld. Immerhin!

Ludwig. Gut, gut. Ich bestelle mein Essen gleich ab. Da plaudre ich, da lache ich, trinke ein Glas guten Wein, gehe nachher um die Stadt, und da mache ich allemal so meine besten Spekulationes. Geht ab.

Lestenfeld klingelt.

Friedrich kommt.

Lestenfeld. Ist der Rath Berg noch da?

Friedrich. Ja.

Lestenfeld. So bitte Er ihn auf einen Augenblick herunter.

Friedrich geht ab.

Lestenfeld. Merkt und sieht die Frau von diesem allen nichts? Sie stehen am Abgrunde — und sie sagt und thut nichts? Zwar, wo man sich eingeräumt hat, seine Leidenschaften zu ehren, wo Thorheit zu Leidenschaft geworden ist und Verkehrtheit für Charakter genommen wird — was kann das Weib da thun?

Dritter Auftritt.

Lestenfeld. Rath Berg.

Lestenfeld. Herr Rath — mein Neffe muß wissen, was er von mir zu erwarten hat —

Berg. Wie so?

Lestenfeld. Nach meinem Tode. Ich gehöre nicht zu den alten Leuten, die um Erbschaft geschmeichelt seyn wollen. Er erhält ein Drittel meines Vermögens. Sagen Sie ihm das.

Berg. Ich?

Lestenfeld. Mehr kann ich nicht geben ohne ungerecht gegen andre zu werden. Bedarf er jetzt Geld — oder kann er das Gut wieder kaufen, so zahle ich ihm diese Erbschaft gleich aus — ich zahle sie gern aus.

Berg. Wie kommen Sie darauf?

Lestenfeld. Mein Neffe ist ein Bettler.

Berg. Das sagt —

Lestenfeld. Des Vaters Bruder, der Erzieher — ich! dem Freunde, an dem der Unglückliche wie an seinem Bruder hängt. Er steht vor seiner letzten Entscheidung — wie soll die fallen?

Berg. Eines Theils war Ihr Neffe niemals reich —

Lestenfeld. Wohlhabend.

Berg. O — sobald man doch mittelmäßig ist, so gilt es gleich, ob man einen Zoll höher oder tiefer bleibe.

Lestenfeld. Ist denn hier immer nur von Größe oder Niedrigkeit die Rede? immer nur von statistischer Wichtigkeit? Vaterwürde war vor der Königswürde, und häusliche Pflichten vor den Staatspflichten. Wollen Sie mich noch nicht begreifen, so frage ich klar: Darf der Mann sein Weib betrügen, der Vater sein Kind bestehlen? Das frage ich, und fordre Antwort.

Berg. Was ist verloren? . Geld!

Lestenfeld. Und was ist . mit dem Gelde verloren? Vertraulichkeit, Offenheit, Kraft, Mannssinn! Und was hat mein Vetter dafür eingetauscht? Zweydeutigkeit, Trübsinn, Wortlosigkeit; und wohin soll dieß führen? Zum Laster oder zur Verzweiflung!

Berg. Und was sind denn einige tausend Thaler? Nicht genug, um der Welt damit zu trotzen, und gerade schädlich genug, um damit für glücklich gehalten und vergessen zu werden. Einen Zug ins Große hat er damit gewagt. Die herrlichste Zukunft zeigt sich ihm, und nichts ist verloren.

Leſtenfeld. Alles! Sein Hausfrieden iſt dahin!

Berg. Was nennen Sie in dieſem beſondern Fall Leſtenfelds Hausfrieden?

Leſtenfeld. Unbefangenheit, Unſchuld der Sitten, reinen Blick in aller Hausgenoſſen Angeſicht, Liebe für Eigenthum, Muth —

Berg. Nein, mein Herr, Muth hat er durch mich bekommen —

Leſtenfeld. Muth den Staat zu modeln und ſein Haus zu ſtürzen.

Berg. Muth, gegen Weichlichkeit und Schwächen zu handeln, dazu bekenne ich mich. Sie haben ihn ſo weich gebildet —

Leſtenfeld. Sanft — nicht weich.

Berg. Daß eine unaufhörliche Reitzbarkeit ihn zum unbeſtimmten Menſchen macht —

Leſtenfeld. Feſtigkeit in Grundſätzen, in Gefühlen — Sanftmuth war mein Zweck. Die Grundſätze haben Sie zerſtört, die Gefühle lächerlich gemacht, ſo ward er unbeſtimmt, und das macht jetzt ſein Unglück.

Berg. Von Ihnen hat er die Wuth alles mit Leidenſchaft zu thun. Ja, dieſe Wuth, mit Leidenſchaft und Gluth in alles einzugehen, habe ich zerſtören wollen; denn nur der Mann ohne Leidenſchaften beherrſcht alle, wie ſich ſelbſt.

Lestenfeld. Nun denn — Sie haben die Leidenschaften zerstört — Glück zu! Feuer und Wärme haben Sie ausgelöscht, aus ihm gezogen. Da steht er, ein kalter ungewisser Mensch — ohne Herz und Kraft. Was soll nun werden?

Berg. Ohne mich für dießmal weiter einzulassen, eine Frage: — Sind Sie beruhigt, wenn Lestenfeld geheimer Referendar wird?

Lestenfeld. Nein!

Berg. Wie? Sie freuen Sich nicht, wenn —

Lestenfeld. Wenn? — Mein Gott, wie sprechen Sie das — Wenn — so leicht aus, und liegt doch Jammer dahinter, es glücke oder glücke nicht!

Berg. Glückte es nicht —

Lestenfeld. Ist er ein verspotteter Bettler.

Berg. Wir haben noch hundert Wege. Glückt es —

Lestenfeld. So wird er ein gewissenloser Mensch —

Berg. Glauben Sie, daß jeder Referendar —

Lestenfeld. Nicht jedermann ist gemacht, die große Versuchung auszuhalten. Er gar nicht. Dieser Mensch kann ein guter Bürger seyn — stellen Sie ihn höher, so ist er unbedeutend. Aber ich verstehe Sie. Er soll repräsentieren, und Sie

wollen handeln. Figur und einige Annehmlichkei=
ten scheinen Ihnen diesen Plan gegeben zu haben.

Berg. Und wenn ich ihn hätte? was würde
Ihr Neffe dabey aufs Spiel setzen?

Leßenfeld. Sein Gewissen! Die Wege zum
Glück gehen durch den Referendar. Ich sehe schon
das ganze Heer der Supplikanten mit Geschenken
auf ihn eindringen. Wird der Bettler widerste=
hen? Nein, er wird nehmen. Nehmen wird er —
und der Fluch des Landes ruht auf seinen Erwer=
bungen! Die Thränen verstoßner Wittwen, ver=
kaufter Waisen werden in heißen Weinen wollüstig
an seiner Tafel hinab getrunken, und seine Nach=
kommen und sein Name sind nach hundert Jahren
noch der Gräuel des Volkes, das er verrathen hat!

Berg. Wird er nicht seinen Einfluß bey den
Großen für die Menschheit brauchen?

Leßenfeld. Der bezahlte Diener fremder
Leidenschaften fühlt nicht mehr für die Menschheit.
Der heuchelt dann den Künsten, wenn ja sein
dürres Herz noch Theil an etwas nähme.

Berg. Und was hatte Ihr Neffe auf Ihrem
Wege erreicht? —

Leßenfeld. Befriedigung! Sein guter Vater
hinterließ ihm einen wohlbehaltnen Herd. Es war
Raum daran für Freunde und Nothleidende. Treue
sollte sich da herum lagern, und aus ihrem Zirkel
sollten gesunde Handlungen gedeihen. Der Herd

ist zerstöret. Stirbt mein Neffe, so ist kein Platz für Weib und Kind, an dem sie ungekränkt hausen und die Liebe ihres Mannes segnen kann. Die weite Welt ist ihr Witthum — Und das haben Sie — Sie haben es auf Ihrer Seele.

Berg. Der Vorwurf trifft mich nicht.

Lestenfeld. Ja! denn Sie haben ihm Gleichgültigkeit gegen sein Weib gegeben.

Berg. Erfahrung hat sie ihm gegeben.

Lestenfeld. Erfahrung?

Berg. Sie wollen Deutlichkeit?

Lestenfeld. Ja.

Berg. Erfahrung, daß manche Tugend seiner Frau Manier ist.

Lestenfeld. Manier?

Berg. Gut gehaltene Manier. Indeß, sobald Manier im Spiel ist — gilt eine wie die andre. Welche die wenigsten Forderungen macht, ist dann die beste.

Lestenfeld. Sie, die Nächte in Thränen zubringt, und dem gequälten Manne nicht eine finstre Miene —

Berg. Wird von Ramstein geliebt.

Lestenfeld. Abscheuliche Verleumdung!

Berg. Der zum Scheine ihre Schwester heirathen wollte; da sie unvermuthet einwilligt — jahrelangen Aufschub fordert.

Lestenfeld. Das glauben Sie alles?

Berg. Ich und Lestenfeld und mehrere.

Lestenfeld. Glauben, daß meine Nichte —

Berg. Geliebt wird.

Lestenfeld. Und daß sie liebt —

Berg zuckt die Achseln.

Lestenfeld. Glauben Sie auch?

Berg. Ich glaube nichts, ich räume Lesten=
felden nichts ein. Gleichwohl ist ewige Treue mir
ein Mährchen.

Lestenfeld. Darum ist mein Neffe so finster?

Berg. Ja. — Aber ich höre den Hofrath.

Lestenfeld. So fordre ich Sie auf, den
Einfluß auf sein Herz zu gebrauchen; ich habe
den meinigen verloren. Er soll gegen seine Frau
nicht weich seyn, nicht gut — gerecht soll er seyn.
Bedenken Sie, was Sie thun. Die Welt achtet
wenig der Thränen, die ein gutes Weib einsam
weinet. — aber — Einer — achtet ihrer doch!

Er geht, ihm begegnen

Vierter Auftritt.

Hofrath. Hofräthin. Vorige.

Hofrath. Sie gehen, da wir kommen?

Hofräthin. Sie sind Nachmittags Ihr Spiel gewohnt, soll ich Ihre Partie —

Leßtenfeld. Heute nicht.

Berg. Herr Leßtenfeld — ich dächte, ich entledigte mich gleich des bewußten Auftrages —

Leßtenfeld. Gleich? — Ja. Auch das —

Berg. Gehen wir einen Augenblick auf Dein Zimmer?

Hofrath. Recht gern. Sie gehen.

Fünfter Auftritt.

Leßtenfeld. Hofräthin.

Hofräthin. Sie haben Ihren Ring wieder fordern lassen. Wie kommt das? —

Leßtenfeld. Ihr Haus wird meiner bedürfen. Ich heirathe nicht. Warum sagten Sie mir

nichts? Sie konnten nichts abwenden, ich hätte
es gekonnt.

Hofräthin.   Mit Ramſtein habe ich zu Zei=
ten davon geſprochen.

Leſtenfeld.   Warum nicht mit mir?

Hofräthin.   Da ich ins Haus kam, waren
Sie kalt gegen mich —

Leſtenfeld.   Ich erwartete damals wenig von
Ihnen, ich läugne es nicht.

Hofräthin.   Sie bewieſen mir zu Zeiten
ſogar Mißtrauen —

Leſtenfeld.   Ich ſchäme mich deſſen — aber
es iſt wahr.   Unſre heutigen Weiber gefallen mir
nicht — an Ihnen fand ich zu viel Gutes, als
daß ich es ſo geradehin für ächtes Gut ohne Prü=
fung hätte annehmen können.

Hofräthin.   Ramſtein war ſchon vor meiner
Heirath mit Leſtenfelden ſtets bey mir; ich war von
jeher gewohnt, ihn als Leſtenfelds Bruder anzu=
ſehen — ſo kam es, daß ich über ſolche Sachen
mit ihm ſprach — wenn ich ja zu Zeiten ſprach.

Leſtenfeld.   Ich verſtehe Sie.

Hofräthin.   Ich klage nicht.   Ich klage
gewiß nicht — aber ich bin nach und nach in
eine Schwermuth gerathen — daß ich mir nicht
zu helfen weiß.

Lestenfeld. Das sehe ich, und ehre die
Geduld, womit Sie tragen — was schwer auf
Ihnen liegt.

Hofräthin. Deuten Sie es nicht auf meinen Mann. Er hat üble Laune — sie verleitet
ihn zu Heftigkeiten — aber er liebt mich doch.

Lestenfeld. Darauf schwöre ich. Nur heute
scheinen mir seine Blicke ein etwas von — wie
soll ich es nennen — von Mißtrauen —

Hofräthin. Ach Gott! haben Sie das auch
gesehen?

Lestenfeld. Ja.

Hofräthin. Das quält mich, das ängstigt
mich —

Lestenfeld. Warum?

Hofräthin. Es ist außer ihm. — Er arg-
wohnt nie. Er hat mich noch nie mißtrauisch
angesehen, er hat mich noch immer seine Sophie
genannt, selbst wenn er ernst seyn wollte; und
wischte es seinem Herzen, kaum war es über seine
Lippen gegangen, so war auch alles gut. Aber
heute nicht.

Lestenfeld. Er ist zerrüttet — düster —

Hofräthin. Haben Sie das auch gesehen?
Ach, ich hoffte, meine Liebe sollte es nur befürch-
ten! Einigemal sahe er mich lange an, als
forschte er in meinen Augen. Ich richtete sie auf

ihn, bis Thränen sie niederzogen. — Er sah mich starr an, und hieß mich niemals — meine Sophie.

Lestenfeld. Sagen Sie mir, wußten Sie von Ramsteins Liebe für Ihre Schwester?

Hofräthin. Daß er sie gern sah — mehr nicht.

Lestenfeld. Er will noch zwey Jahre warten.

Hofräthin. Das ist — däucht mich — recht gut.

Lestenfeld. Mir gefällt es nicht. Wer selbst aufschiebt — liebt nicht.

Hofräthin. Ist das nicht schnell geschlossen?

Lestenfeld. Wer Aufschub will — sucht Ausflucht —

Hofräthin. Ramstein —

Lestenfeld. Liebt Ihre Schwester vielleicht nicht —

Hofräthin. Und hält um sie an?

Lestenfeld. Wenn er nun sich selbst täuschte — wenn er sich quält — wenn er sich opfert?

Hofräthin. Aber —

Lestenfeld. Wenn er Sie liebte?

Hofräthin. Mich?

Lestenfeld. Das sagt man hier und da. Wahrscheinlich hat man das Ihrem Manne gesagt, und darum —

Hofräthin. Sie haben mich erschreckt —

Leftenfeld. Das begreife ich. Auch ich erschrak —

Hofräthin. Was soll ich darauf sagen?

Leftenfeld. Ob Sie es wissen?

Hofräthin. Nein.

Leftenfeld. Jede Frau bemerkt sonst, wenn sie interessiert.

Hofräthin. Sehen Sie selbst — Ist Falsch auf meinem Gesichte?

Leftenfeld. Nein — aber Verlegenheit.

Hofräthin. Beklommenheit sogar — ich fühle sie —

Leftenfeld. Warum ist das?

Hofräthin. Weil ich mit dem, was Sie mir da sagen, viel Unglück in unser Haus kommen sehe.

Leftenfeld. Ihr Mann ist nicht eifersüchtig.

Hofräthin. Das kann er auch nicht seyn; aber er wird einen edelmüthigen Freund verlieren.

Leftenfeld. Wer ihm aus der Liebe für sein Weib Geheimniß machen konnte —

Hofräthin. Ach Gott, so liebt mich denn Ramstein, ohne daß ich es weiß —

Leftenfeld. Das ist, was ich glaube.

Hofräthin. Und mein Mann nicht? — Laffen Sie uns gleich zu ihm gehen —

Leftenfeld. Nein, mein Kind.

Hofräthin. Ich bin nicht heftig, ich weine nicht, klage nicht; ich will mich vor ihn hinftellen, ich will ihm fagen: Lies in meinem Gefichte, ob ich fchuldig bin.

Leftenfeld. Hören Sie mich —

Hofräthin. Die gute Sache muß mir allmächtige Beredfamkeit geben. Er ift ja gut. Er wird das fehen, fühlen und ruhig feyn. Ach er liebt mich fo herzlich, was muß er leiden, da er mich für fchuldig hält! Laffen Sie uns zu ihm gehen.

Leftenfeld. Nein, mein Kind, es kann ihm Mißtrauen geben, wenn er Sie durch mich vorbereitet findet. Auch hat er minder gegen Sie, als gegen Ramftein —

Hofräthin. Er thut ihm Unrecht! O er thut ihm Unrecht!

Leftenfeld. Wir wollen fehen.

Sechster Auftritt.

Vorige. Hofrath.

Hofrath. Ich habe Berg gesprochen, und drücke mit kindlicher Liebe diese Vaterhand an Herz und Mund.

Leßenfeld. Nimmst Du an?

Hofrath. Demüthigen Sie mich nicht.

Leßenfeld. Ich bitte Dich —

Hofrath. Ich kann nicht — nein. Nimmer —

Leßenfeld. Du hast Zeit Dich zu besinnen — indeß — sey gerecht.

Hofrath. Ist jemand, gegen den ich es nicht bin?

Leßenfeld. Vielleicht.

Hofrath. Wer ist es?

Leßenfeld. Dein Weib. Geht ab.

Siebenter Auftritt.

Hofrath. Hofräthin. Hernach Friedrich.

Hofrath tritt zurück und sieht dem Onkel nach. Bin ich ungerecht gegen Dich?

Hofräthin. August!

Hofrath. Bin ich es?

Hofräthin. Du hast gewiß Gefühl für die Lage, worein mich das Wort gesetzt hat.

Hofrath. Man spricht mir also Herz, Ehre, Billigkeit und Treue ab —

Hofräthin. Nimm es nicht so. Vatersorgen fürchten oft.

Hofrath. Sorge — Hat man Sorge um mich?

Hofräthin. Wer liebt — forgt.

Hofrath. Und Du? — Keine Antwort — Thränen — sie stürzen herab? — Genug! Das Loos ist über mich geworfen. Unzufriedne Ehe — der gräßliche Augenblick ist da!

Hofräthin. Mitleiden! Meine Thränen ersticken mich.

Hofrath. Was ich befürchtete, ist wahr! Deine Treue ist noch mein, deine Liebe nicht.

Hofräthin. Wer gab Dir den Gedanken? denn aus Dir kommt das nicht.

Hofrath. Du erträgst mich, Du leidest mich, Du schonst mich — Du liebst mich nicht mehr!

Hofräthin. Kannst Du argwohnen?

Hofrath. Ich muß.

Hofräthin. Wer hat an Deiner guten Seele den Mord begangen?

Hofrath. Du!

Hofräthin. Leftenfeld!

Hofrath. Du bist nicht aufrichtig gegen mich.

Hofräthin. Ach Gott!

Hofrath. Du bist es nicht, Du warest es nicht, Du wirst es nie mehr seyn.

Hofräthin. Glaubst Du das wirklich?

Hofrath. Ja.

Hofräthin. So bin ich ein unglückliches Weib auf die Zeit meines Lebens!

Hofrath. Ja, Du bist es, denn Dein Schwur bindet Dich an einen Mann, und Deine Liebe ist zurück genommen.

Hofräthin. Ich hänge ganz an Dir. Frag unsre ersten Jahre, die schönen Jahre, ob Du derselbe bist?

Hofrath. Ich bin's!

Hofräthin. So sey offen, wie Du ehemals warest. Habe ich gefehlt — es war unwissend — so will ich es ja gern gut machen. Nur laß uns offen — ohne Rückhalt reden. Fordre Rechenschaft von allem — o — laß nichts zurück. Ich will mein Unrecht Dir mit Hastigkeit bekennen, wo Du mich darauf führest.

Hofrath. — Du hast bey dem Onkel über mich geklagt.

Hofräthin. Nein, das habe ich nicht.

Hofrath. Du hast bey Ramstein über mich geklagt, und —

Hofräthin. Nein, Lestenfeld.

Hofrath. Drohend. Sophie — das ist Deine erste Unwahrheit!

Hofräthin. Mit gebrochner Stimme. Das war Deine erste Härte gegen mich.

Friedrich. Ich habe im Saale die Lichter angesteckt — Er setzt auf jeden Tisch zwey Lichter.

Hofrath. Gut.

Friedrich. Es ist sechs Uhr.

Hofrath. Wohl —

Friedrich. Die Gesellschaft wird nun bald kommen, meine ich —

Hofrath. Wohl, wohl, und geht.

Friedrich geht ab.

Hofrath. Noch eine Frage, Sophie, um unserer ehelichen Glückseligkeit willen, beantworte sie aufrichtig — Liebt Ramstein wirklich Deine Schwester?

Hofräthin. Ja.

Hofrath. Nein! Er liebt Dich!

Hofräthin. Leftenfeld —

Hofrath. Deine Antwort?

Hofräthin. Laß mich fragen, wie dieser Gedanke entstanden ist, wie Du bis dahin gekommen bist, ihn so gewiß anzunehmen, daß Du darüber gegen mich hart werden konntest?

Hofrath. Förmliche, gerichtliche Beweise — habe ich nicht. Allein tausend Kleinigkeiten, die im Augenblicke nur ungewöhnlich schienen, sind jetzt marternd, da ich sie reimen kann. Das Feuer, womit er von Deinen Angelegenheiten spricht —

Hofräthin. Sind meine Angelegenheiten, nicht die Deinen; und hat der Freund der ersten Jahre nicht Bruderrechte?

Hofrath. Der Uebermuth, womit er mir begegnet — den haben Deine Thränen, Deine Klagen haben ihn berechtigt.

Hofräthin. Uebermuth sah' ich nie — Deine Heftigkeit erregte wohl Ungeduld — allein —

Hofrath. Ich habe Geld verloren, und mit dem Gelde die Liebe meines Weibes, die Achtung meines Freundes —

Hofräthin. Sey gerecht — ich war es oft.

Hofrath. Deiner Schwester Vermögen ist bey mir verunglückt. Ja — es ist wahr.

Hofräthin. Und ich weiß von dem Verluste seit heute.

Hofrath. Es ward verabredet unter Euch, daß Ramstein und der Onkel um Deine Schwester werben sollten, mich zu erinnern, daß die Schuld ansehnlich ist. Das Mädchen schlägt unvermuthet ein — Ramstein liebt Dich — er kann nicht zurück — nun zögert er zwey Jahre.

Hofräthin. *heftig.* Nein, nein, das darf nicht gegen ihn entscheiden. O das —

Hofrath *stutzt.* Warum nicht?

Hofräthin. Weil — O das kann nicht gegen ihn entscheiden.

Hofrath. Du stockst?

Hofräthin. Wenn nun vielleicht Ramstein Deine Verlegenheit wüßte — und Dich und Deine Delikatesse zu schonen, noch hätte warten wollen?

Hofrath. Mich zu schonen?

Hofräthin. Edelmuth ist ihm ja nicht fremd.

Hofrath. Dann schont er mich zu viel. Es liegt Erbarmen in dieser Schonung — und das will ich von meinem strengen Mentor nicht. Weißt Du, daß er darum zögert?

Hofräthin. Ich vermuthe — Läßt sich das von ihm nicht vermuthen?

Hofrath. Hm! Du bist sinnreich ihn zu vertheidigen.

Hofräthin. Aengstlich bekümmert, Dir einen Freund zu erhalten. Du scheidest nicht so leicht von ihm.

Hofrath. Das weiß ich! O ich weiß es!

Hofräthin. Willst Du das Band zerreißen, das von der zarten Jugend, wie zwey dicht verschlungne Bäume, euch gedeihen und aufwachsen ließ? Es wird ein fürchterlicher Riß, von der Wurzel bis ins Herz, aus einander.

Hofrath. Ich will die Möglichkeit von seiner Schonung annehmen —

Hofräthin. Habe Dank.

Hofrath. Ich glaube sie nicht. Ich will sie aber annehmen, und gleich Anstalt zu Deiner Schwester Mitgift machen.

Hofräthin. Wie?

Hofrath. Zu ihrer vollen Mitgift! Mag ich unglücklich und verlassen seyn von Weib und Freund, an Edelmuth sollen sie mich nicht übertreffen! — Seine Heirath soll ohne Aufschub seyn.

Hofräthin. Da er aber nun —

Hofrath. Ich dringe darauf. Ich habe nun keine andre Beruhigung — als Vollziehung dieser Heirath. Und — wenn Du noch die bist, die Du warst —. so wirst Du mich nicht verlassen, daß ich Deiner Schwester ersetzen kann.

Hofräthin nimmt die Ohrringe aus. Nimm zurück, Freund — und was etwa fehlen könnte, finden wir ja auch noch wohl.

Hofrath. Sophie!

Hofräthin. Du kannst Deinem Herzen damit eine Last nehmen: jetzt finde ich das Gut wieder, wenn dieß fort ist.

Hofrath. Sophie, Sophie —

Hofräthin. Eile, gieb sie weg, damit ich Deine gute Seele beruhigt weiß.

Hofrath. Das kann ich nicht, Sophie!

Hofräthin. Gieb sie weg, ich bitte Dich!

Hofrath. Dich dem Gespötte der Stadt, dem Fingerzeigen der Weiber auszusetzen. —

Hofräthin. August —

Hofrath. Mir sagen zu lassen, daß ich wie ein Knabe nach Dingen strebte, die ich — Nein — eh' esse ich trocken Brot. Sieh, wie das Blut mir ins Gesicht tritt, bey dem Gedanken der Möglichkeit, daß man Dir — Laß mir diese Schwachheit. Liebe ist ja Güte, nicht Gerechtigkeit. Sey gut, ertrage mich, sey gewiß — ich erreiche noch auf meinem Wege, oder ich bekomme die Gewalt über mich, umzukehren — Nur nimm dieß zurück — ich kann es — nun und nimmermehr.

Hofräthin. Was ſoll denn nun werden?

Hofrath. Ich werde die Summe geliehen bekommen, wenn Du Dich mit Deinem Vermögen unterſchreiben willſt.

Hofräthin. Mein Vermögen? Was ich beſitze iſt Dein, wie ich ſelbſt. Nur unſres Kindes wegen — und da dieß das Letzte iſt, was wir wegzugeben haben — laß uns offen davon reden.

Hofrath. Genug —

Hofräthin. Du verſtehſt mich nicht —

Hofrath. Genug, genug! Ich verſtehe Dich. Du biſt eine vollkommne gute Wirthin.

Hofräthin. Laß mich eine gute Mutter ſeyn.

Hofrath. Eine wirthſchaftliche Mutter und eine genaue Frau —

Hofräthin. Willſt Du Deinem Kinde ſeine Stütze rauben, um der eitlen Mutter Schmuck zu erhalten?

Hofrath. Glaubſt Du zu verlieren, was Du an mich wagſt?

Hofräthin. Von mir iſt die Rede nicht — Dein Kind denke Dir ohne Aeltern — ohne alles — der Barmherzigkeit fremder Leute preis gegeben! — Ach wie ſollte es meinem Herzen ſo wohl thun, zu

sagen — nimm alles! — Wie schwer wird die Mut=
terpflicht! Fühlst Du das nicht — fühlst Du nicht,
wie eine leise Einwendung mein Herz zerreißt?

Hofrath. Vielleicht wagen Fremde, was Du
Dich nicht getraust.

Hofräthin. Nur zu! Ich habe ja gelobt
Leiden und Freuden mit Dir zu theilen. Die Lei=
den sind da — ich will Muth fassen.

Hofrath. Darauf habe ich gewartet — Da
weicht der Schein der Wirklichkeit, die Probe
konntest Du nicht bestehen — Das ist das Mäd=
chen, das einst Flammen und Wellen Trotz bot.
Blut und Leben wollte sie mit mir theilen, und
opfert meine Ruhe ihren Thalern —

Hofräthin. Du bist grausam. Wer liebt
wie ich, und für seine Pflicht die Liebe eines Man=
nes wagt — thut mehr als Flammen, Tod und
Wellen trotzen. Glänzend ist meine Tugend nicht,
aber beruhigend. Diese Wahrheit giebt mir Kraft
statt Thränen.

Hofrath. Ha, Pflicht und immer Pflicht —
O Berg, wie Recht hast Du! — Berg — Deine
Worte sind fürchterlich wahr! Laß es gelten — so
giebt der Freund Dir Worte, und laß Deine Farbe
geblichen seyn, so hat die Liebe des Weibes ausge=
schwärmt, und sie giebt haushälterisch den Pflicht=
theil ihres Schwures.

————

Achter Auftritt.

Vorige. Fritz.

Hofrath. Komm, mein Kind! — Haft Du Deinen Vater lieb?

Fritz. Ja wohl!

Hofrath. Der Vater wird aber arm werden, wirst Du dann doch gern bey ihm bleiben?

Fritz sieht beide an. Arm?

Hofrath. Aber die Mutter bleibt reich. Dann fehlt es Dir nicht —

Fritz. So? — Ey dann wirst Du auch wieder reich. Die Mutter giebt Dir gewiß ab —

Hofrath. Vielleicht —

Fritz. Die Mutter behält nichts allein — Neulich, weißt Du noch) —

Hofräthin. Komm — Kleiner — der Vater hat zu schreiben.

Fritz. Sieh erst die Bilder, Vater — die hat mir Ramstein gegeben.

Hofrath. Warst Du dort?

Frih. Die Mutter hat mich hingeschickt. — Er sollte mich um sich haben, wenn er nicht bey Dir bleiben wollte, sagte die Mutter zu mir.

Hofrath sieht die Hofräthin an. So?

Frih springt zu ihr. Höre, Mütterchen.

Er spricht leise.

Hofrath. Ich will gehen, Sophie —

Hofräthin. Bleib — Lestenfeld, ich fordere, daß Du bleibst.

Hofrath kommt zurück.

Hofräthin. Sprich laut, mein Kind!

Frih. Ich soll Dir's aber allein geben.

Hofräthin. Was hast Du zu geben? — Geh, zeige es dem Vater —

Frih. Da — einen Brief.

Hofrath. An Dich?

Hofräthin. Ja, er ist an mich. Lies ihn —

Hofrath. Er ist an Dich — lies selbst —

Hofräthin. Nimmermehr!

Hofrath. Ich halte Dich für eine Frau, die ihre Pflicht kennt.

Hofräthin. Ich öffne ihn nicht. Verwirfst Du mein Zutrauen?

Hofrath. Ich bin ein unglücklicher Mann, kein Tyrann. Er geht.

Hofräthin umfaßt ihn. Soll aus diesem Augenblicke das Elend unseres Lebens werden — sollen
zwey gute Menschen sich das Leben vergiften? —
O denk Deines Schwures — öffne, lies!

Sie bringt ihm den Brief auf.

Hofrath. Sophie — Er legt den Brief auf den
Tisch. Gerecht bin ich! Er geht, an der Thüre begegnen ihm

Neunter Auftritt.

Rath Berg. Mamsell Rauning.
Vorige.

Rauning. Nun — da oben wartet alles.
Die Lichter flammen, der Thee dampft, und Herr
und Frau vom Hause sind hier tête à tête.

Pause.

Berg. Was ist Dir, Lestenfeld?

Pause.

Hofräthin. Darf ich Sie bitten mir den
Brief dort zu geben, Herr Rath. —

Berg bringt ihn, und geht an seine Stelle zurück.

Hofräthin. Mamsell — ich ersuche Sie,
diesen Brief zu öffnen, und laut vorzulesen.

Rauning öffnet und lieſt: „Ich bin außer mir. Ich darf vor der Hand Ihr Haus nicht mehr beſuchen. Leſtenfeld iſt in einer Stimmung, die ich bedaure, wenn er gleich ſie verdient. Er iſt gut, und wird endlich wieder der Vorige werden. Leſtenfeld war nicht ohne Argwohn; ich ziehe mich zurück. Die bewußte Verbindung unter uns muß aufhören, glauben Sie mir. Sie ſollen noch heute alle Papiere empfangen. Es iſt beſſer ſo. Das Geheimniß konnte nicht länger bleiben. Mein Geſlübde halte ich treu. Leben Sie wohl. Ewig der herzliche Verehrer Ihrer ſchönen Seele — Ramſtein.“ Pauſe.

Hofrath reißt in einem Griff den Brief zu ſich, hält ihn hoch. — Dein Scheidebrief! Er rafft das Kind auf, herzt es dreymal. Dich, Dich, Dich! und eine Wüſte! Lebt wohl. Er ſtürzt mit dem Kinde hinaus.

Berg. Ihm nach. Leſtenfeld, höre mich.

Hofräthin. Schwach. Mamſell — von dieſer Minute an verlaſſe ich Sie nicht mehr. Nicht einen Athemzug lang laſſen Sie mich aus dem Auge — Sie beobachten mich an meines Mannes Statt. Was hier vorging — es war ſchrecklich, aber Gott wird helfen. Ich darf nichts thun, es muß ſich von ſelbſt entwickeln — Ich zittre nicht, denn mein Herz iſt rein! Kommen Sie! Sie gehen.

———

Fünfter Aufzug.

Erster Auftritt.

Hofrath. Rath Berg.

Hofrath blaß, mit ungewissen Blicken.

Berg hat ihn im Arme.

Hofrath. Was soll ich hier? —

Berg. Ich bitte Dich —

Hofrath. Wo ist mein Kind?

Berg. Nur ruhig —

Hofrath. Wo ist mein Kind?

Berg. Hinaus zu seinem Lehrer.

Hofrath. Er soll zu mir.

Berg. Keine Thorheit weiter —

Hofrath. Nein, nein.

Berg. Erhole Dich — Du weißt nicht wo Du bist.

Hofrath. Schande soll der Knabe nicht um sich sehen. Sie ist frey.

Berg. Wie?

Hofrath. Frey! Wir sehen uns niemals wieder —

Berg *geht unwillig umher.* Immer das Aeußerste!

Hofrath. Man soll ihr das sagen —

Berg. Höre sie, sprich mit ihr —

Hofrath. Nimmer! Wer mich so täuschen konnte, kann es ferner.

Berg. Lestenfeld!

Hofrath. Ein ehrlicher Mann kann betrogen werden, nur ein Narr läßt sich verspotten.

Berg. Wenn sie nun zu Dir will — wenn sie geradezu kommt?

Hofrath. So werde ich ohne Antwort von ihr gehen. Ich will weder zürnen noch verzeihen, ich spreche sie nicht.

Berg. Und Ramstein — Was willst Du? Ihm schreiben?

Hofrath. Schreiben? — Ich habe mit ihm zu thun.

Berg. Sey billig. Ramstein hat in seiner Liebe zu Deiner Frau strenges Geheimniß beobachtet. Dadurch hat er Dir Achtung bewiesen. Wer in der Form mir nicht fehlt, beweiset mir

ſeine Furcht oder ſeine Achtung. An beiden
genügt meinem Kopfe — Die Form — mehr
fordre ich nicht.

Hofrath. Ich fordre mehr. Giebſt Du nicht
mehr, ſo ſcheide nur gleich von mir. Die Frau verloren, mein Freund verloren — je nun — ſo mag
ich immer noch die Form des Freundes dazu verlieren.

Berg. Habe ich Dir jemals einen andern
Bürgen meiner Freundſchaft geben wollen, als
die Konvenienz?

Hofrath. Schrecklich, entſetzlich!

Berg. Gewöhne Dich endlich doch an Wahrheit. Wie oft habe ich dieſe Dir nicht geſagt!

Hofrath. Im Glück habe ich das Vernich-
tende davon nicht ſo gefühlt; jetzt aber brauche
ich mehr als Konvenienz — Los geriſſen von
allen — öde und leer — muß ich Weib und
Freund verfluchen, und finde nirgend wieder, was
ich an ihre Stelle ſetzen könnte!

Berg ergreift ſeine Hand. Ich bin Dir gut.

Hofrath. Weil es Konvenienz iſt?

Berg. Wer Dir mehr gelobt — lügt. Enthu-
ſiasmus iſt Krankheit, Schwindel — Konvenienz
iſt Sicherheit! Die biete ich Dir an.

Hofrath. Ich ſchlage ſie aus! Ach — wenn
der eine Theil ſich damit begnügt, das zu verſpre-

chen, was Menschen nicht halten können —
der andere Theil nur das hält, was des Verspre-
chens nicht werth ist — so jage mir Ramstein
eine Kugel durch den Kopf, und es ist ein gut-
müthiges Freundschaftsstück.

Er geht in sein Kabinet.

Berg. Dieser Mensch lernt nie sein eigen
werden; und was er ehedem gewesen ist, kann er
doch auch nicht mehr werden. — Hätte ich ihn
gelassen, wie er war! Im Begriff zu gehen.

Zweyter Auftritt.

Rath Berg. Mamsell Rauning.

Rauning. Haftig. Sind Sie endlich wieder da?

Berg. Ich wollte, ich wäre zu Hause!
Nichts ist mir mehr zuwider, als Krankenbesuche
und Zank der feierlichen Art — Von der Gasse
riß ich ihn zurück.

Rauning. Bey ihr hatten wir eine Ohnmacht in der Form — Sie ist schuldig.

Berg. Schuldig?

Rauning. Die Räthin Wagner war mit
von der Gesellschaft. Sie merkte etwas von dem,
was vorgegangen ist — die andern erriethen —

man setzte zusammen — darauf sagte die Wagnerin mir halb laut ins Ohr, daß schon längst bey der Wittwe Grünberg, der Galanteriehändlerin, Zusammenkünfte zwischen ihr, der Hofräthin und Ramstein gewesen sind.

Berg. Das ist — möglich. Denn ich besinne mich sogar, daß —

Rauning. Es ist gewiß. Denn wie die Lestenfeld den Namen Grünberg hören mochte — fing sie gewaltsam ein andres Gespräch an, verwickelte sich — stockte, und fiel endlich in eine wirkliche oder künstliche Ohnmacht. Jetzt will sie den Hofrath sprechen, ich soll fragen —

Berg. Er will sie nicht sehen.

Rauning. Pah —

Berg. Nicht wieder sehen, nie wieder.

Rauning. Gnade soll sie haben, dafür stehe ich — aber unterm Schwert! Madam behauptet sehr stolz — sie brauchte nichts zu thun — die Sache müßte sprechen. So will ich nun auch, daß sich alles durch ihn entwickle, durch den Mann —

Berg. Die Zusammenkünfte beider —

Rauning. Davon sagt man ihm nicht einmal etwas. Ach, sie ist eine ganz ordinäre Frau. Man muß ihm das nicht zeigen — er muß es finden.

———————

Dritter Auftritt.

Vorige. Hofräthin.

Hofräthin. *In der Thür.* Wie können Sie mich so lange in Ungewißheit lassen?

Rauning. Sie dürfen ihn jetzt nicht sprechen.

Hofräthin. Nicht sprechen? *Sie kommt vor.*

Berg. Er hat es verboten.

Hofräthin. So kenne ich meine Rechte und meine Pflicht. *Sie will zu ihm.*

{ **Berg** hält sie auf. Ich lasse Sie nicht hin.

{ **Rauning** eben so. Um alles in der Welt jetzt nicht.

Hofräthin. Wer kann ihm Aufklärung geben als ich? Was kann ihn beruhigen als meine Unschuld?

Rauning. Da Sie wiederholt sagen, daß die Sache für Sie spricht —

Berg. Da die Sache allein entscheidet —

Rauning. Da er in einer fürchterlichen Wuth seyn soll —

Berg. Er würde Sie gewiß nicht hören. Ohne Antwort will er fortgehen, das hat er sich vorgenommen.

Rauning. So giebt es ja keine glänzendere Rechtfertigung, als wenn Sie im Gefühl Ihrer Unschuld nichts thun und die Sache sich von selbst entwickeln laffen.

Hofräthin. Indeß leidet er, hält mich für strafbarer als ich bin —

Rauning. Als Sie sind? — Sollten Sie —

Hofräthin. Es ängstet mich, daß ich es in einer Rückficht vielleicht doch bin —

Rauning. Vielleicht? Ein Vielleicht kann hier nicht Statt finden — Ihr Bewußtseyn muß das entscheiden.

Berg. Gutmüthig. Kann ich ihn vorbereiten? — Wollen Sie mir Aufträge —

Hofräthin. Was ich ihm zu sagen hätte — kann nur ich ihm sagen.

Berg. Gereizt wie er jetzt ist —

Rauning. Könnten Sie ihn zu etwas fürchterlichem bringen.

Hofräthin. Soll ich nicht mit ihm reden — so rede die Sache ohne Vorbereitung und Schmuck — Soll ich meinen Mann nicht sprechen? — Auf Ihr gutes Gewissen, glauben Sie, daß es besser ist, wenn ich ihn jetzt nicht sehe?

Rauning. Wenn Sie das Aeußerste wollen —

Berg. Wüthend wird er an Ihnen vorüber
rennen — und wohin? Sie begreifen doch —
wohin!

Hofräthin. Nun so will ich abwarten, bis
er mich rufen läßt: Aber man muß ihn doch beru=
higen; wollen Sie nicht Ramstein holen lassen?

Berg. Er schreibt ihm.

Hofräthin. Stehen Sie mir dann auch für
meinen Mann — für jede Gefahr?

Berg. Auf Ehre!

Hofräthin. Für alles, was ich besorgen
kann?

Berg. Auf Ehre!

Hofräthin. So kommen Sie — sagen
Sie ihm, daß ich unter Ihren Augen bin — daß
ich gehorche, und selbst von meiner Unschuld nicht
reden will, bis er es hören will. Sie geht einige
Schritte. Wie ist seine Gesundheit?

Berg. Ruhe wird ihm gut thun —

Hofräthin. Ist der Onkel nicht bey ihm? —
Wo ist der Onkel?

Berg. Noch nicht zu Hause.

Hofräthin. Der gute Mann —

Rauning. Kommen Sie —

Hofräthin. Er wird erschrecken, wenn —

Rauning. Kommen Sie doch —

Hofräthin. Nur Eins noch. Er ist erhitzt — der Zorn — die Sorge — Daß er doch nichts thut, was ihm schädlich ist — wollen Sie das besorgen?

Berg. Alles.

Hofräthin. Glauben Sie — glauben Sie, daß es durchaus nöthig ist, daß wir uns jetzt nicht sprechen?

Berg. Durchaus.

Rauning. Kommen Sie, ehe er uns trifft.

Hofräthin. Führen Sie mich weg. Ich habe nicht die Macht von seiner Thüre wegzugehen. Es ist mir, als risse ich mich mit jedem Schritte selbst von seinem Herzen los.

Mamsell Rauning führt sie zurück in ihr Zimmer. Man hört indem zweymal schellen. Rath Berg geht zum Hofrath.

Vierter Auftritt.

Friedrich. Werner.

Friedrich geht auf des Hofraths Zimmer zu. Berg sieht heraus. Wasser! Wieder hinein.

Werner. Sage Er mir —

Friedrich. Jetzt nicht — hernach. *Geht.*

Werner. Unbegreiflich! Aber ich folge meinem Sinne. Wenn ich es nur erſt recht weiß — Die gute Frau! Hier ſollte ich meine Suppe finden, ſagte ſie. Ich komme —

Friedrich mit Waſſer zum Hofrath.

Werner. Und da iſt überall Unfrieden! Soll ich nun ſo aus dem Hauſe gehen, wie ein jeder andre Tagelöhner? Soll mir es einerley ſeyn, ob —

Friedrich. Iſt Euch eine ruhige Nacht lieb, ſo macht daß Ihr hier wegkommt. Er rennt auf und nieder, ſtürzt ein Glas Waſſer auf das andere hinein —

Werner. Und da iſt niemand, der zum Guten ſpricht?

Friedrich. Der alte Onkel iſt noch nicht da —

Werner. So thue Er es.

Friedrich. Ich? Wie kann ich —

Werner. Ja, ja!

Friedrich. So was verſteht Ihr nicht.

Werner. Ey was! Wenn Seines Herren Haus brennt, und da vor Ihm ſteht ein Kücheneimer, wird Er ihn ſtehen, brennen laſſen, und warten, bis ein Feuereimer gebracht wird? Wer es gut meint, ſpricht gut. Rede Er von Herzen, ſo kommt Er über Seinen Rock hinaus; und iſt Er das, ſo müſſen die andern wohl drüber weg.

Friedrich. Nein, nein, das geht nicht.

Werner. Will Er nicht, so will ich hin. Von der Sache weiß ich so viel — sie sind uneins; meinen Text habe ich im Herzen, ich will sie versöhnen. Damit ist es genug.

Friedrich. Ihr macht Euch unnütz. Der Herr geht gar hoch —

Werner. Und ich gerade. Hat er Recht — so wird er auch so gehen; hat er Unrecht — so muß er herunter.

Er geht nach des Hofraths Zimmer. Indem kommt

Fünfter Auftritt.

Rath Berg. Vorige.

Berg. Friedrich —

Werner. Mit Erlaubniß —

Berg. Wohin?

Werner. Zum Herrn.

Berg. Jetzt kann er —

Werner. Mich brauchen. Mich! Wie Sie mich auch ansehen.

Er geht hinein.

Berg. Dieß Billet sogleich zu Herrn Sekre=
tär Ramstein. *Er geht hinein.*

Friedrich. Mit tausend Freuden — Ach,
das ist einmal wieder das erste seit langer Zeit.
Er geht.

Sechster Auftritt.

———

Friedrich. Mamsell Rauning.

Rauning. Madam fragt nach dem alten
Herrn Lestenfeld —

Friedrich. Ich lasse ihn suchen —

Rauning. So wie er kommt —

Friedrich. Wird er gleich hierher geschickt.
Geht. Dem Himmel sey Dank, da ist er!

Siebenter Auftritt.

———

Vorige. Lestenfeld.

Lestenfeld. *Eilig.* Sagen Sie mir, was hier
vorgeht. Ist jemand krank, oder —

Rauning. *Kalt.* Nicht doch.

Lestenfeld stützt sich auf seinen Stock. Dem Himmel sey Dank! Man hat mich gesucht — überall, mein Bedienter war so ängstlich — ich bin geeilt — der Schreck — mir zittern alle Glieder.

Friedrich giebt ihm einen Stuhl.

Lestenfeld. Nur heraus, was ist es?

Rauning. Ein lebhafter Verdruß zwischen Mann und Frau.

Friedrich. Madam ist krank.

Lestenfeld steht auf. Krank?

Rauning. Matt. Die Sache ist die. Es —

Friedrich. Hören Sie dort, bey ihr; sonst —

Lestenfeld. Nur ruhig, Friedrich, nur ruhig.

Friedrich. Sonst werden Sie auch eingenommen, so wie mein armer Herr ist eingenommen und hintergangen worden.

Lestenfeld. Wer ist bey meinem Neffen?

Rauning. Rath Berg —

Friedrich. Und der alte Werner.

Lestenfeld. So kommen Sie zu meiner Nichte, wir wollen keine Zeit verlieren.

Lestenfeld und Mamsell Rauning gehen zur Hofräthin.

Achter Auftritt.

Hofrath. Rath Berg. Werner.

Hofrath. In der Thür. Ich oder Er.

Werner. Ebenfalls. Herr Hofrath —

Hofrath geht vor. Einer geht! denn ich will nichts mehr hören.

Werner folgt.

Berg. Wozu nutzt das alles? Mein guter Alter, glaubt Er daß ich nicht alles thue?

Werner. Nein, Herr.

Hofrath. Zornig. Werner!

Werner. Meint der Herr es gut mit Ihnen, so muß er das Herz haben, mich jetzt mit Ihnen allein zu lassen.

Berg. Von Herzen gern. Geht ab.

Hofrath will folgen.

Werner hält ihn mit Heftigkeit zurück. Ich bin der Mann, der Ihren Vater hat sterben sehen. Ich war unter denen, die er anredete, seinem Sohne treu zu seyn. Ich bin treu. Hören Sie mich, hören Sie nur Eins noch!

Hofrath. Was?

Werner. Sie haben was Gräßliches vor — Das Billet, das Sie weggeschickt haben — Sie haben nichts Gutes im Sinne.

Hofrath. Sind wir fertig?

Werner. Was Sie für Beweise haben — ich weiß es nicht; ich verstehe mich nicht aufs Schriftliche — Ich habe nur Eine Vertheidigung — Es kann nicht seyn, weil es nicht seyn kann. Das muß doch wohl eine gute Seele seyn, von der niemand das Böse glauben will. Warum glauben Sie das Böse von ihr so leicht?

Hofrath. Ist das alles?

Werner. Ja.

Hofrath zeigt ihm das Billet. So sind wir fertig.
Er will gehn.

Werner. Nein, Herr, bey meiner Seele nicht.

Hofrath. Heftig. Mensch!

Werner. Ja das ist ein Ehrentitel, und man hat vollauf zu thun, wenn man ihm ganz vorstehen will.

Hofrath. Werner!

Werner. Sie sind ihr für das alte Gute noch zu viel schuldig, als daß Sie ihr das neue Böse so hoch anrechnen dürften.

Hofrath. Werner — Du bist ein guter Mensch —

Werner. Das gehört nicht hierher. Was haben Sie jetzt vor?

Hofrath. Nachfrage.

Werner. Gut. Die ist nöthig, ich sehe es ein. Wenn etwas wäre — was nicht hätte seyn sollen, vielleicht ist Herr Ramstein Schuld daran.

Hofrath schlägt ein. So sind wir einverstanden.

Werner. Ich habe ohnehin so meine Gedanken —

Hofrath. Gedanken? Welche —

Werner. Wie Sie mir das Billet vorgelesen haben — stand nicht so etwas darin — von Geheimniß?

Hofrath. Weißt Du das Geheimniß?

Werner. Ich vermuthe — daß ich darauf gekommen bin.

Hofrath. Sag' es, sag' —

Werner. Ich habe der Madam Verschwiegenheit gelobt —

Hofrath. Ich will nichts wissen. Halte ihr Wort, der Betrügerin, und geh.

Werner. Zornig. Betrügerin! Nein, Herr, das ist sie nicht, das ist sie nicht, und eben darum muß ich reden! Sie wissen, an dem Gute hat sie ihre Freude gehabt. Mehr als neun hundert Thaler hat sie ohne Ihr Wissen hinein gewendet. Die will sie nun nicht wieder haben — die will sie verlieren, hat sie gesagt.

Hofrath. Woher hat sie das Geld? Von ihrem Gelde ist es nicht; das weiß ich.

Werner. Nun — also ist es geliehen.

Hofrath. Himmel und Erde!

Werner. Nun denke ich — da Herr Ramstein reich ist —

Hofrath. Recht.

Werner. Und ein guter Freund —

Hofrath. Ganz recht.

Werner. Da ich ihn und die Madam eben auf dem Gute oft zusammen habe rechnen sehen —

Hofrath. Es ist klar.

Werner. So ist er es, der das Geld an Madam geliehen hat. Das Gut hätte das genug eingebracht, sie hat es klug und sorgfältig angewendet. Das Gut ist nun aber fort, das Geld geht verloren — sie quält sich, und darf nichts sagen — und fürchtet sich —

Hofrath. Sie hat also das Geld verwendet?

Werner. Ich kann's bezeugen und belegen.

Hofrath. Und will es verlieren?

Werner. Durchaus.

Hofrath. Hat sie Dir das selbst gesagt?

Werner, Ja.

Hofrath. Und nicht gesagt, woher sie es hat?

Werner. Es wäre ein Geheimniß. Aber —

Hofrath. Schändliches — entehrendes — Ich danke Dir, alter Mann; jetzt geh.

Werner. Ich dächte, Sie bezahlten die Summe —

Hofrath. Das werde ich.

Werner. Man muß es Ihnen ersetzen — es ist ja alles gut angewendet. Und wenn das geschieht — so ist auch mein Gewissen über den Handel beruhigt.

Hofrath. Werner, Du beugst mich tief! Mei —

Werner. Macht das, was ich gesagt habe, Sie nicht besseren Muthes?

Hofrath. Meinem ärgsten Feinde bin ich schuldig! Also konnte ich doch noch tiefer fallen! Ich danke Dir für Deine Nachricht. Ich danke Dir, daß Du ehrlich bist. Ich danke Dir, daß Du mir wieder Zorn gegeben hast. Er will gehn.

Werner wirft sich ihm in die Arme. Ach Herr — ich habe übel ärger gemacht —

Hofrath. Nein —

Werner. Vergeben Sie —

Hofrath. Zu spät —

Werner. Um Gottes willen!

Hofrath. Zu spät! Mein Weg und meines Weibes Weg gehen von nun an aus einander. Gott lohne Dir Deine Treue! — Leb wohl.

Er geht.

Neunter Auftritt.

Vorige. Rath Berg.

Berg ihm entgegen kommend, ein Papier in der Hand. Da erhalte ich eben aus dem Kabinet eine sehr unangenehme Nachricht für uns —

Hofrath. Es gilt — hier ist eine dagegen. Nur zu —

Berg. Ich darf sie nicht verhehlen; denn es ist besser, Du hörst sie von mir, als daß Ramstein sie Dir im Triumph erzähle. Gott weiß, durch welche Kabale und Gänge — aber Er ist zum geheimen Referendar ernannt. Hat aber —

Hofrath. Gleichviel. Mir ist —

Berg. Hat aber Deinetwegen die Stelle ausgeschlagen.

Hofrath. So? — Nun so liegt mir es noch wichtiger am Herzen, ihm —

Berg. Da lies, eben ſchreibt mir es —

Hofrath giebt ihm das Billet ungeleſen wieder. Willſt Du mir den Gefallen thun, und —

Berg. Armer, guter Kerl! An zwey Seiten ſo zu leiden! Der letzte Verluſt macht mich wüthend — obgleich wir noch Mittel haben —

Hofrath umarmt ihn. Willſt Du mir behülflich ſeyn, um tauſend Thaler aufzunehmen?

Berg. Ich denke. Faſt wird ſie mein Krebit erlangen; wenn aber nicht, ſo wird die Rauning mir den ihrigen doch nicht verſagen. Ja. Ich verſpreche ſie Dir.

Hofrath umarmt ihn mit Wärme. Ich danke Dir.

Berg. Nichts von Dank. — Wird Deine Frau ſich unterſchreiben?

Hofrath. Soll ich das fordern?

Berg. Nun — nein. Du haſt ja ſonſt noch Sicherheit.

Hofrath. Nein, keine — als mich ſelbſt; meine Ehre, mein Herz. Beide haſt Du geprüft. Noch mehr, ich will alle meine Einnahme durch Deine Hände gehen laſſen. Ich will mich ſo einſchränken —

Berg. Warum nicht gar? Du haſt ja noch Brillanten —

Hofrath. Meine Frau — Und muß ich nicht meiner Mündel Vermögen erſetzen? Wenn ich die Brillant —

Berg. Ja so! Wozu brauchst Du denn diese tausend Thaler?

Hofrath. Ich bin sie mehr als sicher, durch die Verbindung meiner Frau, an Ramstein schuldig.

Berg. So? — Nun und das Unangenehme, was ich noch hören sollte?

Hofrath. Scheint Dir das nicht unangenehm?

Berg. Für Ramstein, nicht für Dich. Wenn Du klug bist, läßt Du ihn warten.

Hofrath. Mit Feuer. Nein, nein!

Berg. Du hast ihm ja nicht abgeborgt.

Hofrath. Und sollte ich im Tagelohn Nacht und Tag arbeiten —

Berg. Strafe ihn mit Entbehren und lache ihn aus.

Hofrath. Und sollte ich mich zu Sklaven-arbeit auf mein ganzes Leben hin verdingen; nur ihm nicht schuldig seyn.

Berg. Lachend. Du bist nicht gescheidt.

Hofrath. Nur diesen Menschen laß nicht mit Größe auf mich blicken.

Berg. Pah! An eine neue Stelle laß uns denken. Der Narr mag warten.

Hofrath. Ich bitte Dich, verlaß mich nicht in dieser schrecklichen Demüthigung.

Berg. Demüthige Du ihn und lache ihn aus.

Hofrath. Ich bitte Dich!

Berg. Ernst. Wenn es für Dich wäre. Allein Du kannst nicht fordern, daß zu solchen Romanen-streichen ein vernünftiger Mann sein Geld herge-ben soll.

Werner, der in der Ferne durch Bewegungen, jedoch nur zu Zeiten und nie auf Lachen erregende Weise, Theil genom-men hat. Viel habe ich nicht, Herr Hofrath; wenn Ihnen aber ein paar hundert —

Hofrath. Nein, nein! Ich danke Dir! Ich — Bist Du noch da — verlaß uns — auf einen Augen-blick. Du.

Werner. Darf ich wieder kommen?

Hofrath. Ja doch —

Werner. Gut. Geht ab.

Zehnter Auftritt.

Rath Berg. Hofrath.

Hofrath. Berg — mein Weib hat sich ja von mir durch diese Dinge los gesagt —

Berg. So laß sie laufen.

Hofrath. Mein Freund hat mich verlassen, soll ich dem Weibe und ihm zum Gespötte werden?

Berg. Wer will das? Nur —

Hofrath. Soll ich denn Ehre haben wollen und nicht ehrlich seyn?

Berg. Wunderlicher Mensch! — So nimm kein Geld auf, das Dir nur schwer zu zahlen würde, und doch —

Hofrath. Wüthend. Berg — Berg! Du stößest mich noch eine Stufe tiefer!

Berg. Warum siehst Du mich so an?

Hofrath. Eine tiefe Stufe wirfst Du mich hinab! — Ich weiß — jemand — der hätte doch das nicht gethan.

Berg. Wer ist das?

Hofrath. Ich möchte seinen Namen nicht über meine Lippen gehen lassen.

Berg. Warum nicht?

Hofrath. Es könnte Dich erschüttern —

Berg. Warum nicht gar!

Hofrath. Ramstein hätte das nicht gethan.

Berg. Kalt. — Mag seyn.

Hofrath. Ramstein hätte mich nicht so abge= wiesen.

Berg. Berg hätte um den Preis der Frau kein Geld ge —

Hofrath. Genug! Was Du da sagen woll= test, will ich aus Deinem Munde doch nicht hören.

Berg. Aus Deinem Munde? — Ey wer bin ich — ich denn so mit Einem Male geworden?

Hofrath. Du bist — was Du warest. Ich bin anders geworden. Er seufzt.

Berg. Das zeigst Du.

Hofrath. Unglücklich! — Habe alle die Menschen verloren, die sanft zu meinem Herzen sprachen, das mir jetzt viel sagt — viel vorwirft!

Berg. Kalt. Sind sie Dir unentbehrlich — wohl, so vergiß und wirf Dich in ihre Arme —

Hofrath. Berg!

Berg. Heroisch wäre das nun freylich nicht, allein behaglich, und eben deßhalb ganz vernünftig.

Hofrath. Ja, ich bekenne, daß mir die Form von Ramsteins Freundschaft jetzt wohlthuend wäre.

Berg. Da gäbe es eine Thränenflut, Verzeihung, dann Versöhnung, und einen Wonnetaumel in der Kinderstube. O des Weiberlebens! Dein Gram ist verlachenswerth. Spotte Deiner Thränen selbst, lache sie weg, liebe nicht und hasse nicht, so genießest Du Dein Leben.

Hofrath. Umsonst! Die Worte haften jetzt nicht mehr. Ich bin in einer Lage, die Du nicht begreifst. Vergeben darf ich nicht, und zürnen — kann ich nicht.

Berg. Du bist mit Leiden nie bekannt gewesen —

Hofrath. Ich war es. Da war aber auch noch Kraft in mir und Selbstgefühl. Berg — mein innerer Gehalt muß weniger geworden seyn, denn die Verbrecher, Ramstein und mein Weib, scheinen mir beneidenswerth. Berg — in diesem Augenblicke gäbe ich die ganze Saat und Ernte Deines Systems — für eine gute Stunde zwischen Weib und Freund in meiner Kinderstube willig hin.

Berg zuckt die Achseln. Gieb sie.

Hofrath. Steht das auch noch in meiner Macht? — Sie sind nicht mehr dieselben, ich bin es auch nicht mehr. Wer von uns ist aus dem Kreise des stillen Lebens z u e r s t heraus getreten? An der Beantwortung d e r Frage — liegt alles.

Berg. So stelle von Euch keiner dem andern diese Frage. Uebergeht sie, und bauet diesen Zirkel n e u wieder.

Hofrath. Wäre nur Einer von uns schuld= los! — Vergebens! Unschuld der Sitten, Rein= heit der Seele ist ein Majestätsgefühl — und dieß Gefühl ist des Menschen guter Engel! — Wir haben ihm entsagt.

Berg. Wenn Hausglück, wie Du Dir es bildest, ein so überlegenes Gefühl giebt — warum bist Du heraus getreten?

Hofrath. Mit dem kräftigsten, herzlichsten Ausdruck. Weil man Unglück haben muß, um den Werth, den Trost, die erhaltende, erhebende Kraft des

Hausglücks ganz zu kennen. Da stehen wir jetzt —
Unglück ist da — und nirgend Trost und Stär=
kung, Leere überall! — Ich bin allein.

Er wirft sich in einen Sessel.

Elfter Auftritt.

___

Vorige. Leſtenfeld.

Leſtenfeld. Vetter — zeige mir das Billet
von Ramſtein. Er lieſt es ſchnell. Wir wollen ſehen.
In dieſer Sache gehe ich aus; indeß laß ſie ruhig —

Hofrath. Iſt ſie krank? —

Leſtenfeld. Matt! — Ich habe ſie über
alles geſprochen —

Hofrath. Und entſcheiden?

Leſtenfeld. Entſcheide nicht, bis ich Beweiſe
habe. Bis dahin — verdamme nicht.

Hofrath. Sie gehen zu Ramſtein?

Leſtenfeld. Nein. — Herr Rath, ſeyn Sie
ſo gut, mich zu begleiten. Vetter, ich will Dich
nicht hintergehen.

Hofrath. Bin ich Ramſtein ſchuldig?

Leſtenfeld. Wäreſt Du es — ſo wäreſt
Du auch betrogen. Dann mußt Du zahlen kön=
nen — Ich verbinde mich dazu.

Hofrath *umarmt ihn.* Meines Vaters Bruder!

Leftenfeld *richtet ihn auf und fagt mit Wehmuth:* Wann werde ich wieder mit Freude fagen können — meines Bruders Sohn? — Kommen Sie.

Berg und Leftenfeld gehen ab.

Zwölfter Auftritt.

Mamfell Rauning *aus der Hoſräthin Zimmer.* Hofrath.

Rauning *ruft Leftenfeld nach:* Madam läßt bitten, Sie möchten eilen — Sie will gehen.

Hofrath. *Zu Mamfell Rauning.* Was macht fie?

Rauning. Gleich wie der Brief gelefen war, forderte fie, ich follte fie nicht aus den Augen laffen, und das fetzt fie fo durch, daß fie felbft in der Ohnmacht in einer krampfhaften Zuckung meine Hand behielt, und ihr ftarres Auge war auf mich gerichtet.

Hofrath. Ich werde fie niemals vergeffen! Was fprach fie mit dem Onkel?

Rauning. Das kann ich nicht wiffen, das weiß ich nicht. Sie fprachen leife — ich ging ans Fenfter. —

Dreyzehnter Auftritt.

Vorige.   Friedrich.

Friedrich. Herr Ramstein wird gleich hier seyn. *Geht ab.*

Hofrath. Er ist Referendar —

Rauning. Ramstein?

Hofrath. Und schlägt es aus um meinet-willen.

Rauning. Er? Ist es —

Hofrath. Ich bin ihm Geld schuldig. Berg schlug mir Geld ab.

Rauning. *Kalt.* Bedürften Sie noch: so — so.

Hofrath. Der Onkel erbietet sich.

Rauning. Uebrigens soll mein Einfluß —

Hofrath. Diese Wellen sind gebrochen! — Daß Berg mir das abschlagen konnte, und daß Ramstein doch das ausschlagen konnte! — Warum mußte ein so edler Mensch mich hintergehen — und mich doch lieben? Wüßte ich nur — Ja ich gestehe es — ich wünschte etwas für ihn sagen zu können! — Wissen Sie nichts für ihn zu sagen?

Rauning. Brav! Nun das nenne ich vernünftig und ehrlich! Zeigen Sie mir doch sein Billet. So viel ich mich erinnere, enthielt es nichts, was — Sie liest: „Ich bin außer mir. Ich darf schlechterdings vor der Hand Ihr Haus nicht mehr besuchen. Lestenfeld ist in einer Lage, die ich bedaure, wenn er sie gleich verdient.“

Hofrath. Er bedauert mich! Er fühlt doch —

Rauning. Mitleiden? O daß er Mitleiden mit Ihnen hat — das beweist er schon, da er die Stelle ausschlägt: „Lestenfeld ist gut — und wird endlich wieder der Vorige werden. Die bewußte Verbindung unter uns muß aufhören.“

Hofrath. Verbindung?

Rauning. Verbindung? Nun — Ihre Frau hat Theil an der wechselseitigen Freundschaft, als Frau! „Sie sollen noch heute alle Papiere empfangen.“

Hofrath. Halt.

Rauning. Ich verstehe. Die Papiere? Die beweisen gar nichts.

Hofrath. Wie?

Rauning. Selbst im Lichte Ihres Argwohnes gesehen, können die nichts entscheiden. Denn — hätte er auch einen ganzen Briefwechsel zwischen sich und Ihrer Frau in Händen, wird er wohl so feig oder so thöricht seyn, ihn heraus zu geben?

Hofrath. Er wird müssen.

Rauning. Nun ja. Papiere würden Sie wohl erhalten. Aber die Papiere, die Sie erhalten würden — bewiesen nichts.

Hofrath. Weiter — weiter —

Rauning. „Das Geheimniß kann nicht länger bleiben."

Hofrath. Ist dem auch eine gute Wendung zu geben?

Rauning. Das Geheimniß, ja das ist ein Geheimniß, und so kann ich nun freylich dazu nichts sagen.

Hofrath. Da ist mein Unglück —

Rauning. Nicht doch. Sie können nicht hintergangen werden. Daß ein Geheimniß da ist — haben Sie schriftlich. Sie fordern es. Was kann man Ihnen geben? Ein Mährchen? — Nein! denn was unter Ihrer Frau und Ramstein, gegen Freund und Gatten, doch ein Geheimniß war — das mußte auch ein Geheimniß seyn müssen.

Hofrath. Wahr — und fürchterlich mußte es seyn.

Rauning. Gut mußte es seyn, wenn es mit den Pflichten der Frau und des Freundes bestehen soll. Da es gut war, mußte es nur einer Wichtigkeit halber Geheimniß seyn müssen.

Hofrath. Kein Darlehn, oder mehr als Darlehn.

Rauning. Wichtigkeiten, eben weil sie das sind, sind in die Geschichte unsres Lebens so genau verwebt, daß man sie nicht erdichten kann. Kleinigkeiten — wie Darlehn — verwerfen Sie unbedingt. Wichtigkeit — ist nicht zu finden, als die Wahrheit.

Hofrath. Und diese Wahrheit?

Rauning. Müssen wir abwarten. Genug, bereitet oder nicht — über das Geheimniß sind Sie Herr. Also werden Sie beruhigt — oder unterrichtet. Hier ist das Billet zurück. Sie giebt es ihm. Hm — es muß alles gut gehen — Der Verstand Ihrer Frau —

Hofrath. Darf sie nicht retten, wenn ihr Herz nicht treu geblieben ist —

Rauning. Verirrungen des Herzens —

Hofrath. Dafür könnte Verstand sie schützen.

Rauning. Verrechnungen des Verstandes aber?

Hofrath. Dagegen könnte sie ihr Herz bewahren.

Rauning. Warum machten Sie Sich immer überirdische Ideale? — Mich zum Exempel haben Sie mit allen meinen Fehlern, die ich nie verberge, vor Ihrer Heirath gekannt. Hätte Sie das nicht aufmerksamer auf unser Geschlecht machen sollen?

Hofrath. Ich verließ Sie, wähnte hier —

Rauning. Oft sind wir mehr Schuld an —

Hofrath. Ein Engel waren Sie mir, deſſen hülfreiche Hand ich von mir gewieſen habe. Den —

Rauning. Ich ſagte Ihnen immer, wir ſind nicht Engel, wir ſind Menſchen. Der Stärkere muß nie des Leitfadens ſich begeben. Sie haben es anders gewollt.

Hofrath. Was machen Sie? Um Ruhe bitte ich Sie, um einen Ausweg aus dem Jammer, und Sie ſtürzen mich tiefer! Ja, ich bin zu Grunde gerichtet! Ich habe mein Unglück gewollt und büße und bereue! Elend bin ich, unſelig verheirathet! Ich —

Rauning. Halt — Mit ſichtbarer Ueberlegenheit. Auf das Geſtändniß — auf dieſen Augenblick warte ich nun ſeit fünf Jahren! Er iſt gekommen — nun hebt ſich unſre Rechnung.

Sie geht zur Hofräthin.

Vierzehnter Auftritt.

Hofrath allein.

Er ſieht ihr betroffen nach.

Habe ich das gehört? War — Nein, den Sinn kann es nicht haben. Fünf Jahre auf dieſen Augenblick! Fünf Jahre! Fünf Jahre mir geliebkoſet — und nun? — Ich bin geplündert, verrathen, arm — und eben indem ich es werde — nimmt sie Genugthuung? Ein Weib, die ich einst liebte, die mich an sich zog! — Fünf Jahre auf diesen Augenblick! — Ein Weib, ein Weib hat das gethan? — ein Weib! ein Geschöpf, das Mutter werden kann! Starr. Wer auf solche Augenblicke warten kann, weiß sie auch herbey zu leiten. Wenn sie nun — Gott — vor welchem Bilde stehe ich da! — Nein, nein, das ist doch wohl nicht. Was soll ich thun — Trümmer ret- ten oder nicht? Ich heule, und Berg lacht! S i e reißt mich immer tiefer fort, und lacht — Am Ab- grunde stehe ich da — und sie lachen! Vater bin ich, und sie lachen! Da ist kein Mensch, der Freundeshand auf dieß zerrissene Herz hinlegt — kein Mensch — und diese Teufel lachen! — Fort — mit meinem ganzen Leiden, d e m in die Arme, der fallen konnte, aber auch bereuen kann — fort zu Ramstein!

Er geht. Oben an der Thüre begegnet ihm Ramstein. Er tritt einige Schritte seitwärts, Ramstein hält. Lestenfeld geht bis in die Mitte des Zimmers vor, Ramstein folgt.

Funfzehnter Auftritt.

Ramſtein. Hofrath.

Hofrath. *Mit bebendem Tone.* Guten Abend.

Ramſtein. *Feierlich.* Den gebe uns Gott!

Hofrath *geht ganz vor.*

Ramſtein *auch.*

Hofrath. Du ſiehſt mir frey ins Geſicht?

Ramſtein. Freue Dich, daß ich es kann.

Hofrath. Was ſoll mich an Dir noch freuen? — Wir ſind nicht mehr Freunde.

Ramſtein. Das ſagt Dein Brief. Dem Ton nimmt es zurück.

Hofrath. Du haſt mich hintergangen.

Ramſtein. Worin?

Hofrath. Du liebſt mein Weib.

Ramſtein. Nein, Leſtenfeld — So wahr —

Hofrath. Keine Schwüre, keine Wendungen. Beredſamkeit, Verſtand — bieten Blut und Ehre auf, wenn beide wirken —

Ramſtein. Darum ward ich doch herbeſchieden?

Hofrath. Ja. Mir Genugthuung zu geben, oder sie zur Wittwe zu machen.

Ramstein. Leſtenfeld!

Hofrath. Du haſt die Referendarſtelle um meinetwillen ausgeſchlagen, das hat mich entwaffnet. Berg hat in demſelben Augenblicke klein gehandelt — das hat mich weich gemacht. Denn ich gedachte der Zeiten, wo Du gut und offen und bieder wareſt, wo ich unglücklich war und Dich hatte! Jetzt habe ich niemand! — Herzensdürftigkeit führte mich zu Dir. Du biſt gekommen, ich ſehe Dich, höre Deine Stimme — jetzt glaube ich, die Leidenſchaft war mehr als Du — und bitte Dich, gieb mir Gelegenheit Dir zu verzeihen.

Ramstein. Sollte ich Dich in dem Traume —

Hofrath. Zwiſchen uns liegt ein Verbrechen — laß uns das vergeſſen. Ich will lieber den Rath aus Deinem Herzen hören, als aus dem Kopfe der andern. — Denn — ehe Du mich hintergangen haſt, haſt Du mich ſehr geliebt — Nun liebt mich niemand! Mein Knabe wimmert, das bricht mir das Herz! Rede noch einmal ehrlich mit mir, guter Ramstein. Rede, wie ſoll ich mein Weib verſorgen? denn ich will ſie nicht wiederſehen.

Ramstein. Wo ſoll ich anfangen? Du —

Hofrath. Bey dem, was Du am ſtärkſten fühlſt —

Ramstein. Du bist sehr unglücklich!

Hofrath. Das ist sehr wahr!

Ramstein. Eine Reihe von üblen Planen, Trugschlüssen, leichtsinnigen Erwartungen haben Dich Dir selbst fremd gemacht,

Hofrath. Deine Meinung — mehr als ich fordre, ziemt Dir nicht mir zu geben.

Ramstein. Und mein Anblick hätte Dich doch weich gemacht?

Hofrath. Du überhebst Dich. Er zieht ein Tischchen in die Mitte zwischen beide und legt das Billet darauf. Nun lies — und rechtfertige Dich.

Ramstein. Ist das in Deiner Hand?

Hofrath. Durch meine Frau —

Ramstein. So ist es dadurch widerlegt.

Hofrath. Muth aus Noth. Seit wann ist Geheimniß unter Euch?

Ramstein. Seit drey Jahren.

Hofrath. Schmerzlich. So lange?

Ramstein. Diese Papiere — Er legt ein geschiegeltes Packet auf den Tisch. enthalten es.

Hofrath. Kannst Du mir den Inhalt sagen?

Ramstein. Ich darf nicht.

Hofrath. Was bindet Dich?

Ramstein. Mein Wort. Deine Frau kann es lösen. Ich rufe sie —

Hofrath. Nein. Du konntest Geheimniß vor mir haben?

Ramstein. Kannst Du Deine Frau jetzt sehen?

Hofrath bedeckt sich das Gesicht.

Ramstein. Ich antworte für Dein Herz.
                    Er geht in das Kabinet der Hofräthin.

Hofrath steht unbeweglich.

Sechzehnter Auftritt.

———

Hofrath.   Ramstein.   Hofräthin.

Hofräthin blaß, ermattet, doch ohne Thränen. Willst Du mich jetzt anhören?

Hofrath. Kann Deine Rede Zeugen dulden?

Hofräthin. Ja.

Hofrath. So komme, wer bey ihr ist.

Ramstein geht in das Kabinet zurück.

Hofrath. Sophie — wirst Du erröthen müssen? — so will ich gehen — wirf alle Schuld auf mich.

Hofräthin. Ruhig. Bleib hier, August.

———

Siebzehnter Auftritt.

Ramſtein. Mamſell Rauning. Werner. Die beiden letzten ſtellen ſich zur Hofräthin. Die Rauning und der Hofrath zunächſt am Tiſche.

Hofrath. Wie ſie eintreten. Du haſt es gewollt. — Sind die Papiere Dein, Sophie?

Hofräthin. Laß ſie eröffnen.

Hofrath. Kennſt Du das Packet?

Hofräthin. Nein.

Hofrath. Und ich ſoll es öffnen laſſen?

Hofräthin. Allerdings.

Hofrath. Zornig zur Mamſell Rauning. Oeffnen Sie, Mamſell —

Rauning nimmt das Packet, öffnet das erſte Siegel.

Hofrath. Halten Sie —

Rauning hält inne.

Hofrath. — Es iſt zu ſpät — öffnen Sie. Mußt Du erröthen, ſo kann ich Dich nun nicht mehr retten.

Rauning hat entsiegelt und lieſt auf dem zweyten Um-
ſchlage: „Papiere der Frau Hofräthin Leſtenfeld
vom Jahre 1788 bis hierher 1791.“

Hofrath. Sie zittert! Gott! Sie zittert —

Hofräthin. Ich habe eine gute Sache —
erröthen werde ich nicht, haſſen wirſt Du mich
auch nicht, mißfallen könnte ich Dir — mißdeute
mich nicht, daß ich in dieſem Augenblicke davor
zittre. — Leſen Sie.

Rauning. Da iſt ein Brief — an Herrn
Sekretär Ramſtein — Es iſt der Frau Hofräthin
Hand. Soll ich dieſen Brief vorleſen?

Ramſtein. Allerdings!

Hofrath. Sophie! Ich will Dich Deines
Wortes entlaſſen — tritt noch zurück.

Hofräthin giebt der Rauning ein Zeichen zu leſen.

Rauning lieſt: „Einziger, treuer Freund un-
ſeres Hauſes! Es wird Zeit, daß ich Ihnen ein
Geheimniß mittheile, daß nun ſchon ein halbes
Jahr beſteht, allein ohne Ihren Beyſtand ferner
nicht beſtehen kann. Ich zeichne, ich mahle —
Dieß hat mir und meinem Manne ſchon manche
Freude gegeben. Aber ich bin Hausfrau, Mutter — will ich dieſe Dinge jetzt noch als Vergnügen fortſetzen, ſo werden ſie der Haushaltung läſtig.
Mich davon ſcheiden, thäte mir weh — daher
muß ich ſie nützen.“ —

Das iſt wohl nur ein Gelegenheitsbrief?

Ramstein. Lesen Sie weiter, Mamsell.

Rauning. „Unser Haus kostet viel, und an Einschränkung mag ich nicht denken, da mein guter, arbeitsamer Mann Erholung bedarf. Thun ist besser als klagen. Hören Sie nun, wie ich thue. Ich lasse Muster kommen, ich zeichne, ich erfinde eine Menge Moden, die hier für fremde Waare gelten. Der Galanterieladen bey der Wittwe Grünberg in der Vorstadt ist im eigentlichen Verstande mein Laden. Die Wittwe lebt davon, und arme gute Mädchen. Unser Gut wird verbessert, und unsere Haushaltung hat manche Freude aus diesem Wesen gehabt. So verberge ich auch meinem Manne die zunehmende Theurung. Alles ist und bleibt ihm ein Geheimniß — Sein Ehrgeitz könnte meinen kleinen Handel stören. Da ich aber seinem ältesten Freunde, seinem Bruder, es entdecke, so —

Ramstein. Gerührt. Das hat sich geändert, seitdem dieß geschrieben war.

Rauning. habe ich kein Geheimniß. Da es nun fast zu einer förmlichen Handlung geworden ist — bedarf ich Ihrer Hülfe. Nur selten kann ich hingehen; das trage ich also Ihnen auf. Hier ist der Plan; ich installiere Sie als Direktor. Lassen Sie mich täglich zwey Berichte haben, was gearbeitet war — und gearbeitet werden soll. Nur schweigen Sie. Ich möchte gern unbemerkt bleiben, dem Lobe entgehen und dem Spotte." Pause.

———————

Achtzehnter Auftritt.

Vorige. Leſtenfeld. Rath Berg.

Sie öffnen indem die Thüre, bemerken die Stille und bleiben zurück.

Hofrath. Weiter —

Rauning. Es iſt nichts mehr da —

Ramſtein. Ich habe die Seele dieſer Frau bewundert, geſchwiegen — um ſie dem Lobe und dem Spotte zu entziehen. Ich habe die Sache angenommen, fortgeführt bis auf den Augenblick dieſes Mißverſtändniſſes, wo ich mich von allem los ſagen wollte. Die übrigen Papiere enthalten die Rechenſchaft meiner ganzen Verwaltung.

Leſtenfeld geht mit Berg vor. Und da bringe ich die Briefe — Rechnungen und Belege des ſämmtlichen Ertrages, der Einnahme und Ausgabe. Sie haben mich überführt. Er legt die Bücher auf den Tiſch. Nun was wollt Ihr machen? — Hier ſind nur zwey Wege — Verſpotten oder bewundern?

Hofrath ſtürzt in ihre Arme. Bereuen, herzlich bereuen — Kann Dich das ausſöhnen, gutes Weib?

Hofräthin öffnet die Arme.

Hofrath. So nimm mich auf. *Er fällt in ihre Umarmung.* Ich will gut machen, Deiner Leitung mich überlassen, verehren, was Dein gutes Herz für mich gethan hat — *Er stürzt zu Ranistein.* Dich um Verzeihung bitten — *Er geht mit ihm zu seiner Frau.* In Eurer Mitte leben, Euch leben — Ihres Segens würdig seyn, mein guter Onkel —

Lestenfeld *umarmt ihn von oben zu, in der Gruppe.*

Hofrath. Und so verdienen lernen, was ich bisher verkannte — das beste Deutsche Weib, das mir beschieden wurde. *Er umarmt sie allein.*

Hofräthin. *Mit Freudenthränen.* Bist Du mit mir zufrieden, August?

Hofrath. Ich segne Dich, ich liebe Dich; der ganzen Welt möchte ich zurufen: Ich habe gegen mein Weib gefehlt, und sie hat mir vergeben.

Hofräthin. Willst Du mir das Geheimniß wohl vergeben?

Hofrath. Du hattest Recht — Onkel — sie hatte Recht — alles hätte ich zerstört —

Hofräthin. Und das wäre mir so leid gewesen!

Lestenfeld. Neffe, wie stehen nun Deine Sachen?

Ramstein. Willst Du noch nicht mein Vermögen brauchen?

Hofrath. Nein, nein. Nein! — Dir will ich mein Glück verdanken, Sophie — Dir allein! Setze Deine Handlung fort — Ich bin in Unordnung — Du wirst mich retten mit dem Segen, den Dir der Himmel giebt. Meine Ruhe sey Dein Werk.

Hofräthin. Es ist ein Wort, August!

Lestenfeld. Ich bin zufrieden, Neffe. Aber welche Sicherheit hat das arme Weib gegen Deinen Rückfall in den Taumel —

Hofrath. Diese That! Ihr Herz — sich selbst.

Hofräthin. August!

Hofrath. Das Elend, darin ich vor wenig Augenblicken war; die Wonne, darin ich jetzt bin, womit ich der ganzen Welt zurufen möchte: Das hat ein Weib gethan — ertragen, unternommen, und das Weib ist mein! Mein Weib! Du warest meiner Wiederkehr gewiß, willst keinen Bürgen als mein Herz!

Hofräthin. Laß mich Athem schöpfen.

Hofrath. O — niemand kennt den Trost des Hausglücks, den nicht Unglück trifft. Niemand kennt sein Weib, der nicht Unglück hatte. Berg — ich habe den rechten Weg gefunden, laß

mich darauf. Er führt ſo ſanft, ſo wohlthätig
durch das Leben — man begegnet da ſo viel
Glücklichen — iſt reich ausgeſtattet mit Genügs
ſamkeit, im Leiden — mit reinem Selbſtgefühl! —
Onkel, jetzt wird Ihre Ordnung wieder eingeführt.

Leſtenfeld. Stilles männliches Thun.

Hofrath. *kälter.* Und Schlaf zu rechter Zeit.

Berg. Es ſcheint Dein Weg zu ſeyn —
erhalte Dich darauf.

Hofrath. Biſt Du gerührt? — Verbirg es
nicht. Sag' es — Gönne der Tugend den
Triumph.

Berg. *In Bewegung.* Was hier vorgeht —
iſt gut — und ich genieße es — *Geht.*

Rauning. In der That, Madam, Sie
ſind eine ſeltne Frau. Hofrath, ich erbiete mich
zum Wiederkauf des Guts, und felicitire übers
haupt zu der glücklichen Decouverte. *Geht.*

Werner *küſt der Hofräthin die Hand.* Gott Lob!

Leſtenfeld. Wehe dem, der davon ſchleichen
muß, wo gute Menſchen ſich herzen! Ingrimm
vernichtet ihn, wenn Herzensfrieden ihn anſtrahlt.

Hofräthin. Hier iſt Frieden und wir vergeben.

Werner *zum Hofrath.* Die Alte am Thore —
wie meinen Sie?

Hofrath *umarmt ihn.* Werner!

Neunzehnter Auftritt.

Vorige. Friedrich.

Friedrich. Da unten ist die Wittwe Grünberg, die hat den Fritz geputzt mit Blumen —

Zwanzigster Auftritt.

Vorige. Fritz.

Fritz läuft herein, einen Blumenkranz auf dem Kopfe.
Mutter — sieh Mutter, sie haben mich schön
gemacht.

Hofräthin schlingt einen Arm um ihn, den andern
um ihren Mann.

Hofrath. Sophie — Du hast meinen Pfad
den Blumen gestreut, und ich habe sie zertreten!
Sieh! Er deutet auf Fritzen. da wird Gott sie Dir
wieder aufgehen lassen!

Hofräthin legt die Hand auf Fritzen. Habe Deines
Vaters Herz! — Kommt! Lestenfeld, Du mußt
mit Ramstein gehn.

Hofrath. Es ist ja Dein Fest!

Hofräthin. Aus Liebe für den Jugends freund verschob er seine Heirath —

Ramstein. Und sie hat mich darum gebeten.

Lestenfeld. Geht zusammen, ihr beiden Männer, macht mir die Freude.

Ramstein. Der alte Bund an der Weser!

Hofrath. Treu bis in den Tod!

Sie umarmen sich.

Lestenfeld. So habe ich sie lange nicht gesehen — Orest und Pylades!

{ Hofrath. Wissen Sie das auch noch?
{ Ramstein. Nicht wahr?

Sie umarmen den Onkel.

Hofräthin. Nein — ich gehe an des Vaters Hand. Sie nimmt den Onkel.

Fritz hüpft an Wernern hinauf. Wir gehen doch zum Fischen?

Werner hebt ihn auf. Jetzt gehen wir —

Lestenfeld. Kinder! — Jetzt sind wir gut, froh, und muthig. Will uns das Vaterland für die Menschheit zu arbeiten oder zu fechten — wir bringen Herz und Leben mit.

{ Hofrath. Herz und Leben!
{ Hofräthin. Nie mehr!
{ Ramstein. Bey Gott!

{ Werner. Ja, Herr!
{ Fritz ſagt. Jetzt fiſchen wir —

Leſtenfeld. Nun — den frohen Sinn hat
uns weder Geld noch Pracht noch Ehrenſtellen —
den hat uns ein gutes Weib gegeben! Darum
wünſcht niemanden Geld noch Pracht noch Ehrenſtellen — wünſcht jedem Biedermann ein gutes
Weib!

Er geht mit der Hofräthin, der Hofrath folgt mit Ram-
ſteln, Werner mit Fritzen.

Alle. Jedem Biedermann ein gutes Weib!

Der Komet.

Eine Posse in Einem Aufzuge.

Personen.

————

Der Buchbinder Balder.

Dessen Frau.

Justine, seine Tochter.

Chirurgus Krappe.

Advokat Grünstein.

Ein Gerichtsdiener.

————

Erster Auftritt.

Das Arbeitszimmer des Buchbinders Balder. Einige Stöße ungebundener Bücher und anderes Geräthe liegen in der sonst reinlich eingerichteten Stube umher. Justine kehrt das Zimmer aus.

Justine allein.

Warum ich mich nur damit plagen muß? — Wenn denn doch alles zu Grunde gehen soll und muß — so ist es ja gleichviel, ob die Stube so aussieht, oder anders. Sie sieht unmuthig umher. Es ist schon so spät, mein lieber Grün- stein war noch nicht da; nun kommt er auch nicht mehr. Hinschicken darf ich nicht. Ach, so soll denn der jüngste Tag einbrechen, ohne daß ich ihn vorher gesehen habe! Sie setzt sich, und trock- net ihre Augen mit dem Tuche. Ich bin recht unglücklich!

Zweyter Auftritt.

Vorige. Advokat Grünstein.

- Grünstein. Guten Abend, Justinchen!

Justine *sieht auf, verneigt sich, und sieht weg, um ihre Thränen zu verbergen.*

Grünstein. Gar kein Wort zu mir?

Justine. Ach!

Grünstein. Hat mein gutes Mädchen kein freundliches Gesicht für mich?

Justine. *Weinerlich.* Es ist ja heute der Achtzehnte!

Grünstein. Ja so — heute geht die Welt zu Grunde.

Justine. *Ihm näher rückend.* Sie glauben es doch nun auch?

Grünstein. Nein, wahrhaftig nicht.

Justine. Es muß doch wohl gewiß seyn. Die Mutter will freylich nicht gern dran — aber der Chirurgus Herr Krappe —

Grünstein. Der Narr —

Justine. Ach, der hat es so gewiß gemacht, der Vater hat es uns so bedenklich und so beweglich vorerzählt, daß wir es nun fest glauben.

Grünstein. O es fürchten es wenigstens mehr Menschen, als ihr guten Leute.

Justine. Nicht wahr? Ach es ist recht erbärmlich! Der Vater hat nun schon die ganze Zeit her alles Geld hergegeben, so daß er jetzt gar nichts mehr hat.

Grünstein. Und der Herr Gevatter Krappe hat die ganze Zeit her brav mit gegessen und getrunken —

Justine. Ey freylich! So oft er uns den Kometen bewiesen hat, der heute die Welt zusammen schlagen soll, so oft ist allemal sehr viel getrunken worden.

Grünstein. Nun ja, das heißt wenigstens den Untergang dieses Hauses gewiß machen, wenn auch die Welt stehen bleibt.

Justine. Freundlich. Glauben Sie denn im Ernst, daß die Welt nicht verbrennt?

Grünstein. Liebes Mädchen, lassen Sie Sich nicht ängstigen. Ich muß diesen Tag vorbey gehen lassen, eher ist Ihr Vater nicht zu überzeugen.

Justine. Also werden wir morgen leben?

Grünstein. Leben und glücklich seyn.

Justine. Glücklich? Nein! glücklich nicht! Herr Krappe hat den Vater ganz für sich und sehr gegen Sie eingenommen. Wenn wir morgen leben, so muß ich gewiß den entsetzlichen Narren heirathen.

Grünstein. Daraus wird nichts.

Justine. Ich bitte Sie, verhindern Sie es; denn lieber will ich, daß uns der Komet erschlägt, als daß ich den heirathe. Ach kommen Sie doch heute noch — ich bin so ängstlich — der Vater will uns alle diese Nacht wohin führen —

Grünstein. Diese Nacht? Wohin denn?

Justine. Das weiß ich nicht. Er sagt, wir sollten von der Welt kommen, daß wir nicht wüßten wie.

Grünstein. Der Mann wird doch die Thorheit sich nicht so weit verleiten lassen —

Justine. Ach ja!

Grünstein. Gut. So will ich denn heute noch die Sache so ernstlich als möglich behandeln. Adieu, Justine.

Justine. Verlassen Sie uns nicht.

Grünstein. Ich sollte meine Braut verlassen?

Justine. Wir sind arme Leute geworden —

Grünstein. Ich bin nicht arm — und wäre ich arm, so könnte mich niemand so nennen, wenn er meine Braut sieht.

Justine. Bin ich denn Ihre Braut?

Grünstein. Wollen Sie es nicht seyn?

Justine. Ach! ich wohl — aber der Vater —

Grünstein. Der verlangt nichts, als daß die Welt untergehe. Seyn Sie ruhig. Auf Wiedersehen! Geht ab.

Justine verneigt sich. Der denkt nicht an der Welt Ende! Sie seufzt. Aber der Vater ist auch ein vernünftiger Mann, und der behauptet es doch steif und fest! — Ich will ihn noch einmal fragen — Sie läuft ihm nach.

Dritter Auftritt.

———

Balder, im Caséin, mit einer Schürze vor, tritt von der andern Seite ein.

Niemand hier? — Hm! Freylich, man sieht überall nicht, daß die Leute zusammen treten! das pflegt so zu seyn in den letzten Tagen. Er geht, die Arme auf den Rücken gelegt, umher. Wir treten nun dem gewaltigen Augenblick sehr nahe. Er zieht die Uhr heraus, und sagt sehr bedenklich: Fünf

Uhr! Von fünf bis zehn Uhr — fünf Stunden — transit gloria mundi! — *Er nimmt seine Schürze ab, legt sie sorgfältig zusammen, und auf den Tisch.* Ade, Du lose Welt! *Er geht wieder umher.* Wir sind mit einander fertig. *Man klopft, Balder bleibt stehen.* Herein!

Vierter Auftritt.

Balder. Ein Gerichtsdiener.

Gerichtsd. Guten Abend, Herr Balder!

Balder. Gute Nacht, Herr Gerichtsdiener!

Gerichtsd. *Verwundert.* Was?

Balder *schlägt ihn auf die Schulter.* Ja, ja!

Gerichtsd. Es ist ja erst fünf Uhr.

Balder. Wie man's nehmen will. *Er geht wieder umher.*

Gerichtsd. *schüttelt den Kopf.* Da ist noch ein Schreiben vom Stadtrath an Ihn, Herr Balder.

Balder. Giebt sich der Stadtrath noch mit Schreiben ab?

Gerichtsd. Ey freylich!

Balder *faltet die Hände.* Nun! — lege Er es nur dahin.

Gerichtsd. Morgen ist der Termin —

Balder. Das ist nicht wahr —

Gerichtsd. Lese Er nur —

Balder. Heute ist der Termin.

Gerichtsd. Morgen um —

Balder. Heute Nacht um zehn Uhr.

Gerichtsd. Was?

Balder. Ja, ja!

Gerichtsd. Morgen Nachmittag um drey Uhr —

Balder lacht.

Gerichtsd. Um drey Uhr wird Sein Haus verkauft, wenn Er nicht bezahlen kann.

Balder. Diese Nacht um zehn Uhr schlafen alle Gläubiger und alle Schuldner in der ganzen Welt unter einer schweren Decke.

Gerichtsd. Herr Balder —

Balder. Diese Nacht um zehn Uhr habe ich abbezahlt.

Gerichtsd. Ich weiß nicht, wie Er mir vor: kommt, Herr Balder.

Balder. Was schreiben wir heute?

Gerichtsd. Den Achtzehnten.

Balder. Also?

Gerichtsd. Er wird doch nicht so wunderlich seyn —

Balder. Um zehn Uhr kommt der Komet
an Ort und Stelle. Um zehn Uhr bin ich und
Er, der Stadtrath, mein Haus, und das Schrei=
ben da, an Ort und Stelle.

Gerichtsd. Aber, Herr Balder —

Balder. Nun, nun! Gehe Er jetzt in Got=
tes Namen, und störe Er mich nicht in meiner
Präparation.

Gerichtsd. Er ist ein so honetter Mann —

Balder. Das hoffe ich —

Gerichtsd. Die Obrigkeit hat immer viel
auf Ihn gehalten.

Balder. Gleichfalls.

Gerichtsd. Der Herr Bürgermeister möchte
Ihn so gerne — Aber lese Er doch nur die
Schrift —

Balder. Ich lese nichts mehr.

Gerichtsd. Er möchte Ihm so gerne sein
Häuschen erhalten.

Balder rückt die Mütze. Ich bedanke mich.

Gerichtsd. Drum hat er —

Balder. Zu guter Letzt!

Gerichtsd. Er soll Sich noch einmal ver=
nehmen lassen, ob Er vielleicht —

Balder. Ey was! das ist ja alles weltlich
Wesen!

Gerichtsd. Bedenke Er doch —

Balder. Gute Nacht! — Indessen, da es
denn der Herr Bürgermeister so gut mit mir
meint, so will ich mich auch erkenntlich beweisen.

Gerichtsd. Wie denn?

Balder. Durch einen guten Rath. Empfehle
Er mich dem gestrengen Herrn, und sage Er ihm,
ich ließe ihm rathen, mit dem ganzen Stadtrath
diese Nacht vor zehn Uhr hinaus zu gehen auf das
Blachfeld.

Gerichtsd. Was soll der Stadtrath da
machen?

Balder. Erstens wird er dort in Compagnie
verschlungen, welches allemal anständiger ist, auch
die Angst mindert.

Gerichtsd. lacht. Herr Balder —

Balder. Zweytens fallen ihnen keine Häuser
auf die Köpfe; und da nicht alle Köpfe vieles vertragen können, so erstickt der gesammte Stadtrath
auf diese Manier ganz piano im Sande, welches
die gelindere Todesart ist. Hiermit will ich, als ein
redlicher Bürger gemeiner Stadt, mein Stimmen-
recht zum letzten Male geübt haben.

Gerichtsd. Er ist nicht recht bey Sinnen.

Balder. Es wird Euch schon einleuchten,
wenn der lange Kirchthurm Euch an der Nase her-

ab rutſcht. Ehe Ihr nicht ſo ein Audi bekommen
habt, eher hört Ihr auch nicht!

Gerichtsd. Nun, wir wollen's abwarten.
Indeß ſey Er ſo gut, und bezahle Er mir für die
Inſinuation meine Gebühren.

Balder. Ich rühre kein Geld mehr an.

Gerichtsd. Aber ich will's anrühren.

Balder. Ich habe auch kein Geld mehr.

Gerichtsd. Wie? die paar Groſchen.

Balder. Keinen rothen Heller, und wenn
Ihr das Haus umkehrt.

Gerichtsd. Er iſt verrückt —

Balder. Das habe ich ausgerechnet, daß
eben heute das letzte Geld für eine Flaſche Wein
ausgegeben iſt.

Gerichtsd. Nun, nun! Ihr werdet wunderlich drein ſehen, wenn Ihr morgen früh auf-
wacht, die Bäcker- und Kramladen noch alle offen
ſind wie heute, und Eure Taſchen ſind leer.

Balder. Bedient Euch für Eure Perſon
gleichfalls meines guten Rathes, und geht mit dem
Stadtrathe hinaus zum gelinden Verſinken: ſo
ſeyd Ihr bezahlt.

Gerichtsd. Bediene Er Sich meines guten
Rathes, und ſehe Er Sich nach einem Logis um,
das über der Erde iſt; denn dieß Haus wird morgen verkauft. Geht ab.

Balder. Dergleichen Leuten ist nicht zu helfen; sie glauben nicht, bis sie die Posaune hören.

Fünfter Auftritt.

***

Balder. Justine.

Balder. Nun, wo steckt Ihr denn zusammen; Du und Deine Mutter?

Justine. Ich war vorher ganz getröstet; aber die Mutter geberdet sich recht kläglich, nun bin ich wieder angst.

Balder. Gott Lob! so glaubt sie doch endlich! Gestern lachte sie noch mitunter.

Justine. Heute nicht.

Balder. Gut.

Justine. Sie besinnt sich recht ängstlich auf alle ihre Sünden, wie sie sagt.

Balder. Das geht nun in einem hin.

Justine. Sie hat mich in die andre Ecke der Stube gestellt, ich soll mich auf meine Sünden besinnen.

Balder. Nun?

Justine. Ach, es ist nicht viel.

Balder. Aber doch —

Justine. Gewiß, Vater, es ist — *Weinerlich.* es ist gar nicht der Mühe werth, daß deßwegen ein Komet kommt.

Balder. Wir wollen vorher noch jedem das Seine geben, so gut wir können. Hilf mir die Bücher hertragen.

Sie legen einen Theil der rohen Bücher auf den Tisch an der einen Seite.

Balder. Bindfaden.

Justine *bringt ihn.* Die Bücher gehören Herrn Grünstein.

Balder. Ja. *Er sortiert, und bindet sie in ein Paket.* Die soll ihm der Junge noch hintragen, ehe es losgeht.

Justine. Ach!

Balder. Mag er doch mit den Büchern hinab fahren!

Justine. Diese Bücher —

Balder. Es sind so Bücher von denen, die an der Welt Untergang nicht glauben wollen.

Justine. Er glaubt auch nicht daran, lieber Vater.

Balder. Leider! Nun, er wird es fühlen, wenn ihm ein paar Nachbarshäuser auf die Arme fallen; dann hat er den Glauben in der Hand.

Justine. Ach! das ist schrecklich!

Balder. Nun, *Er stemmt die Arme in die Seite.* was soll das? Ich habe Dir ja gesagt, Du gehst mit uns unter im Freyen.

Justine. Lieber Vater! *Sie nimmt seine Hand.* ich möchte so gerne mit ihm untergehen!

Balder. Siehst Du — es ist jetzt Dein Glück, daß der Welt Ende vor der Thüre ist, sonst wollte ich Dir Mores lehren.

Justine. Aber —

Balder. Was? mit so einem Zweifler an den unläugbarsten Dingen —

Justine. *Schnell.* Vater!

Balder. Was soll's?

Justine. Wenn's aber nun möglich wäre — wenn die Welt noch auf der Welt bliebe —

Balder. Es ist nicht möglich.

Justine. Wenn der Komet —

Balder. Heute ist der Achtzehnte.

Justine. Wenn er noch ausbliebe —

Balder. Um zehn Uhr stößt er an die Welt. Paff — das alte Machwerk poltert zusammen — Gute Nacht!

Justine. Wenn sich nun der Komet verspäten könnte —

Balder. Das ist nicht möglich. Wäre es aber — so ist es eine Galgenfrist — denn er kommt doch.

Justine. Nun, ich meine so — wenn Ihr mich denn — bis er kommt — den Advokaten Grünstein heirathen lassen wolltet?

Balder. Wenn auf dieser gebrechlichen Welt noch von Heirathen die Rede seyn könnte, so heirathetest Du den Herrn Gevatter Krappe.

Justine. Vater, das kann ich nicht.

Balder. Was?

Justine. Lieber soll uns der Komet umstoßen!

Balder. Der Herr Gevatter ist ein Mann, der noch etwas glaubt.

Justine. Ja — Unheil.

Balder. Mit dem man von etwas sprechen kann —

Justine. Vom Versinken.

Balder. Davon ist die Rede.

Sechster Auftritt.

Vorige. Frau Balder.

Fr. Balder. Ich habe Deinen Sonntagsrock zurecht gelegt.

Balder. Gut.

Fr. Balder. Auch die neue Perücke.

Balder. Wohl! ich will mich anziehen.

Fr. Balder. Ach!

Balder. Ja, ja! Sieht nach der Uhr. Halb
sechs Uhr. Um neun Uhr gehen wir zusammen
hinaus.

Justine. Zum Untergehen?

Balder. Freylich.

Fr. Balder. Mein schönes Tischzeug!

Balder. Es wird bald vorüber gehen.

Fr. Balder. Meine schönen Kleider!

Balder. Ein Glück, wer es noch vorher
weiß.

Fr. Balder. Das allerliebste Stück Leine-
wand, das ich erst von der Bleiche bekommen
habe!

Balder. Weltlich Wesen!

Fr. Balder. Ach lieber Mann — das habe ich die Tage meines Lebens so gern gehabt!

Balder. Wo der Herr Gevatter nur bleiben mag?

Fr. Balder. Ich wollte, er wäre niemals gekommen.

Balder. Er hat es mir gewiß und fest versprochen mit hinaus zu gehen.

Justine. Ach! wenn er doch allein untergehen wollte!

Balder. Unser Freund verläßt uns nicht in der Noth, und wir wollen ihn auch nicht verlassen.

Fr. Balder. Wenn er Dir nur die vier hundert Thaler bezahlen wollte, die er Dir schuldig ist!

Balder. Vom Gelde ist keine Rede mehr.

Fr. Balder. Wenn aber die Welt stehen bleibt —

Balder. So schenke ich dem Herrn Gevatter den Schuldschein zur Aussteuer.

Fr. Balder. Was? und das Haus würde verkauft?

Balder. Die Gläubiger zu bezahlen.

Fr. Balber. Und der widerwärtige Kerl sollte —

Balber. Mit dem Herrn Gevatter Krappe im Sterben, mit dem Herrn Gevatter Krappe im Leben, dabey bleibt es.

Fr. Balber. Mann, wenn es nichts ist mit dem Untergange, so kratze ich dem Herrn Gevatter die Augen aus.

Justine. Da habt Ihr Recht, liebe Mutter!

Fr. Balber. Ich soll mich so geängstigt haben, soll meine Sünden umsonst ins Gedächtniß gerufen, solche bittere Thränen über meine Sünden umsonst vergoßen haben? Das vergebe ich dem Kerl nun und nimmermehr!

Balber. Sage mir — hm! hm! Du bist da auf ein Kapitel gerathen — Justine gieb dem Jungen die Bücher, daß er sie gleich zu Grünstein trage.

Justine. Ja, Sie nimmt das Paket. und daß er ihn herbestelle.

Siebenter Auftritt.

Balder. Frau Balder.

Balder. Sage mir, Frau, was sind denn das für Sünden, die Dich so alterieren?

Fr. Balder. Ach!

Balder. Das bin ich doch kurios zu wissen.

Fr. Balder. Sie gehen Dich nichts an.

Balder. Das finde ich zum Exempel zu guter Letzt noch recht impertinent!

Fr. Balder. Ich habe mich damit schon eingerichtet — Der unglückselige Komet kann an die Welt anrumpeln wenn er will, ich kann kein Thränchen mehr vergießen, als schon geschehen ist. Damit holla, in Gottes Namen!

Balder. Die Sünden einer Frau können keinen Menschen näher angehen, als den leiblichen Mann. So lange die Welt noch nicht umgeworfen ist, kann mir auch die Kuriosität nicht benommen seyn.

Fr. Balder. Ach, ach!

Balder. Sey offenherzig, liebe Frau, daß wir ohne Argwohn, und ohne Skandal hinunter fahren.

Fr. Balder. Lieber Mann, laß es gut seyn! Wenn der Spektakel los geht —

Balder. Um zehn Uhr.

Fr. Balder. Nun ja! dann will ich Dir alles in der Geschwindigkeit bekennen.

Balder. Das geht nicht.

Fr. Balder. Ach ja!

Balder. Nein!

Fr. Balder. Warum nicht?

Balder. Ich habe mir vorgenommen, daß wir, wie es christlichen Eheleuten ziemt, in der Umarmung versinken wollen.

Fr. Balder. Ach ja, ja, ja!

Balder. Wenn Du mir nun in dem Getümmel noch eine Malice bekennen mußt, ich entsetze mich, stoße Dich ein Bißchen weg — indem fahren wir ab — so sage einmal, in was für einer meschanten Lage kommen wir hinunter?

Fr. Balder. Freylich!

Balder. Was für ein nachtheiliges Aufsehen muß das geben!

Fr. Balder. Wo denn?

Balder. Wo wir hinkommen werden. Das ist das einzige, worüber der Herr Gevatter und ich noch nicht zum Schluß haben kommen können,

ob es nämlich erst noch in einen andern Planeten
geht, oder gerade zum letzten Termin.

Fr. Balder. Freylich, freylich! Ach, ich
klägliche Sünderin! nun kommt die Angst wie=
der! Ach)!

Balder. Drum bekenne.

Fr. Balder. Ja, ja! Sieh, mein Schatz,
weil ich gern ehrbar, und doch zierlich einher ge=
gangen bin —

Balder. Ja, das hat mich viel gekostet.

Fr. Balder. Ach, das ist wahr! Aber Du
weißt doch nicht alles, lieber Mann.

Balder. Das glaube ich selbst, mein Schatz.

Fr. Balder. Ich habe es mit dem Markt=
gelde nicht so genau genommen, mein Kind.

Balder. Das gestehe ich!

Fr. Balder. Was aber dafür angeschafft ist,
ist alles da.

Balder. Nun, diese Sünde geht mit unter.

Fr. Balder. Mein Kleiderschrank — ja, das
ist ja eben mein Wehklagen.

Balder. Weiter!

Fr. Balder. Sie stockt.

Balder sieht nach der Uhr. Noch vier Stunden.

Fr. Balder. Ach, es ist erschrecklich! Ich
bin noch in meinen besten Jahren!

Balder. Darnach fragt der Komet nicht.

Fr. Balder. Ich habe so mein Wohlgefallen an der Welt, wie sie ist.

Balder. Leider!

Fr. Balder. Und auch an Dir.

Balder. Ich bedanke mich.

Fr. Balder. Besonders die letzten Jahre her.

Balder. So?

Fr. Balder. Ja! Die letzten Jahre her habe ich Dich wegen Deiner besondern Gutmüthigkeit gleichsam lieb gehabt.

Balder. Das gestehe ich! Nun, und die ersten Jahre? wie war es da gleichsam?

Fr. Balder. Ja — die ersten Jahre — Ach, nimm mir's nicht übel, Du hättest es gewiß nicht erfahren, wenn nicht die Welt untergehen wollte — Die ersten Jahre — bist Du mir nicht besonders hübsch vorgekommen.

Balder. Sieh! sieh!

Fr. Balder. Die ersten Jahre habe ich mir nicht erstaunlich viel aus Dir gemacht. —

Balder. Es ist mir zuweilen so vorgekommen.

Fr. Balder. Damals hat der geistliche Herr bey uns gewohnt —

Balder. Frau!

Fr. Balder. Eine Treppe hoch —

Balder. Die Welt ist noch nicht untergegangen.

Fr. Balder. Damals habe ich gedacht —

Balder. Es stehen noch ab und an verschiedene herrenlose Baculi im Hause.

Fr. Balder. Daß er doch hübscher wäre, als Du.

Balder. Der Gerechtigkeit wegen kann ich noch vorher meinen Zorn an Dir exerceren.

Fr. Balder. Und da habe ich oft gedacht, wenn es doch Gott so hätte fügen wollen, daß er mein Mann wäre, oder würde, und wenn er Dich deßhalb in sein Freudenreich aufnehmen wollte!

Balder. Ey Du malitiöseste Person!

Fr. Balder. Aber alles in Ehren und mit Sitte.

Balder. Sind das die Gedanken einer Ehekonsortin?

Fr. Balder. Ach, wer dachte denn damals, daß der Komet kommen würde!

Balder. Diese hohe Ankunft ist's auch allein, was Dich vor schweren Prügeln salviert. An dem vornehmen Tage mag es hin und mit hinabgehen. Außerdem würdest Du, mit Beyhülfe eines Stekkens, Dich in etwas malträtiert befinden.

Achter Auftritt.

Vorige. Chirurgus Krappe.

Krappe. Herr Gevatter, Herr Gevatter — es geht frisch drauf los.

Fr. Balder. Gott steh' uns bey!

Balder. Wirklich? Nun?

Krappe. Wenn ich etwas gesagt habe — so kann ich dreist sprechen: dixi!

Balder. Nun, was meinst Du nun?

Krappe. Ein Kranker oder Gesunder unter meinen Händen — sobald ich sage: Es hilft nichts, er muß fort — richtig hat er mir abmarschieren müssen.

Balder. Allemal.

Krappe. Nun, so jetzt mit dem Weltkörper — er marschiert, ob er will oder nicht.

Fr. Balder. Ist denn der Komet schon zu sehen?

Krappe. Was habe ich gesagt? Habe ich nicht gesagt, drey tausend Meilen von hier ist der Standort; den Sechzehnten tritt er den Marsch an,

alle Tage tausend Meilen; heute ist der Achtzehnte;
sechzehn, siebzehn, achtzehn zu tausend Meilen —
facit drey tausend Meilen. Summa — heute
ist der Kerl da, da hilft kein Singen und Beten.

Balder. Natürlich!

Fr. Balder. Aber wenn er sich nun heute
spät auf den Weg gemacht hätte?

Krappe. Das ist seine Sache.

Balder. Natürlich, Herr Gevatter!

Fr. Balder. So träfe er später ein.

Krappe. Darin kann man ihm nichts vor=
schreiben.

Balder. Natürlich, Herr Gevatter!

Krappe. Spät oder früh — gleichviel.

Balder. Natürlich!

Krappe. Kommen wird er,

Fr. Balder. Ach Gott!

Krappe. Zehn Uhr — so sage ich.

Balder. Das ist ja ganz natürlich, Herr
Gevatter!

Krappe. Wir bleiben Freunde.

Balder. Auf der Erde, oder unter der Erde,

Krappe. Natürlich, Herr Gevatter!

Fr. Balder. Was machen denn die Leute in
der Stadt?

Krappe. Ach du Gott!

Fr. Balder. Nun?

Balder. Das bin ich auch begierig.

Krappe. Davon wäre vieles zu reden! Zittern und Zagen, Heulen und Zähnklappern.

Balder. Sehe mich der Herr Gevatter an, bey mir ist kein Zähnklappern zu sehen und zu hören.

Krappe. Wem dankt Ihr das, Gevatter?

Balder. Ihm, Herr Gevatter! Nur meine Frau die heult ab und an.

Krappe. Ist ja natürlich, Herr Gevatter! Primo ist sie ein Weib —

Balder. Ja, und secundo ein Bißchen gottlos gewesen, wie sie gestanden hat.

Krappe. Wäre der Kukuk? Ich sage es, der Komet hat sein Gutes, bringt manchen in diesen Tagen zur Räson.

Fr. Balder. Ist denn schon ein Aufstand in der Stadt?

Krappe. Jämmerlich, Frau Gevatterin! jämmerlich! Da sind, die ihr Haus bestellen — andere, die nach den Sternen sehen — andere, die sich bey der innerlichen Gemüthsangst — doch nur quasi von weitem — erkundigen; die sind denn von der wahren Galgenangst penetriert. Es ist ein Fahren, Gehen, Reiten, Forschen — In Summa, die allgemeine Konsternation ist da.

Balder. Natürlich, Herr Gevatter! — —

Krappe. Soll ich sagen, was wir jetzt thun müssen?

Balder. Nun?

Krappe. Ein rechtes Courage-Stück ausgehen lassen.

Balder. Ich bin so bereit als willig dazu.

Fr. Balder. Ich nicht. Ich habe gar keine Courage.

Krappe. Schämt Euch! Seht! — thun wie, als ob gar nichts wäre. Verlobt mir vor ein paar Zeugen das Justinchen — cediert mir den Schuld- schein, der ja ohnedieß vom Kometenfeuer in ein paar Stunden zum Fidibus mortificiert wird. Hernach trinken wir ein paar Bouteillen Wein, und dann läßt den Teufel brummen.

Balder. Herr Gevatter —

Fr. Balder. Wenn die Welt stehen bliebe —

Krappe. Ist ja nicht möglich!

Balder. Freylich! Aber das ist doch gar zu weltlich.

Krappe. Courageux ist es, Courageux, Gevatter! — So müßt Ihr handeln! Das hat sich noch kein Buchbinder unterstanden — das bringt Ehre!

Fr. Balder. Wenn die Welt untergeht? Wo denn?

Krappe. Nun — posito — nehmen wir an — so ein Klümpchen Welt läßt der Komet wohl stehen — zum Wahrzeichen.

Fr. Balder. Dann wollte ich, es beträfe unser Eckchen hier.

Balder. Das will ich mir sehr verbitten; denn meine ganze Präparation und übrige Einrichtung ist zur Abfahrt gemacht. Es muß heute alles zum Ende gehen — anders thu' ich es nicht.

Neunter Auftritt.

Vorige. Advokat Grünstein.

Grünstein. Guten Abend.

Krappe. Haha, haha! da ist er auch. Nun der Achtzehnte ist da.

Grünstein. Und der Neunzehnte wird morgen seyn.

Krappe. Ich sage Nein!

Grünstein. Ihr ehrlichen Leute dauert mich.

Balder. Sie dauern mich, Sie — denn Sie werden in allen Ihren Zweifeln getroffen.

Krappe. So ist's! In Zweifeln erschlagen. Ich sage Ihnen — machen Sie Ihre Rechnung. Gott — gehen Sie — gehen Sie hinaus. Ich kann

Sie nicht ansehen. Es überfällt mich ein Graußen bey Ihrem Anblick.

Grünstein lacht. Warum?

Krappe. Gevatter, ehrliche Frau Gevatterin, denken Sie Sich einen Advokaten, dem der Komet unbereitet ins Angesicht leuchtet, und ihn zum letzten Termin abruft, wo ihm Berge und Hügel als Replik und Duplik auf den Hals fallen. Seht ihn nur an, ich meine er zähnklappert schon.

Grünstein. Denken Sie Sich alle die seligen Patienten, die Ihnen die schief kurierten Glieder vorhalten, und auf einmal mit lauter Stimme die gestohlnen Lebensjahre abfordern. Bey meiner Seele, das wird ein Chor, über dem man das Prasseln und Toben des Weltunterganges nicht vernehmen wird.

Krappe. Gevatter, Ihr seht doch, daß die Angst aus ihm faselt?

Balder. Nun, was wollen Sie denn eigentlich?

Grünstein. Daß Sie bedenken, daß Sie morgen und noch viele Jahre, hoffe ich, essen müssen und wohnen.

Fr. Balder. Das wäre schön.

Balder. Wäre entsetzlich! Aber —

Krappe. Ist nicht daran zu denken — Sind morgen alle mausetodt.

Grünstein. Daß morgen Ihr Haus verkauft werden soll.

Krappe. Unter der Erde.

Grünstein. Daß dieser Mensch Sie nur in Angst gejagt hat, um Sie nicht zu bezahlen, und Justinen zu besitzen.

Balder. Tasten Sie mir den Herrn Gevatter nicht an!

Fr. Balder. Ach ja, liebster Herr Grünstein; tasten Sie ihn durch und durch.

Grünstein. Nun im Ernst denn. Herr Krappe — was werden Sie dann sagen, wenn, trotz Ihrer festen Prophezeihung, die Welt morgen noch steht?

Krappe. Was ich dann sagen werde?

Balder. Gevatter, jetzt zahlt ihn aus.

Krappe. Was ich sagen werde?

Balder. Schlagt ihn mit Kernbeweisen zu Boden.

Grünstein. Noch einmal — was werden Sie sagen, wenn die Welt morgen, übermorgen, und noch viele Jahre stehen wird?

Krappe. Wenn morgen, übermorgen, und noch viele Jahre — viele Jahre?

Grünstein. Ja.

Krappe. Außer sich. Eine Schale mit Wasser, Frau Gevatterin, eine Schale mit Wasser!

Fr. Balder. Antwortet doch erst —

Krappe. Um Gottes willen, eine Schale mit Wasser! Gleich! zur Stelle!

Balder. Hole sie.

Fr. Balder geht ab.

Krappe. Ich will's ihm zeigen! Ich will's ihm zeigen, woran wir sind. Ich will's ihm zeigen! Hm! Was sagt er nun? Was sagt der Herr, wenn ich beweise?

Grünstein. Ich will mir beweisen lassen.

Balder. Da findet gar kein Disputieren Statt —

Grünstein. Aber jede Sache will Untersuchung —

Balder. Nein, Sapperment! Wenn ich nur erwähnen will, wie sich die Bücher widersprechen, die ich alljährlich eingebunden habe, wie darin die armen Menschenkinder bald alle rechts, bald alle links getrieben, umgeworfen, wieder aufgerichtet, heute auf den Kopf, und morgen auf die Füße gestellt werden — so muß ja das allein schon ohng Komet beweisen, daß daraus, wie aus dem konfusen Rath vor der Zerstörung Jerusalems, unmittelbar das letzte Ende gedeihen muß.

Krappe. Reden wir von den Menschen, Herr Gevatter, wie sie unser einem unter die Hände kommen, so ist es ja klar, daß der Stoff alle Tage nichtsnütziger wird! Facit? Weltende!

Fr. Balder mit einer nicht zu tiefen Schüssel mit Wasser. Da ist Wasser.

Krappe. Gut. Einen Tisch in die Mitte — daher — vor mich hin!

Balder bringt ihn.

Krappe. Die Schale darauf!

Fr. Balder setzt die Schale auf den Tisch. Hier.

Krappe. Nun —

Grünstein sieht in die Schüssel. Ist das der Beweis?

Krappe. Tausend Element! Mein Beweis wird so klar wie das Wasser seyn! Einen Bogen Papier, Herr Gevatter — einen Bogen Papier — geschwind!

Balder. Es ist kein Papier mehr im Hause.

Krappe. Herr! meine Ehre steht auf dem Spiele!

Grünstein. Allerdings.

Krappe. Schaffen Sie mir einen Bogen Papier!

Alle suchen in den Taschen, und deuten an, daß sie keines haben.

Krappe. Auf diesem Bogen Papier beruht jetzt die ganze Welt, sage ich! Ich ziehe einen

Bogen aus den Büchern. Er geht hin, und zieht aus den ungebundenen Büchern einen Bogen.

Fr. Balder. Das sind ja ganze Werke.

Krappe. Thut nichts, man kann sie lesen; der Bogen kann heraus genommen seyn, und es fehlt doch nichts. Mein Beweis muß triumphieren — Sapperment!

Grünstein. Dem Beweise zu Ehren — ich bezahle das Werk.

Krappe. Acht gegeben! Er formiert aus dem Bogen eine Art Ballon. Seht Ihr das — hier dieses Wesen, welches eine runde Kugel vorstellen soll? Antwortet alle!

Alle. Wir sehen es.

Krappe. Dieß ist die Welt. Merken Sie Sich es alle wohl; dieß ist also die Welt. Haben Sie Sich alle gemerkt, daß dieß die Weltkugel ist?

Alle. Ja.

Krappe. Gut! so weit sind wir.

Grünstein. Ich hoffe, wir werden weiter kommen.

Krappe. Verehrungswerthe Zuhörer, ich bitte, Er legt das Papier hin. daß ich nicht gestört werde; sonst gehe ich fort, spreche kein Wort mehr, und Sie gehen ohne Beweis unter.

Grünstein. Ich sage kein Wort mehr — Beweisen Sie.

Balder stampft mit dem Fuße, und sagt erhöht zu seiner Frau: Jetzt sage noch ein Wort, so wirst Du sehen was es giebt.

Fr. Balder. Ey um Gottes willen, ich habe ja nicht gesprochen, als wenn ich gefragt wurde.

Krappe. Still!

Balder. Halte den Athem an Dich.

Krappe. Meine Herren, Sie machen mir es recht sauer! Zur Sache! Hier — da — in der vor uns stehenden Schüssel ist Wasser befindlich. Dieses Wasser, wenn ich — Jetzt belieben Sie erstaunlich genau Acht zu geben — dieses Wasser, wenn ich dieses Papier, welches die Weltkugel, nach vorher gegebenen Begriffen, vorstellt — wenn ich diesen für die Weltkugel ausgegebenen Körper über dieses Wasser halte — so stellt dasselbe Wasser jenes unsre Weltkugel umgebende allgemeine Weltmeer vor. Haben Sie das verstanden? Sagen Sie mir, werthe Zuhörer, ob Sie das — mit der Weltkugel und dem Weltmeer hinlänglich kapirt haben?

Alle schweigen.

Krappe. Aber um Gottes willen, Er legt das Papier weg und setzt die Schüssel hin. ich docire mir die galloppirende Lungensucht an den Hals, ohne daß meine verehrten Zuhörer ein Zeichen des Lebens, geschweige Begreifens, von sich geben!

Grünstein. Zum Teufel, wir sollen ja nicht reden!

Balder. *Zur Frau.* Sprich — häst Du's begriffen?

Fr. Balder. Ja — Nein — Ja, ich weiß nicht mehr, wo mir der Kopf steht.

Krappe *trocknet sich die Stirne.* Weiter! *Er hält die Wasserschale in die Höhe, das Papier drüber.* Nun der Beweis. — Also hier — Acht gegeben, keine Distraktionen — hier oben Weltkugel, unten Weltmeer — Herr Gevatter, geschwind noch einen Bogen Papier.

Balder *läuft hin und holt einen.*

Krappe. Geschwind!

Balder *bringt ihn.* Hier.

Krappe. Machen Sie mir geschwind noch eine dito Welt.

Balder. Wozu?

Krappe. Im Nothfall — wenn meine hier vor der Zeit zu Grunde ginge. *Es bleibt in der vorigen Stellung.*

Balder *hält den Bogen auf den Rücken.* Herr Gevatter, da thue ich Einspruch.

Krappe. Was? in mein Weltsystem? Gevatter, bringt mich nicht in Rage!

Balder. Was dann wird, wenn diese Welt untergegangen ist, darüber sind wir noch nicht einig geworden, das wißt Ihr!

=== Krappe. Es ist ja hier nur von einem Experiment die Rede, vom Beweise, daß unsere Welt platt geschlagen werden, oder verbrennen muß, nicht von der Welt, die dann entstehen wird! Macht eine zweyte Welt, ich schlage die eine platt, und verbrenne die andere. Was hier an zweyen probiert werden soll, stellt das Entweder oder vor, was diese Nacht an unsrer Welt geschieht. Verstanden?

Balder. Das ist ein andres. *Er macht die zweyte Weltkugel.* Da hier ist die Welt.

Krappe. Hingelegt!

Balder *legt sie auf die Erde.*

Krappe. Hier auf den Tisch!

Balder *legt das Papier auf den Tisch.* So ungestüm habe ich ihn noch nie gesehen.

Krappe. Jetzt gebt mir ein Licht in meine rechte Hand!

Balder *giebt ihm das Licht.* Hier! hier ist es!

Krappe. Nun — hier in der Linken die Weltkugel, nebst dem sie umgebenden Weltmeer — hier in der Rechten das Talglicht, welches Talglicht vorstellt — Acht gegeben — keine Distraktionen, meine Herren — welches Talglicht für diesesmal nicht ein Talglicht vorstellt, sondern den bewußten verderblichen Kometen quaestionis. *Er hält das Licht fern.* In jener Gegend und Ferne, in welcher ich das Talglicht, oder den Kometen, vom

Papier oder der Welt entfernt hatte, hat der unvergleichliche Pariſiſche Menſch das allgemeine Welteleuts; den Zornprügel, oder den Kometen; wie weit er von unſrer Welt entfernt iſt, gewittert. Er rückt näher mit dem Lichte. Hier ſteht der Komet den Sechzehnten, marſchiert ſelben Tag tauſend Meilen. Er rückt näher. Marſchiert den Siebzehnten tauſend Meilen. Er rückt näher mit dem Ernſt. Allons — Gott ſteh' uns bey — ſo nahe ſtand er heute morgen den Achtzehnten — Acht gegeben! Nun iſt er ausgerückt, marſchiert tauſend Meilen, und — Acht gegeben! — der Komet wird ſich gleich in den letzten Marſch ſetzen — Nun — nun wird er entweder mit ſeiner Force gegen die Erde ſtoßen — ſehen Sie — Er fährt mit dem Lichte ſo ſtark gegen das runde Papier, daß das Licht auslöſcht, und das Papier platt wird. Bautz! — da haben wir's! Der Komet iſt zwar von dem ſtarken Stoß gegen die Erde ausgelöſcht, hat aber mit ſeiner Gewalt die Erde platt geſchlagen. Jeder ehrliche Chriſtenmenſch kann voraus ſehen, daß unſere Gebeine bey dieſem Plattſchlagen unmöglich etwas gewinnen können. He! habe ich Recht?

Balder. Herr Grünſtein, das iſt klar — dagegen läßt ſich nichts ſagen.

Krappe. Das Licht angeſteckt!

Fr. Balder thut es, und bringt es ihm.

Krappe. Also — entweder werden wir heute um zehn Uhr dermaßen platt geschlagen, oder — Acht gegeben! der Komet macht seine drey Tage-reisen, und rückt nicht mit solcher Vehemenz gegen die Welt, reiset langsamer, und Er rückt allmählich gegen das genommene zweyte Papier. sengt uns peu à peu ganz gelinde braun und blau, bis er — Hier ergreift das Licht das Papier. uns in Flammen ver-zehrt, wie Figura zeiget. Nun frage ich jedermann, der da weiß was Feuer ist, ob es uns wohl gehen kann, wenn wir allmählich abgebrüht, und zuletzt pulverisiert werden? he?

Balder. Er hat obgesiegt, Herr Gevatter — es bleibt dabey — um zehn Uhr sind wir kaput.

Grünstein. Woher haben Sie die Gewißheit, daß dieß gerade den Achtzehnten, und eben um zehn Uhr so oder so geschehen müsse?

Krappe. Das sagt die ganze Welt, und die ganze Welt lügt nicht.

Grünstein. Und von wem hat es die ganze Welt?

Krappe. Von einem extra berühmten Herrn in Paris.

Grünstein. Wo hat der es eigentlich so be-stimmt gesagt?

Krappe. Machen Sie mir den Kopf nicht warm!

Grünstein. Und wenn nun nach zehn, nach
hundert Jahren die Welt noch steht? he?

Krappe zuckt die Achseln.

Balder. Herr Gevatter, das statuieren wir
ja nicht.

Krappe. Freylich nicht. Allein, wenn es sich
zutrüge — lieber Gevatter — so — so wäre es
ein — ein Naturspiel.

Balder. Was? — das wäre ein verdamm-
ter Streich! Ich habe weder zu beißen noch zu
brechen, wenn wir heute nicht untergehen.

Grünstein. Und doch wird das so seyn.

Krappe. Es ist freylich möglich, daß wir
allenfalls jetzt nicht untergehen —

Balder. Was? was sagt Er da?

Krappe. O ja! So ein Komet ist — wie
will ich sagen? feurig — und alles Feurige hat
Kapricen — Nicht wahr, Herr Grünstein?

Grünstein. Weiter!

Balder. Herr Gevatter — Ihr müßt bey
Eurem Satze bleiben, oder es geht nicht gut.

Krappe. Das thue ich auch. Ich will allemal noch, daß der Komet die Welt zerschlägt; aber
wenn nun der Komet nicht will?

Balder. Was? diese Welt mit Kirchen und
Schulen stände morgen noch frisch da, und ich —

nüchtern und arm in der Welt — und Ihr hättet
mich zum Narren gehabt? Gevatter! so wahr ich
lebe, dann würde ich Eure Gliedmaßen mit Prügeln beschweren.

Grünstein. Immerhin!

Krappe. Meint Ihr zu triumphieren? Nichts
da! Ich habe eine neue Theorie. Bleibt die
Welt stehen, so behaupte ich noch immer, sie
hätte eigentlich untergehen sollen, um eine vernünftige Rechnung zu bestätigen — will Euch
aber sagen, wie es sich verhält, daß sie nicht
untergeht. Das ist der große Hauptbeweis, auf
den ich Euch heraus gefordert habe. — Licht her!
Die vorhin zusammen geknetete Welt kann uns
schon noch einmal dienen. Geht der Komet, und
nimmt den dritten Tag seinen Fall zu kurz, so
berührt er — gebt Acht — die Welt nicht.
Er fährt zwey Finger breit vom Papier entfernt vorben, und hält
gegen dem Papier über still. senkt sich, fällt in das
Weltmeer — Er taucht das Licht ins Wasser. löscht aus —
und unsre Welt ist in salvo, wobey wir uns ins-
gesammt alsdann wohl befinden.

Balder. Herr Gevatter, Herr Gevatter!
Ihr seyd ein malitiöser Variant! Ich möchte Euch
Euer Weltmeer über das Angesicht gießen, und mit
seinen irdenen Ufern den Globus Eures Kopfes
dergestalt platt schlagen, daß er ein wahres System
der untergegangenen Welt vorstellen könnte.

Rtappe. Ich habe Euch Faſſung gegen ein großes Unglück gegeben, wenn es kommt. Wenn es nicht kommt, braucht Ihr keine Faſſung.

Fr. Balber. Leere Taſchen habt Ihr ihm ge= macht; denn er brauchte kein Geld, weil die Welt aufhörte. Die bleibt nun, aber niemand giebt ihm ſein Geld wieder.

Balber. Herr Grünſtein, wenn die Welt nicht um zehn Uhr untergeht, muß ich mich auf= hängen.

Grünſtein. Nicht doch!

Balber. Meine Schürze — Frau — meine Schürze her — Wenn wir den morgenden Tag erle= ben, muß Eſſen da ſeyn. Ich arbeite.

Fr. Balber giebt ihm die Schürze.

Balber bindet ſie um. Ich will die Nacht noch ein paar Bücher binden. — Morgen, wenn wir noch leben, Arbeit ſuchen, gegen Abend den Herrn Gevatter wegen der vier hundert Thaler verklagen, und übermorgen früh, wenn etwas vorgearbeitet iſt, dem Herrn Gevatter verſchiedene handgreifliche Injurien applicieren.

Grünſtein. Herr Balber — da leſe Er die Zeitung unſerer Nachbarn. Ein ehrwürdiger Name kann Ihn über die Geſchichte mit dem Weltunter= gange durch den Kometen beruhigen, und dieſen Charlatan von hier verbannen.

Balder lieſt.

Krappe. Charlatan haben Sie geſagt? Ich
bedanke mich. Dergleichen Männer gehen jetzt über
alles. Sie haben mir aber eine überflüſſige Honneur
erwieſen; denn wäre ich ein wahrhafter Charlatan —
ſo ſtände ich, wo Sie Sich vor mir bücken müßten,
und das Wort gar nicht ausſprechen dürften. Mit
dem Weltuntergange habe ich, wie viele meiner vor⸗
nehmen Kollegen, Spektakel gemacht, und Lebens⸗
mittel fouragiert von den Einfältigen. Auf Ehre!
ich bin ein guter Narr — nur — ich bin ein armer
Teufel — und wie der Teufel ſelbſt heutiges Tages
in Decadence gerathen iſt, bin auch ich eine Per⸗
ſona miserabilis. Bitte daher nichts übel zu
nehmen. Geht ab.

Balder. Frau, es iſt alles nicht wahr.

Fr. Balder. Gott Lob! ich gehe nicht gern
unter.

Balder. Ein weiſer Mann ſagt es, wir blei⸗
ben noch oben.

Fr. Balder. Schön!

Balder. Kein Geld, kein Eſſen! Das iſt
ſchlecht!

Grünſtein. Nehmt hier einen Schwieger⸗
ſohn, der Geld hat.

Fr. Balder. Ach — die Ehre —

Balder. Wir verdienen es nicht — aber. —

Grünstein. Doch Eure Redlichkeit verdient Achtung.

Balder. Nehmen Sie das Mädchen — ja!

Grünstein. Ich danke Euch von Herzen.

Reicht ihnen die Hände.

Balder. Arbeiten wollen wir — arbeiten müssen wir — sonst schäme ich mich todt. Frau, greif an — lang zu — die Presse her — die Hefte lade — Justine — Justine — he! arbeite — die Nacht muß alles arbeiten! Justine!

Grünstein. Ich will sie rufen — in dieser schönen Entschließung empfangen wir Euren Segen.

Balder. Ja, alles gut! — Segen und Heirath! aber erst muß Justine helfen arbeiten.

Grünstein. Mit Freuden — Ich hole sie her — sorgt nicht! — Euch soll nichts fehlen.

Geht ab.

Fr. Balder sortiert Bücher auf der einen Seite. Ich will arbeiten Tag und Nacht — wenn meine Augen zufallen wollen, will ich sie mit Sperrhölzern aufhalten — nur nicht untergehen.

Balder arbeitet auf der andern Seite. Ich auch.

Fr. Balder. An den Kometen will ich denken.

Balder. Nachdenkend. Hm! ich auch! — Steht auf. Frau! Er geht ein paar Schritte zu ihr. Höre!

Fr. Balder kommt auf ihn zu. Was ist's?

Balder. Denke an den Kometen, wenn Du mir das Marktgeld abforderst.

Fr. Balder. Ach ja!

Balder. Und wenn ein hübscherer Herr, als ich bin, in den ersten Stock zieht, so denke an den Kometen.

Fr. Balder. Das gelobe ich Dir.

Balder. Nun, Gott gebe, daß alle Weiber, die der Komet geängstiget hat, das ihren Männern geloben, und daß sie es halten! so ist der Komet ein wahrer Haussegen gewesen.

Justine läuft in ihre Arme.

Grünstein folgt ihr.

Hausfrieden.

Ein Lustspiel in fünf Aufzügen.

Personen.

Hofrath Stahl.

Hofräthin, seine Frau.

Mamsell Stahl, des Hofraths Schwester.

Geheimerrath Woling.

Geheimeräthin, des Hofraths Tochter.

Friederike Hainfeld.

Hauptmann von Berg.

Fabritius, ein Krämer.

Jakob, des Hofraths Bedienter.

Erster Aufzug.

Gemeinschaftlicher Salon in des Hofraths Hause.

Erster Auftritt.

Jakob kommt aus des Hofraths Zimmer, und will zur Seitenthüre abgehen. Da er am Ausgange ist, wird in des Hofraths Zimmer dreymal geschellt. **Hernach die Hofräthin.**

Jakob. Heda! Nun da brennt es einmal wieder lichterlohe! Er geht langsam hinein.

Hofräthin sieht in das Zimmer. Jakob! Jakob! Sie kommt herein. Nun? — Sie sieht sich um. Wo ist er geblieben?

Jakob kommt wieder.

Hofräthin. Aber wo bleibt Er? Der Bediente des Herrn Fabritius wartet auf Antwort.

Jakob. Die Antwort ist mir gegeben; aber ob ich sie dem Bedienten geben kann, und wenn ich sie nicht gebe, was ich dann sagen soll, das weiß Gott.

Hofräthin. Nun, was sagt mein Mann?

Jakob. Den Herrn Fabritius sollte der Teufel holen.

Hofräthin. Laß den Bedienten warten, und sage nur, ich käme gleich zu ihm.

Jakob. So ist es Manier! Geht ab.

Zweyter Auftritt.

———

Hofräthin geht an des Hofraths Zimmer, indem kommt der Hofrath heraus.

Hofrath. Unwillig. Was giebt's da wieder? — Aha — Du — bist es.

Hofräthin. Mein Freund, Du mußt den alten Menschen sprechen.

Hofrath. Nein. Verdrießlich. Der Mann wird niemals fertig.

Hofräthin. Er bittet nur um eine Viertelstunde.

Hofrath. Seine Viertelstunden kenne ich! Was hat er zu thun, als Geld abzuzählen, das

Adreßblatt zu lesen, und die Nase an das Fenster gedrückt, im rothen Schlafrocke, halbe Tage auf Eine Stelle zu sehen?

Hofräthin. Je nun —

Hofrath. Noch einmal guten Morgen! — *Er küßt sie.* Setz Dich zu mir — *Er holt Stühle.* Wir wollen ein freundliches Wort mit einander sprechen, liebes Weib, ehe der Sturm des Tages Falten auf meine Stirne, und uns aus einander treibt.

Hofräthin *legt die Hand auf seine Stirne.* Da hat der Herr Fabritius schon eine Falte gezogen — laß mich sie ausgleichen.

Hofrath. Du weißt, daß Du das immer kannst. — Setz Dich. *Er setzt sich.*

Hofräthin. Nun, und der Bediente? Er wartet.

Hofrath. Er soll sich um halb neun Uhr daher scheren.

Hofräthin *geht an die Thür und ruft hinaus:* Einen Empfehl, und wenn es um halb neun Uhr gefällig wäre. Meinen Gruß. Adieu. *Sie kommt schnell wieder zurück und setzt sich.* Nun rede der freundlichen Dinge recht viele.

Hofrath. So müssen wir von uns beiden allein reden, liebe Karoline. Ja wahrlich, die

andern Menschen sind albern und langweilig, leben
in Unfrieden und ärgern mich.

Hofräthin. Lassen wir die andern Menschen‐
kinder; unsere Welt ist zu Hause.

Hofrath. Ja, Gott weiß es, und Dir dank'
ich es herzlich! Du bist gut und freundlich geblieben,
und älter bist Du auch nicht geworden; wenig‐
stens sehe ich nichts davon.

Hofräthin. Deine Gutheit verjüngt meinen
Geist.

Hofrath. Nun — sey gerecht, sag' mir, daß
ich alles Gute will; denn ich will es wahrlich doch.

Hofräthin. Gewiß, mein Freund.

Hofrath. Manchmal treibt der böse Feind
sein Spiel, daß ich ein paar Stunden wo anders
hingaffe. Aber das ist doch nur manchmal, ist nur
ein Spiel, und das war seit langer Zeit — nicht
der Fall. Nicht wahr, Lina? — Nun, Du darfst
mich immer ein wenig loben.

Hofräthin. Nein. — Manche Kinder wer‐
den unartiger, wenn man sie gelobt hat. Aber —
doch — Sie giebt ihm die Hand. danken will ich
Dir wohl, daß Du schon ein ganzes Vierteljahr
ein artiger Mann warst.

Hofrath. Bitte um Vergebung, es ist län‐
ger — es ist ein halbes Jahr her.

Hofräthin. Nein, nein!

Hofrath. Die Geschichte mit der Lorberg, habe ich sie nicht —

Hofräthin. St! st! Laß ruhen die Todten.

Hofrath. Du bist ein seltnes, liebes, gutes, geduldiges Weib, das ist wahr! Aber wie ich Dich auch liebe! — Sieh — ich erschrecke jedesmal, wenn mich ein Gesicht anzieht. Gleich stehst Du vor mir mit Deiner Geduld, und dann kann ich das schönste Gesicht zum — nun — wo ich den Herrn Fabritius hingewünscht habe.

Hofräthin. Und ich — ich sehe Dich so gerne wieder kommen, daß ich niemals sehr erschrecke, wenn Du weggehst.

Hofrath. Gott Lob! so ist es doch nun schon zwey und zwanzig Jahre unter uns gewesen; meine funfzig Jahre empfinde ich nicht sehr, also denke ich, wird es wohl noch lange so bleiben. Meinst Du?

Hofräthin. Ich bin so glücklich und zufrieden, daß ich manchmal es verbergen möchte, als ob der Neid mir meinen Frieden nehmen könnte.

Hofrath. Ja — vom Neid? — mit dem hat es seine Richtigkeit. Die ausgescholtenen, grämlichen Eheherren ärgern sich, daß ich noch froh bin — und als Sünder doch wieder angenommen werde. Und die grämlichen Sklavinnen, mit der zankbereiten, nackten, glänzenden Stirne, ärgern sich — über was? ich will Dir's sagen — daß Du die geduldige, regierende Frau bist.

Hofräthin. Hm! die Regierung —

Hofrath. Ach regiere doch! regiere mich lange und gern. Du schaltest ja mit meinem Willen nur wie mit einem Don gratuit. — So weit davon. Küsse mich; nun steh auf, setz die Stühle weg; denn jetzt müssen ärgerliche Dinge an die Reihe kommen, und dazu muß ich gehen, mich rühren, mit den Armen hantieren, und vielleicht ein Bißchen fluchen.

Hofräthin hat die Stühle weggesetzt. Das ist ein trostreicher Eingang.

Hofrath. Die Sache ist es werth. Mein Herr Schwiegersohn, der Herr Geheimerath Wosling, mißfällt mir.

Hofräthin. Er ist jung.

Hofrath. Er wird alle Tage noch jünger. Er ist ein Bonvivant, ein — tausendsapperment, ich glaube, er taugt nichts.

Hofräthin. Nun, nun!

Hofrath. Und unsere Julie — ist und bleibt eine Mondscheinschäferin.

Hofräthin. In Jahr und Tag wird es anders werden.

Hofrath. Sie schleicht hinter ihrem Mann her, und guckt, und forscht, und zankt und heult, daß ihm der Angstschweiß ausbricht. Er? was soll er machen? Sein böses Gewissen treibt ihn fort. Er bemäntelt, beschönigt, lügt ab und an sich heraus. Dann kommt auch der Hochmuth; er streitet sich heraus, will die Sache mit Autorität zwingen — Was kommt heraus? Eine trostlose Ehe!

Hofräthin. So weit ist es nicht.

Hofrath. So weit kommt es. Sie haben da, hör' ich — ein Mädchen von ihrer Reise mitgebracht — ich habe sie noch nicht gesehen —

Hofräthin. Die Hainfeld? Mir scheint sie auszuweichen.

Hofrath. Böses Gewissen! Die Stadt spricht von ihr und dem Geheimenrath und Juliens Thränen wunderliche Dinge. Bekümmere Dich darum.

Hofräthin. Werde ich damit etwas bessern, oder verschlimmern?

Hofrath. Thu was Du kannst. Ich tauge dazu nichts. Denn ich, wenn ich meine überzeugt seyn, daß ein Ehepaar nicht zusammen paßt — ich möchte es lieber gleich aus einander jagen.

Hofräthin. Ich habe guten Muth.

Hofrath. Den hast Du immer.

Hofräthin. Er war ja auch meine ganze Aussteuer, die ich Dir brachte.

Hofrath. Das wohl! Aber das Kapital trägt hundert Prozent, und kann nie verloren gehen. — Dann kommt ferner — Gott sey uns gnädig! meine ehrsame Jungfer Schwester — die neunjährige Himmelsbraut des Herrn Fabritius, zu uns daher.

Hofräthin. Kommt sie?

Hofrath. Ehrn Fabritius, der Geliebte, sendet mir eben ihren Brief. Da, lies hernach. Daß nun gerade der Hauptmann da seyn muß!

Hofräthin. Ihren Plan auf den Hauptmann wird Deine Schwester doch nun aufgegeben haben?

Hofrath. Ich glaube es nicht. — Waffne Dich immer auf ein paar Katzenstreiche von ihr. — Uebrigens laß mancherley Kuchen backen, mein Kind, lade Gäste ein, und laß ein Gericht nach dem andern auftragen, so wie unten auf unserm großen eisernen Ofen zu sehen ist, wo bey der Kananäischen Hochzeit die Pfauen = Pasteten den Gästen über die Köpfe gestürmt werden, laß den Kaffee doppelt stark machen; denn nach so was bemißt eine streitbare alte Jungfer die Bruderliebe.

Hofräthin. Es mag nicht nöthig seyn, aber es soll geschehen.

Hofrath. Lade den Hauptmann ein. *Er lacht.* Ob meine Schwester noch behaupten wird, daß Du Zärtlichkeit für ihn hatteſt?

Hofräthin. Wenn ſie eben nicht guter Laune iſt.

Hofrath. Das mußt Du aber doch ſagen, daß wenig Eheherren dem erſten ſeligen Anbeter ihrer Ehehälfte ſo den Zutritt ins Haus geſtattet haben würden.

Hofräthin. Daß er alle Jahr einen Monat da zubringe, das iſt —

Hofrath. Iſt mir herzlich lieb — Sey doch geſcheidt, Lina! ich kenne Dich ja. Meine Schweſter kennt Dich auch, ſie mag Dich aber nicht kennen.

Hofräthin. Haſt Du einen treuern Freund, als den Hauptmann?

Hofrath. Gewiß, er iſt brav — aber ich bin doch auch brav —

Hofräthin. Sehr brav. *Umarmt ihn.*

Hofrath. Laß mich ausreden. Ich wollte ſagen, ich bin doch auch brav, daß ich nicht neidiſch und nicht eiferſüchtig bin. Oder vielmehr — Du biſt brav, daß Du ſo biſt, daß ich das nicht ſeyn kann. Oder eigentlicher — Hm! — ich bleibe in der Bravheit ſtecken — Gewiß iſt's, daß wir alle

beide paſſabel brav ſind. *Er drückt ihr die Hand.* Jetzt
koche und backe — ich ſchreibe. *Er geht in ſein Zimmer.*

Hofráthin *ſieht in den Brief.* Hm! dieſer
Schweſter kann ich mich nun eben nicht freuen.
Aber was iſt zu machen!

Dritter Auftritt.

———

Die Geheimeráthin *tritt heftig ein, eine Flor-
kappe über dem Geſicht.* Hofráthin.

Geheimeráthin. Sind Sie allein, Mama?
Hofráthin. *Theilnehmend, aber mit Feſtigkeit,
wie Grundſätze, Erfahrung und Würde ſie geben müſſen; gutig,
aber nie weichlich.* Was iſt Dir? — Guten Morgen Julie! Du biſt außer Dir — ſetz Dich!

Geheimeráthin. Nein, nein! laſſen Sie
mich; ach daß ich nie geboren wäre! laſſen Sie
mich an Ihrem Herzen weinen!
Sie wirft ſich ihr in die Arme.

Hofráthin. Erhole Dich! Du biſt bey einer
zärtlichen Freundin.

Geheimeráthin. Das iſt ja noch mein
einziger Troſt.

Hofräthin. Was ist Dein Kummer? Er muß schwer und erwiesen seyn, weil Du Dich ganz für verloren hältst. Nenne ihn mir, daß ich mit Rath und That Dir meine mütterliche Liebe beweisen kann.

Geheimeräthin. Mein Mann! — Ach muß ich noch mehr hinzu setzen?

Hofräthin. *Mit Ruhe.* Ja, mein Kind! eine deutliche bestimmte Erzählung dessen, was Dir auf der Seele liegt.

Geheimeräthin. Die Mamsell Hainfeld, die, ihren Prozeß zu betreiben, mit uns von der Reise hierher kam — der ich aus Freundschaft unser Haus eingeräumt habe —.

Hofräthin. *Ernsthaft. Nach einer Pause, sanft verweisend:* Keine Neckereyen; sie können übel enden. Das arme Mädchen hat ja einen so ernsthaften Handel hier auszuführen —

Geheimeräthin. Sie lacht und singt und hüpft den ganzen Tag. Sie —

Hofräthin. Liebe Tochter, solltest Du wohl auf ihre Talente eifersüchtig seyn können?

Geheimeräthin. Mama! haben Sie mich dazu gebildet? Der Vorwurf thut weh.

Hofräthin. Nenne meine Sorge nicht Vorwurf. Die Liebe führt leicht irre. Es ist also nicht das? Um so besser. Was ist es denn?

Geheimeräthin. Daß mein Mann lange und viel — und oft — daß er gerne mit ihr sprach —

Hofräthin. Gut. — Hier fängt Deine Krankheit an. Weiter —

Geheimeräthin. Das — war mir nicht angenehm, ich gestehe es. Daß er nun auch allein zu ihr ging, daß er Nachmittage mit ihr zubrachte, das schmerzte mich; daß sie ihm Sonaten vorspielte, daß sie ihm die ausdrucksvollsten Arien sang, daß er dabey in Thränen schwamm, und dann zu mir herunter kam, nichts sprach, alles tadelte, nach seinem Hute griff und ohne Abschied ging, daß — daß — O liebe Mutter, soll ich das Talent lieben, das mir ihn raubte, da ich es nicht besitze?

Hofräthin. Faß kalt. Du hassest sie also?

Geheimeräthin. Ja, ja, von ganzer Seele!

Hofräthin. Liebes Kind — Du gefällst mir nicht.

Geheimeräthin. Erst lassen Sie mich endigen. — Ich sagte meinem Manne nichts, nicht Einen Vorwurf.

Hofräthin. Und ihr?

Geheimeräthin. Kein Wort. Aber ich ging nicht mehr zu ihr, ich sah sie nicht mehr an.

Hofräthin. *Entschlossen.* Nicht gut! gar nicht gut!

Geheimeräthin. Mein Mann ward immer heftiger und bitterer gegen mich —

Hofräthin. *Langsam und fest.* Weil ihm der Gang Deiner Empfindungen mißfallen mußte.

Geheimeräthin. Alles das habe ich mit stillen Thränen ertragen.

Hofräthin. *Mit dem lebhaften Tone, der, ohne beleidigen zu wollen, doch bestimmt Unrecht giebt, und mit einer Wärme, die man hat, wenn man in wichtigen Augenblicken eine oft empfundene Wahrheit sagt.* Thränen, die man sich bewußt ist mit Willen nicht erregt zu haben, erbittern.

Geheimeräthin. Ihre Güte will meinen Kummer mir aus dem Herzen reden.

Hofräthin. *Sehr lebhaft.* Nein, mein Kind! ich betrüge niemand. *Nach einer Pause, und etwas gemilderter.* Auch nicht um Deinen Gram könnte ich Dich betrügen: denn man muß wissen wie man steht. *Sie sieht sie eine kleine Weile an, und sagt dann mit Gutmüthigkeit:* Aber Deine Vernunft möchte ich überzeugen, daß sie ihre Rechte über ein gutes — recht gutes, aber zu empfindliches Herz gebrauchen möchte.

Geheimeräthin. Ja wenn es nur das wäre!

Hofräthin. *Etwas verlegen.* Und was ist es mehr? *Besorgt.* Laß mich alles wissen.

Geheimeräthin. Ich kann auf einmal wissen woran ich bin.

Hofräthin. Sey es!

Geheimeräthin. Ich kann meines Unglücks und seiner Treulosigkeit gewiß werden.

Hofräthin. *Mehr verlegen.* Wodurch?

Geheimeräthin. In Ihrer Gegenwart, von Ihnen getröstet, von einer guten Mutter geleitet, habe ich mein trauriges Loos ziehen wollen. — Sehen Sie, hier ist ein Billet von meinem Mann an sie.

Hofräthin *sieht sie lange an, und sagt dann sehr ernsthaft:* Wie hast Du es erhalten?

Geheimeräthin. Sie sehen, ich habe es nicht eröffnet.

Hofräthin. *Streng.* Wie hast Du es erhalten?

Geheimeräthin. Eröffnen Sie es, und sagen Sie mir dann mein Schicksal.

Hofräthin *nimmt es, und tritt einen Schritt zurück.* Julie!

Geheimeräthin. *Beschämt.* Ich habe es — durch die Treue des Bedienten.

Hofräthin. *Mit aufgehobenem warnenden Finger, mehr mit Bedauern als Vorwurf.* So tief ließ Dich die Krankheit Deiner Seele fallen?

Geheimeräthin. *Entschloffen.* Dieß Billet enthält ein Verbrechen.

Hofräthin. *Fest.* Wenn es wäre — willst Du durch eine Erniedrigung dem Verbrecher gleich stehen?

Geheimeräthin. *Heftig.* Ich will wissen, woran ich bin.

Hofräthin *giebt ihr das Billet.* Ich kenne Dich nicht mehr. *Tritt von ihr.*

Geheimeräthin. *In Thränen.* Liebe Mutter!

Hofräthin. Und wenn nun dieß Billet eine gleichgültige, ihren Prozeß betreffende Sache enthielte — und Du hast es eröffnet — er vermißt es — wie stehst Du dann Deinem Manne gegenüber?

Geheimeräthin. Ach! Sie haben Recht! Aber hier — hier spricht eine Stimme doch anders!

Hofräthin. *Mit Wärme.* Willst Du zuerst Deines Mannes Zutrauen entsagen? Julie! — willst Du erröthend, mit gesenktem Blicke vor ihm stehen?

Geheimeräthin. Es ist wahr! — Aber wenn er sie liebt — wenn es hier geschrieben

steht, daß er sie liebt? — Ach! diese Zeilen brennen wie Feuer in meiner Hand!

Hofräthin. Und wenn es darin stände,
und Du hättest es gelesen — was wäre es dann?

Geheimeräthin. Dann würde ich ihm
alle die Verachtung fühlen lassen, die er verdient.

Hofräthin. Rache ist nicht Liebe.

Geheimeräthin. Ich würde ihn vergessen.

Hofräthin. Mit aller Ergießung des Mutterherzens,
mit der Würde der Wahrheit. Nein, liebes Kind, Du
würdest nur um so mehr leiden. — Dein Herz,
Dein Stolz — alles würde seine Liebe zwiefach
verlangen. Im Kampfe zwischen Schmerz und
Würde, könntest Du ein Spielwerk seiner Laune
werden. Dann, dann erst würde ich Dich bewei-
nen. Auf der Höhe der Tugend hilft Dir das
Selbstgefühl, und ich kann Dich bewundern —
wie ich Dich liebe. Umarmt sie.

Geheimeräthin. Tief seufzend. Ach!

Hofräthin erhebt Juliens Gesicht. Höre mich
an. — Es ist nicht so schlimm als Du glaub-
test — es mag etwas mehr seyn, als ich glaubte.
Ja, es mag eine leichte Tändeley seyn, wozu
Friederikens heiterer Sinn neben Deinen Thränen — ihn verleitet haben kann. Nicht Zorn,

nicht Thränen — Sanftmuth nur — ist unsere
Herrschaft. Davon ein andermal. Für jetzt muthe
ich den Wallungen Deines Herzens nichts zu,
als — schweigen.

Geheimeräthin. Ach, mehr kann ich auch
jetzt nicht versprechen.

Hofräthin. Rasch. Aber das versprichst Du?

Geheimeräthin. Ihnen — ja.

Hofräthin. Küßt sie. Ich danke Dir, liebe
Tochter. Ruhig. Gieb das Billet zurück, daß es
an seinen Ort komme.

Geheimeräthin. Wie? ich sollte selbst —

Hofräthin. Selbst den Schritt wieder hin=
auf thun, den Du — Dich hast herunter gleiten
lassen.

Geheimeräthin. Liebe Mutter! was ver=
langen Sie?

Hofräthin. Deine Ruhe — Deine Ehre!

Geheimeräthin. O es ist zu viel! —
Doch — ja! ich will auch das.

Hofräthin. Ich danke Dir dafür.

Geheimeräthin. Sie werden sehen —
Sie werden sehen — Sie müssen noch mit mir
weinen.

Hofräthin. Ich will mehr thun, wenn es
dahin kommt; ich will Deine Sache übernehmen.

Mit herzlicher Kraft. Geh jetzt, liebe Tochter! Mach, daß ich Dich recht bald an Deiner wahren Stelle weiß.

Geheimeräthin. Die ist nicht dort. — Hier war sie. Warum habe ich Sie verlassen?

Hofräthin. Wir haben uns nie verlassen. — Deine Augen sind verweint, laß mich Deine Flors kappe zurecht machen. Sie thut es. Adieu, meine Julie. Du kommst bald fröhlicher wieder zu mir. Nimmt sie in den Arm, und geleitet sie an die Thüre. Geh getrost, mein liebes gutes Kind.

Geheimeräthin küßt ihr an der Thür die Hand. So spricht doch noch Ein Herz für mich!

Sie geht schnell fort.

Hofräthin bleibt in der Thüre stehen, nickt ihr freundlich mit dem Kopfe, und wirft ihr einen Kuß nach. Sie kehrt zurück. Liebe, gute Seele! Doch achte ich nichts für verloren.

Vierter Auftritt.

Geheimerrath. Hofräthin.

Geheimerrath. Guten Morgen, Frau Mutter! Gespannt. Meine Frau war bey Ihnen?

Hofräthin. Sie muß Ihnen begegnet seyn.

Geheimerrath. Ganz recht. Ich wäre mit ihr gekommen — Empfindlich. aber sie spricht nicht viel mehr —

Hofräthin. Empfände sie wohl darum minder?

Geheimerrath. Mit höchster Empfindlichkeit. Ich erfahre nichts mehr —

Hofräthin. Ihr beiden Leute setzt die kleinen Launen des Brautstandes lange fort.

Geheimerrath. O es ist nicht das! — Ja, wenn es das wäre!

Hofräthin. Machen Sie es dazu.

Geheimerrath. Höflich. O es ist von mir die Rede nicht viel.

Hofräthin. Besorgt. Herr Sohn!

Geheimerrath. Kalt. Wahrhaftig nicht.

Hofräthin. Mit Würde. Für Scherz ist das fast zu viel; für Ernst wäre es zu wenig gesagt. Dieß ist nicht der Augenblick zu einer Erklärung, falls Sie der Freundin, des Sohnes wie der Tochter, eine zu geben wünschten.

Geheimerrath. Mit Achtung. Recht gern; denn ich verehre Sie wahrhaftig, ganz wie Sie es verdienen.

Hofräthin. So werden wir beide diesen Augenblick bald finden, lieber Sohn.

Geheimerrath. Noch heute. — Meine Frau hatte geweint!

Hofräthin. Ich sage nicht Nein.

Geheimerrath. Ueber mich?

Hofräthin. Die Antwort auf diese Frage gebe ich in dem Augenblick Ihrer Erklärung, wenn Sie mir es so erlauben.

Geheimerrath. Wie Sie wollen. — Zwar haben Sie mir sie indem schon gegeben.

Hofräthin. Wenn starke Gefühle hier und da das Leben trüben, so sind sie darum doch achtungswerth.

Geheimerrath. Es giebt starke Gefühle; es giebt auch schwächliche, die man für stark aus: giebt.

Hofräthin. Sanft. Es giebt halbe Liebe und ganze Liebe.

Geheimerrath. Auch mir sey es erlaubt, wenn wir uns wieder sprechen, darauf zu antworten.

Hofräthin. Sehr gern. Indem sie ihm liebevoll die Hand hinreicht. Ohne Mißverstand.

Geheimerrath. Indem er sie an sein Herz drückt, edel. — Ohne Groll.

Hofräthin. Bin ich nicht Mutter?

Geheimerrath. Genug. — Ist der Hofrath zu Hause?

Hofräthin. Deutet auf die Thür. Für Sie ist er es immer.

Geheimerrath. Ich habe eine Angelegenheit an ihn. Sie wissen den seltsamen Prozeß der guten Hainfeld, wie sicher ihr Recht ist, und wie sonderbar doch die Sache liegt. Er wird das Referat darüber bekommen.

Hofräthin. So?

Geheimerrath. Um so dringender muß ich zu ihm. Ich möchte die Sache ihm empfehlen.

Hofräthin. Thun Sie es nicht.

Geheimerrath. Warum?

Hofräthin. Sollte nicht bey einem ängstlich gewissenhaften Mann eine jede, Empfehlung die Unbefangenheit des Urtheils nehmen?

Geheimerrath. Allein —

Hofräthin. Es ist eine Besorgniß, die ich vielleicht zu weit treibe; aber —

Geheimerrath. Wollen Sie die Sache ihm empfehlen?

Hofräthin. In Geschäfte mische ich mich durchaus nicht.

Geheimerrath. Empfindlich. Bey Ihrem Einfluß —

Hofräthin. Ich habe ihn auf sein Herz, auf sein Amt habe ich ihn nie verlangt.

Geheimerrath. So muß ich denn selbst reden.

Hofräthin. Sie gehen sicherer.

Geheimerrath. Also — Er empfehlt sich und geht an die Thüre des Hofraths — kehrt wieder um, und tritt zu ihr. Man hat Sie wohl schon gegen meine Sache eingenommen?

Hofräthin. Sie kennen Ihre Leute nicht genug.

Geheimerrath. Mögen Sie ihnen nicht zu viel zutrauen! Er geht zum Hofrath hinein.

Hofräthin seufzt. Schlimmer — schlimmer als ich dachte! Muth, liebe Julie! — Muth!

———

Fünfter Auftritt.

Hofräthin. Jakob. Hernach
Fabritius.

Jakob. Der Kaufmann Fabritius.

Hofräthin. Führe ihn herein!

Jakob. Gut, gut! *Geht ab.*

Hofräthin *setzt Stühle.*

Fabritius. Ich bin sehr erfreut, vielwer=
theste Frau Hofräthin, daß ich die Ehre und das
Vergnügen habe, Sie wohl zu sehen.

Hofräthin. Setzen Sie Sich, mein Herr,
und entschuldigen Sie meinen Mann, den eine
Arbeit noch etwas aufhält. Setzen Sie Sich.

Fabritius. Nach Ihnen.

Hofräthin. Ich bitte —

Fabritius. Sie erlauben —

Hofräthin *setzt sich.*

Fabritius. Er arbeitet, der Herr Gemahl?
Ja wir Menschen arbeiten alle, und ernähren uns
damit; der eine so, der andere wiederum anders.

Hofräthin. Freylich.

Fabritius. Wenn man nur sein Bißchen liebes Brot damit gewinnt, so ist es unserm Herrgott egal, was man arbeitet.

Hofräthin. Gewiß.

Fabritius. Ich pflege immer meinen Freunden zu sagen, was der Mensch arbeitet, das ist sein Acker und Pflug.

Hofräthin. Ganz recht, Herr Fabritius.

Fabritius. Sein Acker und Pflug! Ja — so pflege ich zu sagen.

Hofräthin. Wer viel ackert und pflügt, der erntet viel.

Fabritius. Erntet viel! — Sehen Sie einmal. Ja, da haben Sie wahrhaftig recht klug gesprochen. Recht klug! — klug — ja — ja — Pause. Er hustet.

Hofräthin. Die letzte Ernte war recht gut.

Fabritius. Ist doch alles theuer! Butter und Leder — und — und —

Hofräthin. Und alles übrige.

Fabritius. Und alles übrige! Wir armen Kaufleute gehen noch zu Grunde.

Hofräthin. Bis daher hat Sie Gott recht wohl erhalten.

Fabritius. So so! Mit Fallen und Aufstehen.

Hofräthin. Meine Schwägerin kommt also heut an?

Fabritius. Ja — sehn Sie einmal — die liebwertheste Mamsell Schwägerin treffen dato ein. Sie werden auch üble Wege finden.

Hofräthin. Nun, lieber Herr Fabritius, Sie sind nun neun Jahre Bräutigam. Nun werden Sie doch Ihre glückliche Ehe beginnen?

Fabritius. Wird auf Gott und die Umstände ankommen. Es ist freylich dermalen alles sehr theuer —

Hofräthin. Bey Ihrem Vermögen —

Fabritius. Bitte mich nicht schamröthlich zu machen.

Hofräthin. Das weiß ja —

Fabritius. Die Leute reden mir es aus Haß nach.

Hofräthin. Dabey sehe ich keinen Haß.

Fabritius. Die Welt wird alle Tage schlimmer.

Hofräthin. Ach nein, mein Herr.

Fabritius. Man kommt um vieles. Wenn man von dem Bißchen Tobak, Kaffee, Zucker und Puder, nebst etwas Kandis, Graupen und Zitronen, seine Konsumtion, einen Sonntagsrock, das Quartal für die Perücken, den Land- und Wasserzoll und herrschaftliche Accise, Zeitungsge-

bühr nebst Kirchenstuhlmiethe abgezogen hat, was
bleibt übrig? — Gott stehe mir bey! kaum so
viel, daß man wieder einkaufen kann.

Hofräthin. Da haben Sie auch Ihr gan=
zes Leben beschrieben; denn Vergnügen machen
Sie Sich nicht.

Fabritius. Gar nicht, liebwertheste Frau
Hofräthin. — Wenn ich den Morgen lang im
Laden zugebracht, dann mäßig gegessen habe, so
füttere ich einige wenige Hühner. Hierauf lege
ich mich einige Stunden ans Fenster, um auf
das Addreßblatt zu warten. — Dann lese ich es,
und lese es auch wohl einigen Nachbarn vor, die
zu mir kommen. Abends esse ich nichts, sondern
lese Jahr aus Jahr ein Lütkemanns Vorschmack.

Hofräthin. Das ist sehr einfach.

Fabritius. Außer Sonntags, wo ich darin
eine Aenderung treffe, daß ich fünf Viertelstun=
den um den Wall gehe, und hernach im histori=
schen Bildersaal lese, um mir eine Gemüthser=
getzlichkeit zu verschaffen. Meinen Garten habe ich
verkauft, weil das Obst nicht vor Raupen, Mehl=
thau und guten Freunden, die es via facti fres=
sen, zu assekurieren war.

Hofräthin. Und was schafft uns die Ehre
Ihres seltenen Besuchs?

Fabritius. Einmal und vor allem das
Verlangen, nach Dero allerschätzbarsten Gesund=

heit sowohl; als nach des Herrn Gemahls, so
wie des Herrn Geheimenraths und Frau Gemahlin,
mich zu erkundigen.

Hofräthin. Alles wohl —

Fabritius. Dann mich, Er steht auf. falls
ich nach Gottes Willen mit Mademoiselle Schwä=
gerin in den heiligen Ehestand hinein treten
sollte, wegen zeitlicher Sicherheit, nach Dero Ver=
mögen, und wie es die Zeit her umgewendet, ge=
wachsen und gediehen ist, in etwas zu befragen.

Hofräthin. Darüber wird mein Mann
Ihnen alle Auskunft geben.

Fabritius. Es hat nämlich die Mamsell,
als eine vorsichtige Jungfrau, den christlichen
Hausstand nicht mit mir antreten wollen, bis
wir ein sicheres Kapital beysammen hätten, wozu
damalen neun Jahre bestimmt waren, welche nun
verflossen sind.

Hofräthin. Darum ist Ihre Liebe so lange
unbelohnt geblieben?

Fabritius. Unsere Liebe ist vernünftig.

Hofräthin. Gewiß! So ist ja nun wohl
alles im reinen?

Fabritius. Solches zu wissen, warte ich
mit einer, jedoch gemäßigten, Ungeduld.

Sechster Auftritt.

Vorige. Der Geheimerath kommt heraus, verbeugt sich und geht durchs Zimmer. **Der Hofrath** folgt mit Hut und Stock.

Hofrath. Abgeschmackte Proposition!

Fabritius. Mein liebwerthester —

Hofrath. So ist mir noch niemand gekommen!

Fabritius. Herr Hofrath, ich bin sehr —

Hofrath. Heftig, dem Geheimenrath nachsehend. Daraus wird nichts, mein Herr!

Fabritius. Erfreut, daß ich die Ehre und —

Hofräthin. Herr Fabritius —

Hofrath. Ihr Diener Herr Fabritius.

Fabritius. Das Vergnügen habe, Sie gesund und wohl zu sehen.

Hofrath. Was wollen Sie?

Fabritius. Nachdem es Gottes Fügung —

Hofrath. Verfluchte Geschichte!

Fabritius tritt zurück. Ey um tausend Gottes willen!

Hofrath stampft mit dem Fuße. Hole ihn der Teufel! Es wird nichts daraus! Er geht ungestüm fort.

Fabritius. Ach sehen Sie einmal — der Teufel soll mich holen? Ey nun —

Hofräthin. Sie sehen, mein Mann ist heftig —

Fabritius. Ja, das bin ich aber gar nicht.

Hofräthin. Sein Zorn galt einer andern Sache.

Fabritius. Erlauben Sie, er sagte ja mit deutlichen Worten: hole ihn der Teufel! — Nun ich bin ja außer ihm das einzige Masculinum, so vorhanden war.

Hofrath. Es galt —

Fabritius. Ihnen Liebwertheste, konnte es nicht gelten, denn eine so kostbare, von männiglich venerierte Frau, wird doch nicht der Teufel holen sollen! Ich bin so alteriert, — so — als wenn mir ein Faß mit Oehl auf offenbarer Landstraße verplatzt wäre.

Hofräthin. Lieber Mann, wer vom Acker und Pflug kommt, ist müde; wer müde ist —

Fabritius. Wer müde ist, pflegt doch nicht den Teufel zu citieren.

Hofräthin. Es galt auf mein Wort einem andern, in einem verdrießlichen Geschäft, und hat nichts zu bedeuten.

Fabritius. Sie erlauben, der böse Feind hat allemal etwas zu bedeuten.

Hofräthin. Kommen Sie heut zur Aufklärung der Sache zu uns zu Tische.

Fabritius. Ich werde mich einstellen; nur bitte ich, das heidnische Fluchen abzustellen. Ich wenigstens kann sagen, daß ich seit meiner Konfirmation mich mit einem Fluche nicht befaßt habe.

Er empfiehlt sich zeremoniös.

Hofräthin. Indem sie ihn begleitet. So wird Sie Gott behüten, daß es Ihnen auch nach der Vermählung nicht passire.

Beide sind abgegangen.

Zweyter Aufzug.

In des Geheimenraths Hause.

Erster Auftritt.

Die Geheimeräthin tritt lebhaft ein. **Der Geheimerath** folgt.

Geheimerrath. Madam, was haben Sie gegen mich?

Geheimeräthin. Laſſen Sie mich.

Geheimerrath. Ich will den Handel geendigt wiſſen.

Geheimeräthin. Das gebe Gott!

Geheimerrath. Ich bin gefaßt auf alles. Ich habe mir Geduld verſchafft. Ich will das ganze Regiſter Ihrer Klagen und Vorwürfe anhören! Ich —

Geheimeräthin. Sage ich denn ein Wort?

Geheimerrath. Nein, aber wollte Gott, Sie sprächen! Diese beständige Trübseligkeit, diese Seufzer wo ich Sie sehe, diese ewigen Thränen machen mein Haus mir zur Hölle.

Geheimeräthin. Weil ich im Hause bin.

Geheimerrath. Weil Sie so darin sind!

Geheimeräthin. Ich dulde ja alles —

Geheimerrath. Was?

Geheimeräthin. Daß es mir schwer wird, kann ich nicht verbergen. Ach wenn wirklich in Ihrem Herzen eine Stimme noch für mich spräche, Sie würden es achten; Sie würden meine stille Hingebung in mein Unglück mir Dank wissen.

Geheimerrath. Gutmüthig. Julie!

Geheimeräthin. Was Sie für mich jetzt noch fühlen, ist eine Aufwallung des Mitleids. Soll ich für diese meine gerechten Ansprüche aufgeben? Ich habe zu schweigen gelobt, das will ich halten, und ein besseres Schicksal in stiller Ergebung erwarten.

Geheimerrath. Lebhaft. Mehr haben Sie mir nicht zu sagen?

Geheimeräthin. Mit Wehmuth. Nein.

Geheimerrath. So? — gut! Er geht und kommt zu ihr zurück. Bin ich Ihnen gleichgültig?

Geheimeräthin. Gott vergebe Ihnen diese Frage.

Geheimerrath. So reden Sie, öffnen Sie mir Ihr Herz, ich will mich rechtfertigen.

Geheimeräthin *sieht auf ihre gefalteten Hände nieder.*

Geheimerrath. Ich will Sie glücklich wissen, Julie!

Geheimeräthin *sieht ihn durchdringend an.*

Geheimerrath. Bey Gott! ich will es. — Was mißfällt Ihnen an mir?

Geheimeräthin. Meine Sorge, mein Gram — wohnt unter meinem Dache mit mir, geht mit mir zu Tische, und —

Geheimerrath. *Betroffen.* Die Hainfeld?

Geheimeräthin. Sie vergiftet meine Tage, durch sie habe ich den Frieden meiner Seele verloren, um ihretwillen verweine ich meine Nächte, durch sie habe ich meinen Mann, mein Glück und meine Ruhe für jetzt und immer verloren.

Geheimerrath. Ist es möglich? Kann ein Scherz, eine gesellschaftliche Unterhaltung, ein Spiel mit ihren Launen —

Geheimeräthin. Erlassen Sie mir die Widerlegung. Fordern Sie nicht, daß ich die Beweise aufzähle, die es deutlich machen, daß Ihr Verhältniß mit ihr mehr ist als Unterhaltung —

Geheimerrath. *Empfindlich.* Mein Ver:
hältniß?

Geheimeräthin. Hängen Sie nicht am
Worte; ich kann es nicht wählen. Heben Sie
die Sache. Was Ihre Unterhaltungen mit ihr
auf mich wirken, wie sie an meiner Lebenskraft
nagen, das sehen Sie. Lassen Sie das, lassen
Sie meine Bitte sprechen — und wenn ich Un:
recht hätte — so seyn Sie großmüthig, schonen
Sie einer leidenden Seele, und heben Sie die
Ursache meiner Leiden, weil Liebe, heiße treue
Liebe, Liebe, die keine Theilung ertragen kann,
die Ursache davon ist.

Geheimerrath. *Verlegen.* Recht gern —
ja wahrlich recht gern! *Mit unterdrücktem Unwillen.* Es
ist ein Scherz — ein bloßer Scherz, und — —
Aber Ihre Idee davon ist freylich sonderbar! —
Nun, es kann indeß aufhören. Ich spreche nicht
mehr mit ihr. Ja, ich spreche nicht mehr mit ihr.
Ist es so recht?

Geheimeräthin. Ist das alles, womit
Sie mich beruhigen können? — Ach warum habe
ich gesprochen!

Geheimerrath. Ich begreife Sie nicht.

Geheimeräthin. Das ist es eben.

Geheimerrath. Kann ich denn mehr thun,
als mich erbieten —

Geheimeräthin. Sie hätten viel weniger thun können, und doch würden Sie mehr gethan haben.

Geheimerrath. Sie werden räthselhaft.

Geheimeräthin. An Ihnen ist es, mir Ruhe und Glück zu geben. An mir ist es, dafür zu danken mit allem was an mir ist.

Geheimerrath. Ich will ja —

Geheimeräthin. Sagen Sie nichts von dem, was Sie wollen — thun Sie — und lassen Sie uns, Sanft. ja, lassen Sie uns jetzt nicht mehr davon reden.

Geheimerrath. Geradezu gesprochen! Was soll ich thun?

Geheimeräthin. Was Sie fühlen.

Geheimerrath. Und wenn ich mich denn unschuldig weiß? —

Geheimeräthin. So wissen Sie mich doch unglücklich!

Geheimerrath. Durch eine gereizte Einbildungskraft.

Geheimeräthin. Einbildung — Einbildungskraft? — Ganz recht — ganz gut! — Warum — Nun ja — ja, ja. Heftig. Daß ich auch glauben konnte — — Gefaßt. Es hat nichts auf sich — Wir haben nichts zusammen gesprochen. Nehmen Sie es so.

Geheimerrath. *Heftig.* Unerträglich, bey Gott!

Geheimeräthin. Nur zu, mein Herr!

Geheimerrath. Nun, was ist denn eigentlich Ihr Befehl? Soll ich Mamsell Hainfeld aus dem Hause werfen? Wie?

Geheimeräthin. Wenn Ihnen das Leben ohne Mamsell Hainfeld erträglich dünkt, so wünsche ich, daß Sie veranlassen, daß sie sich entferne.

Geheimerrath. Allerliebst!

Geheimeräthin. Aber freylich dieser Wunsch ist Ihnen nicht begreiflich.

Geheimerrath. Der Wunsch ist mir sehr, leider zu begreiflich; denn wo ist ein Opfer, das eine Frau nicht ihrer Eitelkeit gebracht sehen will!

Geheimeräthin. Ah, das ist zu viel —

Geheimerrath. Aber vor der Ausführung Ihres Wunsches werden Sie mir gestatten, erst in Erwägung zu ziehen, was bey diesem Ausgebote aus unserm Hause des Mädchens und Ihres Mannes Ehre zu leiden hat, was Wohlanständigkeit gebietet, und wie fern die ganze Sache meine Frau lächerlich machen kann, oder nicht.

Geheimeräthin. Ist das der ganze Erfolg Ihres Mitleidens? Allerliebst! Es war auch

nicht das. Sie wollten nur erforschen, was ich
weiß und nicht weiß.

Geheimerrath. Heftig. Abgeschmackt.
Er geht.

Geheimeräthin. Mein Herr!

Geheimerrath. Was noch?

Geheimeräthin. Meine Erklärung, daß
es Ihnen frey steht, Ihren Roman fortzuspielen;
aber daß ich meiner Ehre Genugthuung geben
will, wenn mein Herz zu Grunde gehen soll —
Ich werde nicht mehr an den Tisch kommen, so
lange sie daran erscheinen wird.

Geheimerrath. Heftig. Madam —

Zwenter Auftritt.

———

Vorige. Der Hofrath tritt ein, und bleibt
hinten stehen, da er sie in Heftigkeit sieht.

Geheimeräthin. Dabey bleibt es.

Geheimerrath. Nein! das wagen Sie
nicht.

Geheimeräthin. Ich bin mir das schuldig.

Geheimerrath. Wie? mich vor der Welt
zum — Ich befehle Ihnen zu Tische zu kommen.

Geheimeräthin. *Fest.* Nein, mein Herr! Mein Entschluß ist genommen.

Geheimerrath. *Heftig fortgebend.* Nun bey Gott, auch der meinige ist es.

Hofrath. Halt da! *Ihn aufhaltend.* Welcher?

{ Geheimerrath. Mir Ruhe zu schaffen.

{ Geheimeräthin. *Erschrocken.* Ach, mein Vater!

Hofrath. So spricht kein Mann gegen seine Frau.

Geheimerrath. So handelt keine Frau gegen ihren Mann.

Geheimeräthin. Er soll seine Art und Weise gegen Mamsell Hainfeld fortsetzen, aber ich will sie nicht mehr sehen.

Hofrath. Was ist's mit der Jungfer Prozeßkrämerin? Die ganze Stadt spricht von ihr und Ihnen.

Geheimerrath. Ihnen danke ich das, Madam!

Hofrath. Das bitte ich mir aus; sie hat mir kein Wort gesagt.

Geheimerrath. Verweinte Augen tragen es überall zur Schau, daß wir in einer unglücklichen Ehe leben.

Hofrath. Eine gute Ehe ist es nicht. — Hm! schaffen Sie das odiöse Weibsbild fort.

Geheimerrath. Auch so? Sie besuchen mich wohl jetzt recht von Ohngefähr? nicht wahr?

Hofrath. Der da habe ich das Thränen-handwerk legen wollen.

Geheimerrath. O Madam weint nicht. Madam ist sehr decidiert.

Hofrath. Desto besser. Stark angezogen, so hält es oder es bricht.

Geheimerrath. Kurz und gut, ich biete die Hainfeld nicht aus dem Hause, weil ich mich nicht am Gängelbande führen lassen will.

Geheimeräthin setzt sich und bedeckt sich das Gesicht.

Hofrath. Da haben Sie Recht. Ja, mein Kind, das Ding überlegt, er hat Recht. Zum Geheimenrath. Aber den Verkehr mit ihr müssen Sie aufheben.

Geheimerrath. Ohne Zwang — zu seiner Zeit.

Hofrath. Nun, in Gottes Namen! Das sehen Sie denn doch dem armen Dinge da wohl an, daß es jetzt Zeit ist.

Geheimerrath. Erbitten läßt sich alles, ertrotzen nichts.

Hofrath. Wüthend. Du — heda — Julie! stell Dich in die Höhe! Erbitten? vom Manne? Die Frau erbitten? Was sie zu fordern hat

bitten! So ein Weib! von —— Wenn Du was
erbitteſt von Deinem Manne, ſo hol' Dich der
Teufel! Er geht.

Geheimerrath. Stolz. Mein Herr!
Geheimeräthin. O lieber Vater, lieber
Vater, gehn Sie nicht.

Hofrath kehrt um. Befohlen hat mir meine
Frau noch nichts. — aber wenn ſie von mir in Her-
zensſachen etwas demüthig gebeten hätte — wenn
ſie nicht feſt auf ihren zwey Füßen das Recht des
Weibes gegen mich manierlich, aber feſt behauptet
hätte — Herr! zuwider wäre ſie mir geworden.

Geheimerrath. Alſo glauben Sie —

Hofrath. Nichts — nichts! Das feinere
Weſen muß das höhere Weſen bleiben.

Geheimerrath. Mit Erhebung. Das ſtärkere
Weſen —

Hofrath. Das ſtärkere Weſen muß tragen
und heben, und ſchaffen und ſich nicht beugen laſſen, aber muß nicht mit ſeiner Stärke über die
Feinheit hinaus fahren, ſonſt iſt das ſtärkere Weſen — ein grobes Weſen. — Jetzt Ihr — grob
und fein — vertragt Euch. Ich habe die Jungfer
Beelzebub noch nicht geſehen; ich will einmal hinauf gehen, und ihr den Text leſen als Vater —
der Jungfer Sapperment! Geht ab.

Geheimerrath. Jetzt ist alles vorbey! Ehe ich das ertrage, will ich lieber des Todes seyn.

Zur Seite abgehend.

Geheimeräthin. *Mit ihm zugleich anfangend.* Habe ich von seiner Ankunft ein Wort gewußt, so will ich nie mehr froh und glücklich werden.

Da er geht, fängt sie auch an fortzugehen, durch die Mitte ab.

Dritter Auftritt.

Zimmer der Mamsell Hainfeld.

———

Mamsell Hainfeld sitzt im Hintergrunde in einem reizenden Negligee, und spielt das Ritornell eines Liedes oder einer Arie. Da sie singt, tritt **der Hofrath** ein.

Hainfeld hört ihn nicht und singt weiter.

Hofrath geht endlich hinter ihren Stuhl. Von was für einem Meister ist das?

Hainfeld erschrickt und wendet sich um.

Hofrath. Ihr Diener.

Hainfeld. Mein Herr, wer —

Hofrath. Hofrath Stahl!

Hainfeld will vorgehen. Ach so erlauben Sie — Schon längst wünschte ich —

Hofrath dreht sie nach dem Stuhle und schiebt ihr denselben unter.

Hainfeld wendet sich noch halb um.

Hofrath faßt sie sanft auf die Schultern, und macht sie sitzen. **Fortgefahren!.**

Hainfeld. Aber in der That, die Ehre —

Hofrath. Mein Kind, singen Sie Ihr Bewillkommungskompliment, das lautet viel schöner. Wo blieben Sie stehen? Hm — Ja — Er singt die Stelle, an der sie aufhörte. da blieben Sie stehen. Nun?

Hainfeld sieht ihn verbindlich an, und wendet sich zum Klavier.

Hofrath lacht. Ein paar hübsche Augen! — Nun — Er singt wieder die Stelle.

Hainfeld singt die Arie zu Ende.

Hofrath. Bravo! schön gesungen! Er faßt ihr die Hand. Schöne — schöne Hand! Wenn so eine Hand das Klavier berührt — da muß es Harmonie der Seele wiedergeben.

Hainfeld geht vor. Sie lieben den Gesang, Herr Hofrath?

Hofrath. Gesang? Du mein Gott! wenn ich mit Ausdruck singen höre — nicht leiern oder gurgeln — so was eigentlich singen ist — das Hinschweben der Seele in Engelstönen zum Firmament hinauf — so wie Sie singen — o lie-

ber Gott! — da bin ich wieder die schönen achtzehn Jahr alt.

Hainfeld. So empfinden wenige die Musik.

Hofrath. Gott sey vielfältig gelobt, daß
meine liebe Frau nicht singen kann! sie hätte
längst die ganze Portion meiner Rechte unter
ihren Pantoffel gesungen.

Hainfeld. Wollen Sie mich bey der Frau
Hofräthin gefälligst aufführen?

Hofrath. Nachdem er sie vorher eine Weile angesehen.
Ja, ja. — In Gedanken. Nein. Er besinnt sich. Ja
so — pozteausend! — ja, ja, ja!

Hainfeld. Wie? —

Hofrath. Ich habe — ich bin — es ist —
hm hm! Kurios wie es dem Menschen geht! ich
habe von ganz andern Dingen mit Ihnen reden
wollen.

Hainfeld. Geschwind thun Sie dazu.

Hofrath. Ernsthaft. Ja, ja! Feierlich. denn
es ist nöthig. Setzen wir uns. Sie wollen sich setzen.
Ehe Mamsell Hainfeld sitzt. Mit Ihrer Erlaubniß —
Die Kette von Ihrem Medaillon ist von der
Schulter gefallen. Er legt sie wieder hin. So. Er faßt
ihr gutmüthig auf die Schulter. Alles dieß galant, und ohne
irgend eine Zudringlichkeit. Freundlich, höflich, jovialisch,
aber durchaus ohne jede, auch die kleinste Hindeutung auf
Sinnlichkeit der gröbern Art. So, liebes Kind! Er nimmt

'ihre Hand und führt sie zum Stuhle. Nun setzen Sie Sich. Sie setzen sich — er küßt ihre Hand. Nun wollen wir zusammen sprechen.

Hainfeld. Sie sind ein so glücklicher Mann, Herr Hofrath.

Hofrath. Ach ja ja Gott Lob!

Hainfeld. So glücklich verheirathet.

Hofrath legt sich langsam auf die entgegen gesetzte Lehne des Stuhles, und sagt recht herzlich: Gott weiß es, ich bin es! — Ja, und was ich sagen wollte — Woher wissen Sie, daß ich glücklich verheirathet bin?

Hainfeld. Jedermann sagt so viel Gutes von Ihrer Frau Gemahlin —

Hofrath. Ja, da hat jedermann Recht! Meine Frau ist viel mehr werth als ich.

Hainfeld. Sie sind galant —

Hofrath. Der böse Feind will's manchmal so.

Hainfeld lacht. Wie? mein Herr —

Hofrath. Lachen Sie nicht, ich bitte Sie um Gottes willen.

Hainfeld. Ich lache sehr gern, mein Herr.

Hofrath sieht weg. Ihr Lachen übt eine solche Superänität über ein Menschenkind aus — Sieht her. Ein — ein recht — recht listiges Antlitz! — Davon habe ich Ihnen aber kein Wort sagen wollen.

— Hainfeld. Ich meine auch, Sie sollten von was anderm reden.

Hofrath. Ganz recht. Ernsthaft. Meine liebe Mademoiselle Hainfeld — Er sieht sie an. Ja, ich wollte nämlich sagen — — Er sieht sie durchdringend, aber freundlich an. Hören Sie, ich glaube, Sie sind ein gutes Kind!

Hainfeld. Ein sehr fröhliches Kind bin ich. Wenn nur mein Prozeß —

Hofrath. Ja, den gewinnen Sie gewiß.

Hainfeld steht rasch auf. Gewiß? O dann —

Hofrath folgt ihr. Ich meine nämlich — ich wünsche es herzlich; denn ich glaube, ich wünsche Ihnen, so wie ich Sie da vor mir sehe, alles Gute.

Hainfeld. Der Prozeß ist in Ihren Händen —

Hofrath. Pst! pst! Ich höre kein Wort — Er hält die Ohren zu.

Hainfeld führt seine Hand sanft herab. Ich will Sie nicht bestechen, lieber Herr Hofrath —

Hofrath. Das könnte doch möglich seyn.

Hainfeld läßt seine Hand fahren.

Hofrath lacht. Hm! die Gefangenschaft hat mir gefallen.

Hainfeld. Aber was wollten Sie mir sagen, lieber Herr Hofrath?

Hofrath. Ja — wieder darauf zu kommen — sehen Sie, es ist ein seltsamer Umstand —

Hainfeld. Welcher? Ist er traurig — das thut nichts. Sagen Sie ihn mir. Ich und die Traurigkeit, wir sind manchmal im Kampf; aber ich bin immer Siegerin.

Hofrath. Scharmant! Er lacht. Auch mein Fall. Scharmant!

Hainfeld. Traurigkeit bringt uns um Glück und Jugend, um Liebhaber und Mann.

Hofrath. Ganz meine Gedanken! ganz! Nur weiter!

Hainfeld. Ich bin fertig.

Hofrath. Aha — Ja, so müßte ich nun anfangen?

Hainfeld. So denke ich.

Hofrath. Nun ja — Sehn Sie, Sie sind ein gutes Kind, ein fröhliches Kind — aber ein gefährliches Kind!

Hainfeld. Ich? Ach, gewiß nicht. Aber sagen Sie mir worin? wem? Ich will es nicht seyn. Ernstlich, ich will es nicht seyn. Reden Sie.

Hofrath. Ja, sehn Sie — da ist — — Kurios! — es geht heute nicht.

Hainfeld. Ich muß Sie bitten —

Hofrath. Nein, liebes Kind — es thut sich nun jetzt nicht. Aber heute noch. Erlauben Sie mir, daß ich wieder kommen darf?

Hainfeld. Sehr, sehr gern.

Hofrath. Nun — dann singen Sie wieder — und dann — bin ich derweile ein Bißchen zu den nöthigen Redensarten präpariert — dann wird es gehen. Er küßt ihre Hand. Ihr gehorsamster Diener!

Hainfeld. Auf Wiedersehen.

Hofrath. Ich weiß nicht — ich weiß nicht — ich will mich lieber auf Wiedersprechen und nicht sehen exercieren. Er geht.

Hainfeld begleitet ihn.

Hofrath lacht. Belieben Sie ganz und gar keine Notiz von mir zu nehmen, so ist es am allerbesten für meinen Zustand. Geht ab.

Hainfeld. Ein wunderlicher Patron — aber wahrlich angenehmer, als der empfindungsreiche Herr Geheimerath!

Vierter Auftritt.

Mamsell Hainfeld. Geheimerrath.

Geheimerrath tritt hastig ein, mit gefalteten Händen vor Mamsell Hainfeld hin, und sieht ihr beschämt ins Gesicht. Er ist in einem Zustande der äußersten Heftigkeit. Friederike!

Hainfeld lacht. Was giebt es?

Geheimerrath. Heftig. Sie sind ruhig? Zwar das sind Sie immer! Daß Sie es jetzt sind — daß Sie — und es beweißt eine Gleichgültigkeit, zu der — zu der ich die Ehre habe, Ihnen mein Kompliment abzustatten.

Hainfeld. Aber um alles in der Welt — Sie lacht. warum sollte ich denn unruhig seyn? Reden Sie doch deutlich; Ihre Heftigkeit ist eine Sprache, die ich eben so wenig verstehe, als ich Ihre funkelnden Augen deuten kann.

Geheimerrath. War das so verabredet?

Hainfeld. Verabredet? was? mit wem?

Geheimerrath. Friederike, Sie machen mich rasend!

Hainfeld. Das werden Sie so leicht. Dem Himmel sey Dank, daß ich an diese Art gewöhnt bin. Sie ist bey Ihnen eigentlich nicht mehr, als bey andern Menschen ein lebhaftes Gespräch.

Geheimerrath. Adieu, Mamsell! Er geht.

Hainfeld. Kommen Sie wieder —

Geheimerrath bleibt stehen.

Hainfeld. In der That, kommen Sie wieder. Ich will ernsthaft seyn, wie ein Küster.

Geheimerrath. Wir müssen uns erklären.
Kommt zurück.

Hainfeld. Ich habe nichts zu erklären.

Geheimerrath. Sehr verbindlich! — Wir wollen ganz ruhig seyn, Mademoiselle. — Mein Herr Schwiegervater war da.

Hainfeld. Ja.

Geheimerrath. Ich habe diese Unannehmlichkeit Ihnen nicht verhüten können! bey Gott nicht!

Hainfeld. Sie hätten auch sehr unrecht daran gethan. Er ist ein sehr angenehmer Mann, und wir haben beide viel gelacht.

Geheimerrath. Was?

Hainfeld. Er kommt heute wieder zu mir.

Geheimerrath. Tappen wir nicht länger im Finstern —

Hainfeld. Ich liebe sehr das Licht, Sie sind das Kind der Finsterniß.

Geheimerrath. Was hat er Ihnen gesagt?

Hainfeld. Höflichkeiten.

Geheimerrath. Sonst nichts?

Hainfeld. Eine Menge artige Dinge.

Geheimerrath. Hat er nicht von — hat er von niemand gesprochen?

Hainfeld. Von mir hat er gesprochen.

Geheimerrath. Heftig. Nicht von mir?

Hainfeld. Kein Wort.

Geheimerrath. Von meiner Frau?

Hainfeld. Keine Sylbe.

Geheimerrath. Nun nun — haben Sie denn die ganze lange Zeit über Sich Selbst mit ihm gesprochen?

Hainfeld. Von meiner Musik, von — ach wer wird Komplimente der Männer wiederholen. Von meinem Prozeß — daß ich ihn gewinnen würde —

Geheimerrath. So! so! — ach — nun verstehe ich — o nun bin ich ganz im Klaren. So so. Er lacht. Sie haben eine Eroberung gemacht.

Hainfeld lacht. Wer weiß?

Geheimerrath. Sie ist der Mühe werth!

Hainfeld. Wissen Sie, daß der Mann sehr angenehm ist? Einem guten, glücklichen Ehemann zu gefallen, das ist eine sehr günstige Vorbedeutung.

Geheimerrath. Friederike!

Hainfeld. Wissen Sie, was mir ein lebhaftes Interesse für den Mann giebt? was ihn recht gefährlich angenehm für mich macht?

Geheimerrath. Gefährlich angenehm! Nun?

Hainfeld. Der Mann hat mir ins Gesicht mit recht großer Herzlichkeit von seiner Frau gesprochen, und wie glücklich sie ihn machte!

Geheimerrath. Nicht alle Weiber haben den entschiedenen Werth seiner Gattin!

Hainfeld. Sehr wenig Männer sind wie der Hofrath —

Geheimerrath. Um Vergebung! so gut wie der Hofrath sind sie alle.

Hainfeld. Das ist die Frage!

Geheimerrath. Er betrügt seine Frau —

Hainfeld. Nein!

Geheimerrath. Aerger als einer.

Hainfeld. Ich sage Nein!

Geheimerrath. Sie sind ja recht lebhaft für ihn eingenommen.

Hainfeld. Die fröhlichen Männer sind nie treulos.

Geheimerrath. Ihr Herr Hofrath hat seit seiner glücklichen Ehe — mehr denn —

Hainfeld. Ich liebe die Rechnungen nicht.

Geheimerrath. Er hat viel Romane ge= habt; er hat —

Hainfeld. Romane? gewiß nicht. Verir= rungen etwa — je nun, wenn zwey Menschen einen weiten Weg zusammen gehen, bleibt wohl einmal der eine hier und da ein wenig stehn, und faßt eine hübsche Aussicht auf — aber — der Fuß ist immer zum Weiterschreiten gerichtet, und mit verdoppelten Schritten eilt er seinem Reisegesellschafter nach. Das sind Verirrungen, die den Werth der Reise am Ziele jedes Tages erhöhn. Aber die ernsthaften, heftigen, gebiete= rischen Menschen, die wollen Romane, die ver= lassen den Reisegesellschafter, ohne nach ihm um= zusehen, die kommen ganz ab vom Wege, so daß der verlaßne Theil sich trostlos nach ihnen umsieht.

Geheimerrath ergreift ihre Hand. Friederike! Sie sind ein Engel an Geist und Herz.

Hainfeld. Wenn Sie mir nun auf eine freundliche Weise gesagt hätten, daß Sie mich für ein gutes Mädchen halten, so hätte mir das Freude gemacht; ich wäre hinunter zu Ihrer Frau

gegangen, und bey unserer Arbeit hätten wir recht
viel Gutes von Ihnen geplaudert. Aber so eine
Fieberbetheuerung! Was soll ich damit machen?

Geheimerrath. Nicht Fieber — nicht
Krankheit — es ist Stärke meiner Seele, die
von Ihrem Wesen ergriffen ist, daß ich es Ihnen
bekenne — ich liebe Sie!

Hainfeld. Ey —

Geheimerrath. Ja, ja, Er schlingt seinen Arm
um sie. ich liebe Sie! werde was da wolle! Sie
müssen es wissen — ich kann den Zustand, in
dem ich leide, länger nicht ertragen — ich liebe
Sie, Friederike!

Hainfeld macht sich sanft von ihm los. Sie empfinden nicht um einen Grad weniger, wenn Sie
etwas weiter von mir — wenn Sie dort stehen!
Sie schiebt ihn etwas zurück.

Geheimerrath. Ha! Grausame! Sie —

Hainfeld. Lieber Freund! kein Trauerspiel —
ich liebe sie nicht.

Geheimerrath. Was habe ich zu hoffen?
was habe ich zu fürchten? Ohne Erklärung gehe
ich in diesem schmerzlichen Zustande nicht von hier,
das bin ich fest entschlossen.

Hainfeld. Sie haben mir also rein heraus
gesagt, daß Sie mich lieben! — Ein sonderbarer
Umstand!

Geheimerrath. Friederike! Sie machen mich wüthend!

Hainfeld. Da sey Gott vor! — Denn ehrlich und ernstlich und wahrhaftig, ich meine es gut mit Ihnen.

Geheimerrath. Sie geben mir das Leben —

Hainfeld. Noch besser aber meine ich es mit mir; das ist begreiflich. Wenn nun ein Mann, der eine herzensgute, liebe Frau hat, mir —

Geheimerrath. Die Sie mißhandelt.

Hainfeld. Mir mit allem Sturm und Gewaltthätigkeit in seinem Hause sagt, daß er mich liebe — so ist das wahrlich ein sonderbarer Umstand! Nicht daß ich unentschieden wäre, was ich für mich dabey zu thun hätte, sondern weil ich auch auf andere dabey zu denken habe.

Geheimerrath. Erklären Sie Sich gütig — so sollen andere dabey gewinnen.

Hainfeld. So viel für jetzt. — *Sie verbeugt sich.* Wir sprechen uns wieder, wenn ich das alles mit mir berichtigt habe.

Geheimerrath. Hassen Sie mich? Sagen Sie mir nur, daß Sie mich nicht hassen.

Hainfeld. Ich hasse niemand als den Advokaten meines Gegners.

Geheimerrath. Sagen Sie mir wenigstens, was kann ich thun, um Ihnen zu gefallen?

Hainfeld. Gehorchen.

Geheimerrath *kniet und küßt ihre Hand.* Ich bin nicht ganz hoffnungslos!

Hainfeld *gebietet ihm aufzustehen.*

Geheimerrath. Schöne Zukunft dämmert durch die Nacht der ängstlichen Zweifel.

Hainfeld *heißt ihn gehen.*

Geheimerrath. Gleichgültige Menschen entfernt man nicht! *Er geht, an der Thüre wendet er sich.* Gleichgültig bin ich Ihnen nicht?

Hainfeld *macht eine Verbeugung.*

Geheimerrath. Nein, nein, gleichgültig bin ich Ihnen nicht! *Er geht schnell fort.*

Hainfeld. Hm! *Sie geht einige Schritte, bleibt stehen, legt den Finger an die Stirne, und sinnt nach.* Ach! — *Sie geht rasch an das Klavier, und spielt die Musik aus Gotters Walder: Selbst die glücklichste der Ehen, Mädchen, hat ihr Ungemach rc. Nach dem ersten Vers verwandelt sich die Bühne.*

Fünfter Auftritt.

In der Hofräthin Zimmer.

Hauptmann von Berg führt **Mamsell Stahl** herein. Sie ist in Reisekleidern. **Jakob** trägt fünf Schachteln, drey kleine Reisesäcke.

Stahl. Mit einer Verbeugung. Recht angenehm, lieber bester Herr Hauptmann — setz nur dahin die Sachen! daß ich gerade Sie die Ehre habe — ey Himmel! Sachte doch! sachte! — es ist ja Porzellain darin — in der — da in der ist es — so seh Er doch zu, was Er thut —

Hauptmann. Es wird Ihrer Frau Schwägerin unendlich leid seyn, daß sie gerade in dem Augenblicke —

Stahl. Ja freylich! — gerade da ich komme — Sie sieht sich um. Bella — Bella! Azor — ach lieber Gott! die Hunde —

Hauptmann. Zu Jakob. Sehe Er doch zu, wo die Hunde sind —

Jakob geht ab.

Stahl. Wo ist denn die Frau Schwägerin hin? Sie wissen es doch gewöhnlich —

Hauptmann. Zu ihrer Tochter!

Stahl. So so? — Hm! von der habe ich kurios reden hören.

Hauptmann. Es ist —

Stahl. Nun, und Sie sind immer noch in den alten Liebes- und jetzigen Freundschaftsbanden meiner Frau Schwägerin? — — Da schreyt die Bella — ach helfen Sie mir doch! der Bengel hat sie gewiß gedrückt — Bella — Bella! Ich komme, Bella! Gehen Sie nur mit! Sie geht.

Hauptmann folgt unwillig.

Jakob kommt indem mit zwey zugedeckten Hundekörbchen.

Stahl. Gieb her — ich nehme den Azor — die Bella nehmen Sie. Ja, wo nun hin mit den armen Thieren?

Hauptmann. Zu Jakob. Wo wird Mamsell Stahl wohnen?

Jakob. Dort.

Stahl. So — so? hinten hinaus? Scharmant! — Trag die Pakete — nein — kommen Sie, wir wollen erst die armen Thiere — — die sind gestoßen! Chausseen! — Nein solche Wege! — Hm! Sie sagen ja kein Wort, Herr Hauptmann?

Hauptmann. Ich habe Sie nicht unterbrechen wollen.

Stahl. Ich bin ungelegen. Ich und meine arme Bella — ja das sieht man wohl. — Und

eine Theuerung, Herr Hauptman, für ein Frühſtück
mußte ich acht und — Ja, und das theuere Chauſſee=
geld — O davon werde ich noch Jahr und Tag —
aber kommen Sie, daß die Thiere zur Ruhe —
packe Er die Koffer ab. — Es liegt noch Sie geht.
etwas kalte Küche im Wagen — und hör' Er! —
Nun erſt die armen Thiere — kommen Sie, Herr
Hauptmann. Sie geht mit dem Hauptmann ins Seiten=
zimmer.

Sechster Auftritt.

———

Die Hofräthin im Halbmantel.   Jakob.

Jakob. Sie iſt da — Gott ſey es geklagt!

Hofräthin. Sorge nur wohl für ihre Sachen.
Geht nach der Seite.

Mamſell Stahl und der Hauptmann kommen indem heraus.

Stahl. Ey Frau Schwägerin

Hofräthin. Liebe Schweſter! Sie umarmen ſich.

Stahl. Sie ſehen ja noch recht wohl aus,
Frau Schweſter; der liebe Freund da auch. — Ich
bleibe nur acht Tage. Was macht mein Bruder?
Nun, und die Frau Geheimeräthin?

Hofräthin. Sie wird kommen.

Stahl. Da solls ja — ein recht hübscher, hüb‹
scher Zeug! *Sie faßt das Kleid an.* Ein Bißchen
leicht. — Nun — bey Julien solls nicht zum
besten hergehen!

Hofräthin. Man übertreibt —

Stahl. Trägt man hier die Kleider jetzt so? —
Nun da muß ich ändern — ja ich bin aus der
Mode. Das ist — wegen Julien — die hat auch
so ohne Präparation heirathen müssen.

Hofräthin. Ihre Wahl.

Stahl. Nun gehts auch darnach. Ist denn
Geld da? — Vermuthlich! — Das muß aber
früh heirathen, sonst — Was macht Herr Fa‹
britius?

Hofräthin. Er war da, und kommt zum
Essen wieder.

Stahl. So so! — Es ist ja gewiß eine
schöne Kostgängerin bey dem Herrn Neveu Gehei‹
menrath? — Sagen Sie mir doch auf der Stelle,
was macht denn die Seefeld? ist sie dicker ge‹
worden?

Hofräthin. Ja, ziemlich.

Stahl. Nun dann muß man es recht sehen,
daß sie verwachsen ist! Ich habe es zuerst gesehen.
Es wollte es niemand glauben — endlich aber —
auf dem Balle — ja ich muß wohl aufräumen,
daß ich aus dem Wege komme. *Sie nimmt Schachteln.*

Hofräthin. Das hat ja Zeit —

Stahl. Ich bin nirgend gern im Wege —

Sie geht mit den Schachteln an die Thüre.

Hofräthin und der Hauptmann nehmen die andern und tragen sie ihr nach.

Stahl. O ich bitte — ich bitte sehr! Zwar der Freund vom Hause — ha ha ha! Er spricht kein Wort mit mir — es thut ja nichts. — Sie dürfen schon mit mir reden.

Hofräthin. Mamsell!

Stahl. Die Frau Schwägerin erlaubt es. *Küßt sie.* Ich habe Sie doch immer gar zu lieb gehabt. *Setzt die Schachtel auf den Boden.* Wissen Sie noch, in der ersten Zeit, wie mein Bruder so — Paßiönchen hatte — alles habe ich Ihnen gesagt. Aber ihm — wenn er so scheel nach unserm Herrn Hauptmann sehen wollte — einen Esel habe ich ihn gescholten. *Hebt die Schachteln auf.* Gefürchtet hat er sich vor mir.

Hauptmann. Das glaube ich.

Stahl. Ich lasse jedermann gewähren. Warum? — ich denke — *Sie lacht und geht hinein.*

Hauptmann. Noch hundertmal ärger wie sonst! *Er folgt.*

Hofräthin. Das weiß Gott!

Sie geht auch nach.

Stahl *bringt beide heraus.* Itzt will ich mich ein wenig umkleiden — Herr Hauptmann, ich werde wohl noch oft die Ehre haben. — *Zur Hofräthin.* Schicken Sie mir doch von dem Prinzeſſinwaſch= waſſer.

Hofräthin. Ich habe es nicht.

Stahl. Sie ſind recht ſchön — immer noch hübſch — nicht wahr, Herr Kapitän?

Hauptmann. Immer noch gut.

Stahl. Das glaube ich, wer weiß das beſſer als Sie — denn — *Sie lacht.* alte Liebe roſtet nicht! Ach Ihr ſeyd ein paar liebe, alte Narren!

Geht ab.

Siebenter Auftritt.

Hauptmann. Hofräthin.

Hauptmann. Die treibt mich aus dem Hauſe!

Hofräthin. Geduld! — Ach mein Freund, Julie iſt übel daran!

Hauptmann. Das weiß ich. Aber die Hainfeld iſt durchaus unſchuldig. Durchaus! Soll ich mit dem Geheimenrath von der Sache reden?

Hofräthin. Ich fürchte, das macht Uebel ärger.

Hauptmann. Aber so darf es doch nicht bleiben. Ganz so schuldig ist der Geheimerath nicht, als Julie denkt — manchmal erlaubt er sich Heftigkeiten — und was die arme Hainfeld dabey aussteht — und was Julie leidet — die Sache beugt mich sehr.

Achter Auftritt.

———

Vorige. Hofrath.

Hofrath. Wo ist Philippinchen?

Hauptmann. Dort.

Hofräthin. Sie kleidet sich.

Hofrath schlägt an die verschloßne Thüre. Pina, mach auf, daß ich Dich an meinen Busen drücke.

Stahl im Pudermantel. Ach lieber Bruder —

Hofrath. Warte — Du bist im Pudermantel, wir wollen eine Einrichtung treffen, uns zu küssen — ohne Arme — Er beugt sich hinüber.

Stahl. Auch sie. Sie küssen sich. Nun, so sag — à propos! —

Hofrath. Halt! — Bist Du gesund?

Stahl. So gesund, daß ich —

Hofrath. Hast Du mich lieb?

Stahl *seufzt.* Ach!

Hofrath. Gut. Nun, und den geliebten Verräther Fabritius?

Stahl. Ecoutez, mon cher frere — ce qui regarde Monsieur Fabritius —

Hofrath. Jetzt fahr wieder hinein und salbe Dich — ich komme hernach. *Er schiebt sie hinein, und macht zu.* Ihr müßt es auch so machen, sonst fährt sie Euch in einer Minute von Jerusalem bis Lübeck und wieder zurück! — Hauptmann — der Geheimerath ist grob gegen meine Tochter; das leide ich nicht. Das Ding muß aufhören; das Mädchen muß da weg.

Hofräthin. Wenn das möglich wäre, wäre es wohl das beste.

Hofrath. Warum sollte das nicht möglich seyn? Weßhalb bildest Du Dir das ein? Wo liegt die Unmöglichkeit? Das möchte ich wissen.

Hofräthin. Der Geheimerath wird es nicht wollen.

Hofrath. Ich bin Vater — ich will es, ich! Und es kann auf gute Art geschehen. — Sieh, liebe Karoline, um Julien Ruhe zu verschaffen — Mein Gott — was thut man nicht für sein Kind! — Ich habe so dem Dinge nachgedacht — und da das

Mädchen — *Er lacht.* Ich bin bey ihr gewesen — es ist ein listiges Ding!

Hofräthin. So?

Hofrath *lacht.* Eine feine — modeste — recht modeste Person; aber — fein, fein! Da der Geheimerath nun so in sie — vernarrt ist — um der Julie Ruhe zu verschaffen, wie wäre es — denn ohne Aufsehen kann man sie doch nicht so gar wegweisen — was meinst Du, wenn Du — so als von Dir — als Deine Idee, das Mädchen hier zu Dir ins Haus nähmest? he?

Hofräthin. *Betroffen.* Zu mir? ins Haus — ich?

Hofrath. Ja, dann wäre dem Uebel auf einmal abgeholfen.

Hofräthin. Dem Uebel wohl — aber —

Hofrath. Nun, was meinst Du? — Hauptmann, was meint Ihr? — Ich nehme guten Rath an.

Hofräthin. Wirklich? Weißt Du, wie Du jetzt aussiehst?

Hofrath. *Zur Hofräthin.* Ich? hm!

Hauptmann *zeigt ihm aus einem Etui einen Spiegel.*

Hofrath *sieht hinein.* Etwas — etwas —

Hauptmann. Verlegen — agitiert!

Hofrath *faßt sich an die Backen.* Es ist heute sehr heiß. *Zur Hofräthin.* Ungemein heiß!

Hauptmann. Da Du denn guten Rath annimmst, — so sage ich, laß —

Hofräthin. Ein Wort. Mein Freund — sag mir auf Dein gutes Gewissen, handelst Du jetzt durchaus als Vater.

Hofrath. Wie? — Er nimmt ihre Hand. Was? was meinst Du, Lina?

Hofräthin. Ob Du Dir genau bewußt bist — in diesem Vorschlage gerade nur als Vater zu handeln? Wenn Du darauf Dein Wort geben kannst — so will ich Juliens Glück mit Freuden die Furcht vor einigen Wallungen aufopfern.

Hofrath sieht die Hofräthin zärtlich an, drückt ihr die Hand, und sagt dann mit gutmüthigem Ungestüm: Laß sie draußen, Karoline. Er geht schnell ab.

Die Hofräthin und der Hauptmann folgen.

Dritter Aufzug.

Der gemeinschaftliche Salon in des Hofraths Hause.

Erster Auftritt.

Die Hofräthin schreibt. **Jakob** bringt ein Herz von Biscuit auf einer Schüssel, umher liegen Rosinen und Mandeln.

Jakob. Das schickt Herr Fabritius an die Mamsell.

Hofräthin. Setze es nur dahin.

Jakob thut es und geht ab.

Zweyter Auftritt.

Hofrath. Hofräthin.

Hofrath. Zu seiner Frau. An wen?

Hofräthin. An Julien. Sie schreibt weiter.

Hofrath. Verfluchter Handel! Er setzt sich an den Tisch ihr gegenüber, und nimmt das Biscuit in die Hand.

Hofräthin. Im Schreiben. Ich bitte sie, daß sie heute wenigstens zu Tische gehe. Schreibt weiter.

Hofrath ißt unter den folgenden Reden von dem Herze. Gut wäre es; denn eigentlich kann sie ihm doch nichts so Arges vorwerfen; und das Mädchen ist wahrlich nicht so uneben.

Hofräthin schreibt. Der Geheimerath ist nicht so gutmüthig wie mancher andere Mann, dem man deßhalb eine Thorheit verzeiht.

Hofrath. Mancher andre Mann — Das bin ich. Er hat die Hälfte von dem Herze gegessen, und wirft die andre Hälfte wieder in die Schüssel. Du wirst wissen, was zu thun ist; wenn mein Blut in Heftigkeit gejagt wird von einem oder dem andern Theil, so mache ich dumme Streiche. Er steht auf.

Hofräthin steht auch auf. Ich schicke den Brief gleich weg. Der Geheimerath kommt hernach zu mir.

Hofrath. Gieb ihn mir — ich will noch ein Wort dazu sagen.

Hofräthin lächelt. Auch das, aber bald.

Sie geht ab.

Hofrath. Ich kann bey meiner alten Seele das niedliche junge Satänchen noch gar nicht vor dem Gesicht wegbringen. — Wenn nur die Weiber

keine Augen hätten, so könnte man sie als hübsche
Statüen betrachten. Aber die Seelenfenster, die
machen das Malheur. — Bin ich es denn, der
die Hexe einquartiert? — Kann ich denn dafür —
wenn so ein Auge, wie ein Passe-par-tout, ein
Kämmerlein meines Herzens nach dem andern
aufschließt, zuletzt bis ins Boudoir bringt, und
da nun nicht mehr weg will? — Er legt die Hand
aufs Herz und spricht dahin. Sie ist darin — es hat
nun einmal seine Richtigkeit. — Lina hat freylich
den Platz da zuerst gekauft — sie mag sie heraus
treiben! Er legt beide Hände aufs Herz. Hausleute, zankt
euch, der Hausherr macht die Augen zu.

Er macht sie zu und geht.

Dritter Auftritt.

Mamsell Stahl. Hofrath.

Stahl. Sprichst Du? — Du bist ja allein —
In dem Alter noch allein sprechen, das ist doch gerade
wie der selige —

Hofrath. Fabritius thut es nicht.

Stahl. Ach, Fabritius! Sie seufzt.

Hofrath. Laß ihn holen.

Stahl. Nein. — Höre, lieber Bruder — ich muß Dir eine Confidence machen. — Aber was hast Du für eine kuriose Frisur? — Du siehst aus, wie — Nun ich wollte sagen —

Hofrath. Schwester, laß die Seitensprünge; wie Du vom Text abkommst, bin ich zur Thüre hinaus. Sammle Dich. Jetzt heb an. Eile, ich muß fort —

Stahl. Heirathen thue ich nun einmal — das Herz will seinen Freund haben. Nun freylich hat Fabritius ein träges Gemüthe —

Hofrath. Der ganze Kerl ist ein Sumpf.

Stahl. Man müßte ihn meliorieren. Aber freylich — eine andre Passion spricht stärker — Der brave Hauptmann —

Hofrath. Immer noch?

Stahl. Es hat sich nicht verlieren wollen.

Sie lacht.

Hofrath. Wenn es sich nur bey ihm finden will.

Stahl. Er ist nun doch auch bey Jahren — Wie wäre es, wenn Du ihn sondieren wolltest?

Hofrath. Will wohl.

Stahl. Wenn Deine Frau nicht ein Hinderniß macht, so geht alles gut.

Hofrath. Meine Frau?

Stahl. Ja du lieber Gott! er war ja vor Dir der alte Liebhaber — hat so lange aus Affektion nicht geheirathet —, kommt alle Jahr zum Besuch —

Hofrath. Kann denn von euch Unholden keine begreifen, daß ein Weib und ein Mann von Ehre Freunde seyn können, wenn das Weib dadurch, daß sie aus eigener Wahl einen andern Mann geheirathet hat, bewiesen hat, welchen sie liebt?

Stahl. Damals liebte. Aber hernach —

Hofrath. Wenn Du ein Wort gegen meine Frau sagst, ich werfe Dich aus dem Fenster.

Stahl. Gegen Deine Frau? Habe ich nicht —

Hofrath. Hast immer Gift gespien.

Stahl. Wer war es, die — Ey und — weißt Du noch — habe ich nicht — O lieber Bruder, jetzt sehe ich es erst recht, Du bist alt geworden; denn es wird Dir bange, wenn man vom Herrn Kapitän spricht.

Hofrath. Es ist nicht wahr. Er fährt über das Gesicht.

Stahl. Du siehst älter aus. Das gewissenlose Leben —

Hofrath. Weib! willst Du mein Gewissen taxieren?

Stahl. Sieh in den Spiegel.

Hofrath. Meine Frau ist just in mein Gewissen verliebt.

Stahl. Deine Passiönchen —

Hofrath. Meine Frau weiß alles.

Stahl. Eben darum.

Hofrath. Vergiebt alles.

Stahl lacht.

Hofrath. Vergiebt wie ein Engel.

Stahl lacht noch mehr.

Hofrath. So giebt es kein Weib auf Erden!

Stahl lacht überlaut.

Hofrath. Uebersetz Dein Teufelslachen in Worte.

Stahl. Die Weiber kenne ich.

Hofrath. Nein.

Stahl. O lieber Bruder, wir vergeben nichts, auf der Welt nichts. Wenn es scheint, so ist es List, um mehr zu erfahren.

Hofrath. O der Engelsgüte, die Du nicht kennst!

Stahl. Ja, du schöne Güte! Engel sind wir alle. Verlaß Dich darauf, wir sind feurige Engel. Vergeben wir, so ist es List, oder wir machen uns nichts mehr aus dem Beleidiger, und wollen Profit aus der Vergebung ziehen.

Hofrath. Bocksfüße haſt Du, Hörner, Kral=
len, glühende Augen, und —

Stahl. Sie iſt unſchuldig. Du taugſt nichts.
Darum hat ſie den noblen Hauptmann zum Seelen=
troſt. Darum vergiebt ſie Dir. Thu ihn weg, ſo
weißt Du doch, daß Du nicht mehr ausgelacht wirſt.

Hofrath. Wer lacht mich aus?

Stahl lacht.

Hofrath. Wo? wie? warum? von wem bin
ich ausgelacht?

Stahl. Davon lacht. wäre nun gar zu viel
zu reden. Auf der letzten Station — auch in mei=
nem Orte — und hier — die Kinder auf der Gaſſe —

Hofrath. Fahr aus, Du unſauberer Geiſt!

Stahl. Nein, er iſt eingefahren, in Dich!
Und das iſt gut; ſo gehen Dir die Augen auf, ſo
beſſerſt Du Deinen Wandel, ehe es — noch weiter
kommt.

Hofrath. Weißt Du, was Du bewirkt haſt?
Gleich will ich hingehen und meiner Frau ein aller=
liebſtes Präſent kaufen, zur Buße, daß ich Dich
angehört habe.

Stahl. Geh doch — kauf nur — unterwe=
ges — wirſt Du doch hin und her denken über
meine Wahrheiten. Thu den Hauptmann weg; es
iſt gut für alle.

Vierter Auftritt.

Vorige. Fabritius.

Fabritius. Vielwertheſte Mademoiſelle, glück
ſelig iſt der Tag — ſo auch vielwertheſter Herr Hofrath, glückſelig iſt der Tag — wo ich —

Stahl. Wie geht's, mein Lieber?

Fabritius. Wo ich die Ehre und das Vergnügen haben kann, Ihnen mein Compliment abzulegen.

Hofrath. Nun ſo legen Sie es ab. — Jetzt
wollen wir einmal zuhören. Allons, Herr Fabritius!

Fabritius huſtet. Nämlich — ich wollte
ſagen — Huſtet.

Stahl. Recht, guter Herr Fabritius.

Fabritius. Es — es — es iſt von denen
erſten Aeltern im Paradieſe, bis daher —

Hofrath. Das iſt zu lange — Ihre Hand,
Herr Fabritius — Nimmt ſie. Deine, Pinchen!
Nimmt ſie. Kommt, umarmt Euch recht zärtlich.

Fabritius. O, o, o! Zurück tretend. Ich habe
zu deprecieren.

Hofrath. Das erste zärtliche Wiedersehen! *Er führt sie mit Gewalt zusammen, daß sie nahe kommen.*

Fabritius. So will ich denn meine Lippen zu einer zärtlichen Begrüßung dargeboten haben, wenn es nicht anders seyn soll.

Stahl *hält den Backen hin.*

Fabritius. Mit Erlaubniß — *Er giebt Hut und Stock an den Hofrath, dann umarmt und küßt er sie; darauf nimmt er Hut und Stock wieder, und sagt nach tiefer Verbeugung:* Mich gehorsamst zu bedanken.

Hofrath. Keine Ursache, Herr Fabritius.

Stahl. Liebster Herr Fabritius, lassen Sie Sich eine andere Perücke machen. Aus der sehen Sie wie eine Schnecke aus ihrem Hause.

Fabritius. Sie ist frisch accomodiert, und —

Hofrath. Nun jetzt accomodiert Euch. Adieu!

Fabritius. Mein geringes Präsent an Mademoiselle —

Hofrath. Das will ich erst sehen —

Fabritius. Ist — wie ich sehe, günstig aufgenommen.

Stahl. Ich habe keines erhalten.

Fabritius. Dort steht es.

Stahl und Hofrath. Wo?

Fabritius. Ey — hihihi — dort! Sie haben mein halbes Herz, wie ich sehe, schon verspeiset? —

Stahl. Was? Sie unterstehen Sich? —
Mir? — Bruder, ein altes, halbes Herz schickt
er mir!

Hofrath. Ist das ein Präsent an meine
Schwester? Gott steh' uns bey — Herr Fabritius,
ich habe Ihr Herz gefressen. Vergeben Sie mir
den Kannibalenstreich!

Fabritius. So? Ey, ey! Mit dem Ge-
schenk ist's dazu fein gestellt gewesen! hihihi! Der
alte Monsieur Kugelmann, mein Ladendiener, und
ich haben es ausstudiert, und drey Abende darüber
raffiniert. Das Herz ist mein, Christoph Fabritii
Herz, und hat es Herr Gotthardt Müller von
besten Ingredienzien verfertigt. Die Krachman-
deln stellen vor, wiederum mich, als Liebhaber,
hart zu betrachten, aber süß zu lieben. Die Rosinen stellen vor, die Mademoiselle Stahl. Gleich
wie dieselben Rosinen wohl gereift und gedörrt
sind, sind sie dennoch innerlich süßen Geschmackes;
so die Mademoiselle, wohl gereift an Jahren,
und äußerlich nicht durchaus glatt von Haut,
doch innerlich süßen Geistes.

Stahl. Herr Fabritius, Sie sind innerlich
und äußerlich ein alter grober Bengel. Geht ab.

Hofrath geht auch lachend ab.

Fünfter Auftritt.

Fabritius. Hofräthin. Geheimerrath.

Fabritius. Ey, sehen Sie doch um Gottes willen, was mir da wieder passiert ist. So eben heißen mich die Mademoiselle einen alten groben Bengel.

Hofräthin. Ich bedaure Ihren Unstern.

Fabritius. Eben da ich mich bey Ihnen wegen des Teufelholens von vorhin noch habe erkundigen wollen —

Hofräthin. Ihr Unwille mag —

Fabritius. Was ist nun zu thun? Zu Hause habe ich mein Essen abbestellt, weil ich hier eingeladen bin.

Hofräthin. Dabey bleibt es auch —

Fabritius. Aber nach der Schmähung, mit dem — gleichsam — Bengel —

Hofräthin. Das legt sich wieder.

Fabritius. Ich habe sie nur — wegen ihres reifen Alters — mit einer gedörrten Rosine verglichen.

Hofräthin. Machen Sie eine Promenade in den Garten; wir kommen nach.

Fabritius. Sagen Sie nur der Mademoiselle: aus Alter und Gestalt machte ich mir nichts. Denn eigentlich zu lieben — so gemein habe ich mich nie gemacht. Und wenn sie so alt wäre und so verdrießlich, wie — gleichsam — im historischen Bildersaal die Löwen an Salomons Thron abgebildet sind, mir wäre es recht. *Geht ab.*

Sechster Auftritt.

———

Hofräthin. Geheimerrath.

Hofräthin. Nun, wir sind allein!

Geheimerrath. Wie werden wir jetzt von einander scheiden? Es ist weit — es ist auf das höchste gekommen.

Hofräthin. Ich erwarte Ihre Erklärung.

Geheimerrath. Als ich die geben wollte, stand es besser. Seitdem — Ich kann nicht daran denken — Nein, nie hätte ich das für möglich gehalten!

Hofräthin. Ich bliebe gern ruhig, aber Sie machen mir es unmöglich. Vollenden Sie.

Geheimerrath. Ja, Madam, ich fürchte, daß eine Erklärung nichts Gutes mehr stiften kann.

Hofräthin. Wünschen Sie das?

Geheimerrath. Wahrlich, ich bin ein guter Mensch!

Hofräthin. Was hat meine Tochter gethan?

Geheimerrath. Stolz, Trotz, Bitterkeit, Tücke — alles hat sie mich —

Hofräthin. Sie reden mit ihrer Mutter; vergessen Sie das nicht.

Geheimerrath. O wenn Sie Julien gesehen hätten, Sie würden sagen —

Hofräthin. Von Sich reden Sie nicht.

Geheimerrath. Ich bin ein Mensch, Madam! aber —

Hofräthin. Ein guter Mensch, wie Sie sagten; noch hoffe ich das, sonst würde ich abbrechen. — Sie haben, sagten Sie mir oft, Achtung für mich; Sie sind der, von dem meiner Tochter Glück oder Unglück abhängt; Sie hatten die Eigenschaften, die eine gute Ehe versprachen — ich bin Ihre Freundin, weil ich hoffe, diese Eigenschaften sind nur verdunkelt, nicht verloren — wollen Sie Ihre Freundin hören?

Geheimerrath. Reden Sie.

Hofräthin. Meine Tochter ist zu weich, zu empfindlich — aber sie ist gut. Sie sind zu hart

und unbeugsam. — Geben Sie mir jetzt, wenn es
Ihnen ernstlich um Ihr Glück und meine Ach=
tung zu thun ist, Beweise, daß Sie noch gut
sind — Sagen Sie mir als Mann von Ehre,
hat meine Tochter ganz und gar keine Ursache
zum Argwohn?

Geheimerrath. — Einige. Aber sie über=
treibt die gewöhnlichsten Dinge, Dinge, erlau=
ben Sie mir es zu sagen — die sie im väterli=
chen Hause weit großmüthiger hat behandeln
sehen.

Hofräthin. Der Offenheit ist Rückkehr zu=
zutrauen. Der Offenheit und Gutmüthigkeit kann
eine Frau, wenn auch mit Schmerz, nachsehen;
dem Stolz und der Unart — kann man nichts
verzeihen — wenn anders das Selbstgefühl noch
spricht.

Geheimerrath. Sie sehen mich in dem
Lichte, wie meine Frau; da ist keine Uebereinkunft
möglich. Trennen wir lieber ein Band, das beide
Theile elend macht.

Hofräthin. Dieß ist das letzte, schreckliche
Mittel. Ehe wir es brauchen, eine Frage: —
Glauben Sie, daß meine Tochter Sie liebt?

Geheimerrath. Ja.

Hofräthin. Und Sie, empfinden Sie gar
nichts mehr für meine Tochter?

Geheimerrath. O wenn sie wäre, wie sie
im ersten halben Jahre war, anbeten würde
ich sie.

Hofräthin. Sie hätten also keine Liebe,
aber noch sehr viel Freundschaft für Ihre Frau? —
Antworten Sie mir nicht. — Die Liebe, die Sie
sonst für Ihre Frau fühlten, fühlen Sie jetzt für
eine andere. — Ich bitte, lassen Sie mich aus=
reden. — Wollten Sie wohl einen Rath, eine
Bitte von mir annehmen?

Geheimerrath. So wahr ich ein ehrlicher
Mann bin, ich wünsche — alles was mir nur
irgend möglich ist.

Hofräthin. Ich habe meiner Tochter gera=
then, anständig bey Tische zu erscheinen, um Ihr
Ansehen und Ihre Verlegenheit zu schonen. In
das Uebrige will ich mich nicht mischen. — Aber
Sie selbst, wollten Sie wohl einen Schritt thun,
der Sie vorwurfsfrey machen kann?

Geheimerrath. Sehr gern!

Hofräthin. Freundschaft empfinden Sie
noch für Ihr unglückliches Weib — Achtung müs=
sen Sie für sie haben. Weg mit dem Stolze
und der Unwahrheit! sie ist des Mannes so unwür=
dig, wie kindischer Trotz. Der Freundin sind
Sie Offenheit schuldig. Drohen Sie nicht —
verschweigen Sie nichts. Berathen Sie Sich
über Ihre Lage mit Ihrer ersten Freundin.

Geheimerrath. Sie meinen —

Hofräthin. Daß Sie ihr einen Beweis von Vertrauen geben sollen. Sagen Sie ihr: — „Julie — ich bin verirrt, dahin — so weit! Aus eigenem, raschen Entschluß finde ich mich nicht gleich wieder. Aber ich will mich wieder finden. Du bist meine beste Freundin, rathe mir und mache mir es leicht, daß ich mich wieder finde. Sage mir, was kannst Du von Deiner Mitwirkung versprechen, was kannst Du nicht?"

Geheimerrath. Und dann?

Hofräthin. Sagen Sie mir, was Julie thut und will.

Geheimerrath. Ich will es thun.

Hofräthin. Der Mensch kann vieles, wenn er seinen innern Werth anerkannt sieht — ach, und das Weib thut alles, und duldet alles, wenn das Herz nur nicht ganz leer ausgeht.

Geheimerrath. Liebe, gute Mutter! warum empört mich Julie, und ich gehe nach jedem heftigen Augenblicke geringern Werthes von ihr, da Sie mich erheben, ohne mir je etwas nachgesehen zu haben?

Hofräthin. Weil — die Mutter eine Zuflucht für beide ist — die Ehefrau aber Ihnen ein Hinderniß ist. — Lassen Sie der armen Julie einige Rechte — Ihre übrigen alle vermehren Sie dadurch.

Geheimerrath. In diesem Augenblicke gehe ich zu ihr.

Hofräthin. Nicht heftig.

Geheimerrath. Bey Gott nicht.

Hofräthin. Nicht stolz.

Geheimerrath. Herzlich.

Hofräthin. Nicht abgeschreckt von dem ersten Hinderniß, das Juliens bis daher gereizter Stolz machen könnte.

Geheimerrath. Gut, daß Sie daran mich mahnen, es soll mich nicht schrecken.

Hofräthin. Ohne Herrschsucht.

Geheimerrath. Mit dem festen Willen, mir und Julien ein besseres Leben zu bereiten — mit erweichtem Herzen — mit dem Willen, Julien zu gewinnen.

Hofräthin. Glück zu — mein Sohn! und der Segen Ihrer Mutter, der Segen einer glück: lichen Frau geleite sie! Sie umarmt ihn.

Geheimerrath. Fort! — Wir sehen uns wieder! Er geht schnell ab.

Hofräthin. Zur guten Stunde — das gebe Gott!

Siebenter Auftritt.

Mamsell Stahl. Hofräthin.

Stahl. Was hat der gewollt, Frau Schwester?

Hofräthin. Gutes.

Stahl. Warum läuft er denn wie toll? Und — ach, denken Sie nur — man kann nicht mehr froh werden — da habe ich die Bella — Apropos, haben Sie meinen Azor schon tanzen sehen? Sehen Sie, der tanzt wie — — Ja so, vom Tanzen: Juliens Heirath hat sich, höre ich, auf einem Ball angesponnen? Ja die Ballheirathen, die werden nachher auch so — — Da hüpfen, da springen die Menschen so in den — — Springen? — Hm! da habe ich die Bella auf die Kommode mit ihrem Körbchen gesetzt, sie springt heraus — schreyt, und nun schont sie das Füßchen. Sehen Sie, so geht es.

Hofräthin. *Ungeduldig.* Ach ja!

Stahl. Sie haben die Julle auch verwahrt, wie ich meine Bella — da geht sie auf den Ball, und — Sagen Sie mir doch, wird denn hier noch geschwind getanzt? denn das —

Hofräthin. Ich weiß es nicht. In die Welt komme ich nicht viel mehr.

Stahl. Sie haben Sich doch sehr konserviert. Das macht die Ruhe des Gemüths. — Hat denn mein Bruder noch immer seine Liebschaftchen? — Ganz unter uns — mein Bruder verdient so eine Frau gar nicht. — Ich habe es ihm aber gesagt. Sie sind zu gut.

Hofräthin. Ich kann nicht dankbar genug gegen seine Offenheit seyn.

Stahl. Sie lacht. Offenheit? — Die Männer sind Spitzbuben. Sie lacht. Mein Bruder ist ein Erzspitzbube.

Hofräthin. Liebe Schwägerin —

Stahl. Nichts — Man muß alle Männer prostituieren — es ist heilsam. — Sie bekennen nur deßhalb alles, daß sie uns aufs neue bequem betrügen können.

Hofräthin. Nicht doch! Ihr Bruder ist so —

Stahl. Ich kenne ihn. Er ist wieder in neuen Stricken. Der Doktor Herbst war da — Pst, pst! — näher! — Sie zieht die Hofräthin zu sich. Er war bey der Hainfeld.

Hofräthin. Das hat er mir gesagt.

Stahl. *Auf die Brust deutend.* Hier trägt sie es — Medaillon — *Lacht.* geschenkt — ächte Perlen — Wie toll ist er — verliebt — confus!

Hofräthin. Sie sind recht spaßhaft, liebe Schwester.

Stahl. Wie manche Frau — ja, wahrhaftig. Nun kurz von der Sache, mit dem Hauptmann bewundere ich Sie.

Hofräthin. Mit dem Hauptmann?

Stahl. Ja ja! — tapfer defendiert habe ich schon.

Hofräthin. Defendiert?

Stahl. Ich begreife alles — Die Welt geht freylich nach dem Schein. — Die Welt — *Sie lacht.* aber ich verstehe es.

Hofräthin. Wo habe ich —

Stahl. St! Sie haben nur mit dem wackern Kapitän Ihren Mann in Respekt halten wollen — Eine andere Frau freylich — Und der Hauptmann ist ein wackerer Mann — immer noch hübsch — und zärtlicher Art und Weise — *Sie lacht.* Nun natürlich — ich verdenke es Ihnen nicht — Die Leute — o lieber Gott! *Sie lacht.* die sind Lästermäuler — die muß man schwatzen lassen.

Hofräthin. Auf diesem Punkt bin ich nicht nur gewissenhaft, sondern sehr empfindlich. Reden Sie rein heraus, was Sie meinen.

Stahl *küßt sie.* Sie könnten meinen Bruder recht unglücklich machen, wenn Sie Ihr Herz, zur Strafe seines Leichtsinns, von ihm ab, eins mal ganz zum Hauptmann wendeten, wie die Welt meint.

Hofräthin. Ist es möglich, kann die reinste Freundschaft, die ängstlichste Vorsicht —

Stahl. *Sie lacht.* Das hilft alles nichts! Der Schein — der Schein!

Hofräthin. Mein Gott!

Stahl. Sie sind erschrocken — Sie sind sehr erschrocken —

Hofräthin. Erbittert, im höchsten Grade! so sehr —

Stahl. Wissen Sie was ich thäte? Eine Frau gäbe ich dem Hauptmann; ich selbst gäbe sie ihm; und dann spräche ich — Da ihr Schands mäuler, erkennt mich!

Hofräthin. Nein, es ist unbegreiflich —

Stahl. Manche wird sich an seinen lange ledigen Stand, und seine lange Verehrung Ih: rer Person freylich stoßen — — aber — Frau Schwester, Sie dauern mich, daß Sie bey aller Tugend vor der Welt blamiert seyn sollen —

Hofräthin. *Lebhaft.* Das geht zu weit! Ich werde mich entschließen —

Stahl. Ich bin die Person, die für die Familie was zu thun geneigt ist, und für Ihren guten Namen will ich mich aufopfern. Gott lenkt die Herzen wie Wasserbäche — Bittet der Hauptmann um meine Hand, so spreche ich: „Herr, Dein Wille geschehe." Geht ab.

Hofräthin. Ist es ihre Albernheit allein — ist es mehr — wer sagt mir —

Achter Auftritt.

Hofräthin. Hofrath und Mamsell Hainfeld.

Hofrath. Scharmantes Kind, die da ist meine Frau — Das ist Mamsell Hainfeld. Das gute Kind wünscht Deine Bekanntschaft.

Hainfeld. Schon längst —

Hofräthin. Mademoiselle —

Hofrath. Beide Theile haben die Ehre sich so wohl zu sehen; der Unterthänigste liefert hier Stühle— Er hat Stühle gesetzt. Die Engel setzen Sich. Er führt sie zu den Stühlen. Wollen Sich gefälligst beiderseits nicht mit Komplimenten ennuyieren. Sie setzen sich. Sie, mein Kind, können jetzt mit dem Fächer

etwas rauschen — Du — kannst die Hände reiben —
Jetzt beseht einander von Kopf bis zu Fuß — So!
nun ist der Eingang gemacht.

Hainfeld. Besser lernen wir uns kennen,
wenn Sie uns jetzt etwas allein lassen wollten.

Hofrath. So? Das ist doch gegen meinen
Plan. Allein Befehle aus einem schönen Munde
sind von jeher mein heiligstes Gesetz gewesen. —
Also — der Sklave verschwindet. Geht ab.

Neunter Auftritt.

Hofräthin. Mamsell Hainfeld.

Hofräthin. Entschuldigen Sie mich, wenn
ich trocken scheine. Ich bin es nicht; aber nicht
immer kann man der Einwirkung der Begebenheiten widerstehen.

Hainfeld. Auch mich will hier meine Heiter-
keit verlassen; und wahrlich, ich bin mir doch nicht
bewußt, daß es so seyn müßte.

Erinnerung.

Ich wünsche, daß die Hofräthin, wie sie in der
ganzen Unterredung seyn soll, hier schon anfängt,
sich zu geben, das Uebergewicht der Frau über das

Mädchen zu nehmen. Freundlichkeit, Festigkeit,
Güte und Karakter geben es ihr. Sie hat keine
Manier, keine weibliche kleine Verzierungen, sie
geht gerade aus. Selbst im äußern Benehmen ist
eine Sicherheit und Leichtheit der Art und Weise,
die von dem gewöhnlichen Benehmen dadurch abweicht,
daß auch allgemein angenommene Nüancen der Konversation bey dieser Frau das Gepräge ihrer Unbefangenheit und Eigenheit haben. — Der Verfasser
will mit dieser Erinnerung weniger ängstlich binden,
als vielmehr suchen, sein Ideal der Künstlerin deutlich zu machen, welche diese Rolle giebt; etwas,
das dem Karakter selbst etwa abgehen möchte, so wie
ihn der Verfasser aufgestellt hat.

Hofräthin. Irre ich nicht, so ist es mehr
als ein Besuch, was Sie zu mir führt?

Hainfeld. In jeder Rücksicht habe ich mir
Belehrung durch Sie, allgemein geachtete und
geliebte Frau, gewünscht; aber über eine Sache
besonders. — Ach Madam, Sie kennen mich
durch Thränen. Ich habe sie nicht erregt, ich
verdiene nicht, daß man um mich weint; lassen
Sie mich offenherzig davon reden.

Hofräthin. Ja, liebes Kind! Reicht ihr die
Hand. Und ich danke Ihnen dafür.

Hainfeld. Mit mäßigem Vermögen und
vielem Frohsinn bin ich allein in der Welt. Ich
habe keine Aeltern, lieblose Verwandte, manche

so genannte Anbeter, keinen Freund, den ich achte —
ich bin allein. Aus Grundsatz habe ich mich gewöhnt, fast alles zu meiner Unterhaltung zu betreiben. Freundschaftlich hat Ihre liebe Tochter
mich aufgenommen. Den Geheimenrath erfreuen
meine Talente, endlich scheine ich ihm interessant.
Ich hoffe das wegzuscherzen. Julie mißversteht
mich, und ist sehr unglücklich. Der Geheimerath
scheint endlich eine ernsthaftere Neigung für mich
zu empfinden. — Ich fühle durchaus nichts für
ihn: aber mein Scherz vermehrt seinen Ungestüm
statt ihn zu seiner Pflicht zurück zu führen. Da
sehe ich mich nun auf einmal in einer Lage,
worin ich durchaus das Gute will, und es nicht
zu bewirken verstehe. Helfen Sie mir dazu —
oder es ist um meinen guten Muth auf lange,
oder gar auf immer geschehen!

Hofräthin. Liebes Kind — ich umfasse
Ihre Lage. Sie haben Sich nichts vorzuwer-
fen — als Unvorsichtigkeit.

Hainfeld. Mein Gott, nein! ich bin —

Hofräthin. Für die Eitelkeit der Männer
ist es —

Hainfeld. Eben die ist mir so unbeschreiblich lächerlich — daß ihre kleinen und großen
Künste niemals den mindesten Eindruck auf mich
gemacht haben. Die Unterhaltung mit diesen
Puppen war mir ein Schachspiel, in dem ich

ihnen, wenn sie eben den entscheidenden Stein
gegen mich zu ziehen glaubten, mit herzlichem
Vergnügen das — Matt! — entgegen rief, und
dann diese listigen Gebieter betäubt stehen ließ,
daß sie der Ohnmacht ihrer Künstlichkeiten recht
nachdenken konnten.

Hofräthin. Gut. Aber reitzten Sie nicht
eben dadurch zu neuen, angestrengten, feineren
Künstlichkeiten? Können Sie für den Augenblick
stehen, wo endlich dieses Spiel Sie auf einmal
verwickelt? Der Eitelkeit der Männer ist es genug, zu wissen, daß ein Herz schwer zu gewinnen ist, um es unablässig und auf Kosten aller
Verhältnisse zu bekämpfen.

Hainfeld. Beschämt. Aber meine Laune will
Unterhaltung.

Hofräthin. Und Ihr Geist könnte ihr keine
andere verschaffen, als diese höchst gefährliche?

Hainfeld. Mit ihrem Fächer spielend, verlegen.
Es ist wahr, ich peinige die Männer gern mit
einem Uebergewicht, das ihr Kleinigkeitsgeist mir
giebt.

Hofräthin. Sollten Sie es nicht wissen,
daß nach dem geringen Begriff, den die meisten
Männer von unserm Geschlecht anzunehmen sich
berechtigt glauben — ihrer viele dieß Betragen
für eine Aufforderung halten?

Hainfeld hält den Fächer schnell vor das Gesicht, und sagt rasch und erschrocken: Das ist abscheulich! Der Fächer sinkt herab. Abscheulich!

Hofräthin. Sehen Sie, liebes Kind — so haben Sie gegen Ihre Absicht — die Gefahr meines Schwiegersohns — und das Unglück meiner Tochter veranlaßt.

Hainfeld. Ach Madam —: Sie stützt den Kopf auf die Hand. Sie machen mich sehr unglücklich! :

Hofräthin. Durchaus nicht, da ich Sie auf Sich aufmerksam gemacht habe.

Hainfeld seufzt. O weh! — Nach einer Pause. Mein guter Muth ist weg. Sie nimmt ihre Hand. Das Uebel ist da — Wie hebe ich es?

Hofräthin. Durch Ihren Verstand — sicherer noch durch Ihr Herz.

Hainfeld. Nein, nein! Erlauben Sie, daß ich aufstehe. Sie steht auf, geht einige lebhafte Schritte, bleibt auf einmal stehen, sieht die Hofräthin an, und sagt betäubt: Ich habe die Gewißheit über mich verloren — nun weiß ich mir nicht zu helfen. — Rathen Sie mir.

Hofräthin. Plötzlich darf nichts geschehen.

Hainfeld. Das begreife ich. Es kann auch nicht seyn. Mein Prozeß, meine Ehre — ach die arme, arme Julie! — Sie haben mich durchaus höchst — höchst unzufrieden mit mir gemacht

Hofräthin. Das sehe ich — und das bürgt
für Ihr Herz, dem ich meine ganze Achtung
widme, liebes Kind.

Hainfeld. Wirklich? Ich danke Ihnen.
Sie küßt ihr die Hand. Nein, lassen Sie mir diese
Hand, lassen Sie mich Sie kindlich verehren. —
Glücklich, glücklich ist das Herz, das unter dem
milden Einfluß der Mutterliebe leben kann! —
Sie seufzt. Ich bin allein!

Hofräthin *hält ihre Hand. Liebe Tochter —*
Sie sieht sie mit der innigsten Güte an. Ist Ihr Herz ganz
frey?

Hainfeld. Ganz!

Hofräthin. Gewiß? — Ich frage es nicht
ohne Bedeutung! — Ganz frey?

Hainfeld. Ganz frey! Findet man unter
der seelenlosen, selbstsüchtigen Menge so leicht
einen Gegenstand, an dem das Herz verweilen
kann? Niemals werde ich lieben können, wo ich
nicht achten muß. — Ach, Sie haben einen tiefen Eindruck auf mich gemacht!

Hofräthin. Wohl uns beiden! Gehen Sie
jetzt — seyn Sie — ich bitte darum, in Ihrem
Hause unbefangen.

Hainfeld. Aber wie mache ich gut? —

Hofräthin. Davon reden wir, wenn mein
guter Wille und meine Liebe für Sie Ihnen
wieder erscheint.

Hainfeld. Und wann werde ich diese liebe Erscheinung haben?

Hofräthin. Bald — heute noch!

Hainfeld. Gewiß?

Hofräthin. Gewiß!

Hainfeld. Ich erwarte Sie mit aller Sehnsucht einer guten Tochter und mit aller Willenskraft eines unverdorbenen Mädchens! —

Umarmt sie und geht schnell fort.

Zehnter Auftritt.

Hofräthin. Der Hauptmann kommt aus der Mitte, da Mamsell Hainfeld zur Seite abgeht.

Hofräthin. Geben Sie mir die Hand, mein Freund. Ich habe eben etwas ganz gut gemacht — und ich muß mein Vergnügen mit jemand theilen.

Hauptmann reicht ihr die Hand. Es ist wohl mein Abschied, liebe Hofräthin.

Hofräthin. Warum?

Hauptmann. Ach, da plagt mich der Hofrath mit einer Idee Ihrer Schwägerin von Hei

rath — Dieß alte Mädchen verdirbt mir meinen
Besuch; ich gehe wieder zum Regiment.

Hofräthin. Lachen Sie über sie —

Hauptmann. Nun, zum Lachen bin ich
eben nicht gestimmt, wenn ich hier bin —

Hofräthin. Das — das ist es eben, weß=
halb Sie reisen wollen! Wackerer Mann — ich
sehe Ihr Herz gern auf diesem Punkte des
Gefühls.

Hauptmann. Wie?

Hofräthin. Vieljährige Bekannte — ver=
stehen sich ohne Erzählungen. Ich verstehe Sie.

Hauptmann seufzt. Ehedem kam ich, außer
dem Drange meiner besondern Freundschaft für
Sie — die ewig dauernd seyn wird — auch deß=
halb gern hierher, weil ich wußte, daß ich Ihnen
nützlich seyn konnte. Der Hofrath setzt Vertrauen
in mich; so konnte ich ihn von mancher seiner
kleinen Verirrungen einlenken machen. Er ist
ruhiger geworden, Sie sind beide ungetrübt glück=
lich — nun habe ich hier nichts mehr zu thun.

Hofräthin. Gütig. Herr Hauptmann —

Hauptmann. Wahrlich es ist so. Ueber
der Beschäftigung für Ihr Glück vergaß ich
meines. Es war mir genug, wenn Sie und Ihr
guter Mann mir sagten: — Wir danken Dir eine
gute Stunde. Ich sagte mir: Du hast sie geschaf=

fen — und ging ruhig fort. Nun aber — ach! es ist besser, wenn ich nicht mehr, oder sehr selten, in diese Stadt komme.

Hofräthin. Ist das Ihr Ernst?

Hauptmann. Wahrhaftig. Ich weiß nicht wie mir dießmal so sonderbar zu Muthe ist. Freylich nimmt die Stärke der Empfindung mit den Jahren wohl ab; aber die Weichheit nimmt zu, und das macht nicht glücklich. — Ich will zum Regimente.

Hofräthin. Allein müssen Sie nicht zurück gehen.

Hauptmann. Wie?

Hofräthin. Lassen Sie Ihre Empfindung Herr werden, und Sie sind glücklich.

Hauptmann. Das sagen Sie!

Hofräthin. Ich habe diese Saite noch nie berührt, weil ich ungewiß war, was ich Ihnen rathen sollte.

Hauptmann. Und jetzt wären Sie nicht mehr ungewiß?

Hofräthin. Ihre öftern Besuche in meines Schwiegersohns Hause habe ich mit Vergnügen angesehen — kurz — ich bin durchaus entschieden, Ihnen Glück zu wünschen, seit ich die Hainfeld kennen gelernt habe.

Elfter Auftritt.

Vorige. Hofrath.

Hofrath. Verdrießlich. Wo ist die Hainfeld?

Hofräthin. Nach Hause.

Hofrath. Lebhaft. Geschickt? Fortgeschickt? — Hm! liebe Karoline, das ist denn doch ein Bißchen zu gewissenhaft.

Hofräthin. Du thust mir Unrecht, lieber Freund.

Hofrath. Auf seiner Hut kann man seyn, aber höflich muß man doch bleiben.

Hofräthin. Glaubst Du denn —

Hofrath. Nein, — das macht mich verdrießlich! das macht mich ärgerlich! das ist nicht der Weg, das nicht!

Hofräthin. Ich begreife Dich nicht.

Hofrath. Ach ja! ja, ja, der Hauptmann Seelentrost hat die Ordre gegeben.

Hauptmann. Ich habe die Hainfeld hier nicht einmal gesehen.

Hofrath. Ja doch — aber draußen. Ich habe es ja wohl gesehen, wie das Glas unverwandt die Gasse hinabsah — und nie sah man genug — immer wurde es abgerieben — und dann flugs — zur Madam; dann Konferenz, dann — *Zur Hofräthin.* Das ist nicht die Manier, mein Engel.

Hofräthin. Wir haben kein Wort von Dir gesprochen.

Hofrath. Ich bin gut, aber ich bin kein Kind.

Hofräthin. Wenn ich Dir sage —

Hofrath. Du bist gescheut, Karoline; aber wenn Du gar aus Klugheit zu hoch gehst, dann wird mir es zu bunt. Sie hätte dableiben sollen.

Hofräthin. Hätte ich nur vermuthet —

Hofrath. Sie hätte da essen sollen — und *Zur Hofräthin.* den Zügel muß man mir nicht schießen lassen, aber den Kappzaum vertrage ich nicht; da schlage ich aus, und zerreiße das Zeug. *Sehr heftig, indem er fortläuft:* Ich wünsche wohl zu speisen!

Hauptmann. *Gutmüthig.* Ich eile zum Regiment.

Hofräthin. Essen Sie bey meinen Kindern. Ich habe Sie in meinem Billet dort gemeldet.

Hauptmann. Den Hofrath begreife ich nicht.

Hofräthin. Sehen wir ihn das erstemal so?

Hauptmann. So? Ja, er war wohl schon viel heftiger; aber so zurückhaltend, bitter grollend war er doch nie.

Hofräthin. Die Bitterkeit ist ihm gegeben, sie kommt nicht aus ihm. Seine gute Natur wird sie nicht lange dulden.

Zwölfter Auftritt.

Vorige. Mamsell Stahl mit Fabritius.

Stahl. Schöne Lebensart! — Den armen Herrn Fabritius lassen Sie in der Mittagssonne unten im Garten —

Fabritius hält das Tuch ans Auge. Es thut weiter nichts. Ich lehnte mich so an den Sonnenzeiger — und wartete — weil ich nicht begreife, wie von der Sonne die Uhr schlagen kann — daß sie schlagen sollte. — Derweile bin ich eingeschlafen. Muß mich indeß ein malitiöses Insekt gestochen haben, daß ich es nicht vermerkt habe. Genug, mein Auge ist geschwollen.

Hofräthin. Thut mir leid —

Stahl. Wenn das Auge nur nicht gar darauf geht!

Fabritius. Es macht nichts — ich sehe ja mit dem andern Auge noch.

Hofräthin nimmt Fabritius. Wir gehen zu Tische.

Fabritius. Was wollen Sie mit mir?

Hofräthin. Sie zu Tische führen.

Fabritius. So so? Sie gehen.

Hauptmann führt Mamsell Stahl.

Stahl. O ich bitte, ich bin nicht die rechte Person.

Hauptmann. Mademoiselle —

Stahl giebt ihm die Hand. Nun denn in Gottes Namen! — Der Schwager ist zum Hause hinaus. Sie geht.

Hauptmann. Weßhalb?

Stahl bleibt stehen. Wie toll! — Ehestand! — Gott bewahre jeden! — Geht. O — Bleibt stehen. heben Sie doch vom Desert für meine Bella auf — Wissen Sie kein Mittel für einen verstauchten Fuß? — Denken Sie nur, meine arme Bella! Sie erzählt im Gehen die Geschichte.

Vierter Aufzug.

In des Geheimenraths Hause.

Erster Auftritt.

Aus einem Seitenzimmer kommen der Geheimerath, welcher Mamsell Hainfeld führt; der Hauptmann, welcher die Geheimeräthin führt. Von der Mitte herein kommt ein Bedienter mit Kaffee — ein anderer mit Taffen.

Geheimeräthin setzt sich rechts vorne nieder.

Geheimerath geht links nach einem Fenster oder Tische, wo er sich zu beschäftigen scheint, oft aber nach seiner Frau herüber sieht.

Die Bedienten servieren.

Alle, außer Mamsell Hainfeld, nehmen Kaffee.

Hainfeld, welche die Verlegenheit der Geheimeräthin bemerkt, sieht im Zimmer umher, womit sie sie beschäftigen könnte, erblickt im Fond einen Tambour, holt diesen, und stellt ihn vor die Geheimeräthin. **Sie vermissen Ihre Arbeit.**

Geheimeräthin. *Höflich, aber kalt.* Ich danke Ihnen.

Hainfeld *deckt die Stickerey auf.* Herr Hauptmann, sehen Sie diese schöne Arbeit.

Hauptmann. *Hinzu tretend.* Wahrlich schön! sehr schön! Diese Blumen leben. Ohne Schmeicheley, man kann in der Art nichts Schöneres sehen.

Geheimerrath. *Näher kommend.* Und doch hat sie lange nicht gearbeitet. — Wirst Du bald fertig seyn, Julie?

Geheimeräthin *arbeitet, ihre Thränen zu verbergen.* Bald.

Die Herren haben indeß ihre Taffen abgegeben, und die Bedienten gehen ab,

Hauptmann. Zeichnen Sie noch Landschaften nach der Natur?

Geheimeräthin. Seit kurzem nicht.

Hauptmann. Es war Ihr Lieblingsstudium.

Geheimerrath. Du hast Unrecht es zu vernachläffigen.

Geheimeräthin. Ich will auch wieder — *Sie bückt sich tiefer auf die Stickerey, und trocknet unbemerkt eine Thräne.*

Hauptmann *hat Hut und Stock, die im Zimmer liegen, genommen, küßt der Geheimenräthin die Hand, verbeugt sich gegen die übrigen, die es erwiedern, und geht ab.*

Hainfeld. *Nach einer kleinen Pause.* Ich will jetzt eine Menge schreiben.

Geheimerrath. Und nachher?

Hainfeld. Wer weiß wann ich damit fertig seyn werde! *Zur Geheimenräthin herzlich, indem sie ihr die Hand reicht.* Adieu, liebe Julie! *Sie verbeugt sich leicht gegen den Geheimenrath und geht ab.*

Zweyter Auftritt.

Geheimerrath. Geheimeräthin.

Geheimeräthin *steht langsam auf, deckt die Stickereyen zu, und schellt.*

Bedienter *kommt.*

Geheimeräthin. Trage Er den Rahmen auf mein Zimmer!

Bedienter *nimmt den Rahmen und geht ab.*

Geheimeräthin *will, da der Bediente fort ist, folgen.*

Geheimerrath. *Nachdem sie einige Schritte gegangen ist.* Julie!

Geheimeräthin *kehrt um.* Was verlangen Sie?

Geheimerrath. *Gutmüthig.* Ich habe viel mit Ihnen zu sprechen.

Geheimeräthin *kommt noch näher.*

Geheimerrath. Wir waren vor Tische nicht allein. Sind Sie wohl geneigt, mich jetzt mit einiger Geduld anzuhören?

Geheimeräthin *sieht ihn fest an.* Ja, mein Herr.

Geheimerrath. Nicht so! Der Ton ist nicht gut.

Geheimeräthin. In diesem Tone haben Sie zuletzt mit mir gesprochen.

Geheimerrath. Ich danke Ihnen, daß Sie zu Tische gekommen sind.

Geheimeräthin. *Etwas von ihm gewandt.* Es war der Befehl meiner Mutter.

Geheimerrath. Ich frage nicht, ob Sie ohne diesen Befehl meine Heftigkeit mir gar nicht nachgesehen haben würden — ich hoffe es von Ihrem Herzen, das ich immer erkannt habe, und danke Ihnen.

Geheimeräthin *nimmt das mit einer unwillführ- lichen Bewegung von Höflichkeit auf, und will gehen.*

Geheimerrath. Ich habe noch viel mehr zu sagen; machen Sie mir doch Muth dazu.

Geheimeräthin. Weiß ich, ob es gut ist, wenn ich bleibe; — ich kenne ja meine Lage nicht.

Geheimerrath. Ich will offenherzig reden, komme denn daraus, was für uns beide das beste ist! — Julie — liebe Julie!

Geheimeräthin. Es ist grausam, daß Sie in der Sprache der vergangenen, schönen, traulichen Zeit mich anreden. Sie ist nicht mehr, und nimmer wird sie wieder kommen! — Ach! welch ein himmlisches Bild haben Sie mit diesem Tone mir wieder zurück gerufen!

Geheimerrath. Julie! Ihr Kummer, Ihre Thränen, Ihr stilles Dulden haben mich auf eine Höhe gestellt, die ich nicht verdiene — *Lebhaft.* Gethan ist nun das mühsame Geständniß, das mein Stolz so lange verweigert, und lieber Ihr Recht bestritten als mein Unrecht anerkannt hat. — Mütterlicher Rath — Ehrlichkeit und Liebe — ja — Liebe — führen mich zu Ihnen. Statt daß Ihre Thränen mich anklagen und beschämen, leite mich Ihre Güte, und freundliche Liebe führe mich aus Verwickelungen!

Geheimeräthin *setzt sich, stützt den Kopf, und reicht ihm die andere Hand hin.*

Geheimerrath. Ihr Händedruck ergreift meine Seele! Nie habe ich herzlicher für Sie empfunden, als in diesem Augenblicke!

Geheimeräthin *sieht ihn an, und hält noch seine Hand.* Weiter — weiter! O dieser schöne Traum kann nie lange genug dauern.

Geheimerrath. Ich will mich Ihnen anvertrauen.

Geheimeräthin. Soll ich das wünschen? Die Täuschungen des schlummernden Kranken sind so oft besser als sein Erwachen!

Geheimerrath. Nein! keine Täuschungen mehr. Wahrheit wollen wir uns geben, und beide genesen. Ich bekenne Ihnen —

Geheimeräthin. Ach! —

Geheimerrath. Liebe Julie! liebe Frau! — beste Freundin! ziehen Sie Ihre Hand nicht von dem Kranken; von Ihnen will er ja Genesung! Ich bekenne Ihnen, daß ich eine Empfindung für die Hainfeld habe. Nein, daß —

Geheimeräthin. Mit einem Schrey. O Gott! Sie wirft sich in den Stuhl, und bedeckt das Gesicht. Ach! ich wußte es ja!

Geheimerrath. Daß ich sie hatte. Denn wahrlich, jetzt erfüllt nur Ihr Bild meine Seele. — Mein ist die ganze Schuld; denn von der Hainfeld wurde diese Empfindung nicht anerkannt. Das Schlimmste wissen Sie nun: wollen Sie das bessere hören?

Geheimeräthin. Kann ich einem Versprechen glauben?

Geheimerrath. Auch verspreche ich nichts; von Ihnen erbitte ich ein Versprechen.

Geheimeräthin steht auf. Wie?

Geheimerrath. Daß Sie mich zu dem Glücke zurück führen, das ich sonst in Ihrem Besitze genoß.

Geheimeräthin. Sonst? und nun nicht mehr? — Seufze. Und nun nicht mehr!

Geheimerrath. Wir waren eine Zeit her einander nicht mehr das, was wir uns sonst waren. Aber —

Geheimeräthin. Vollenden Sie nicht. Für das, was mir nun noch werden kann, für Mitleid, Bedauern — Mitleid für Liebe! Nein, dafür hat mein volles, mächtiges Gefühl keinen Sinn!

Geheimerrath. Bringt das Gefühl Ihres hohen Werthes mich reuig und herzlich da zu Ihnen her, so könnten Sie das nicht achten? Auf Wahrheiten will ich das Heil unserer Zukunft gründen, nicht auf den Rosenduft der Schwärmerey. Und nun sollte Ihnen kränkelnde Blüthe lieber seyn, als gesunde Frucht?

Geheimeräthin. Was lassen Sie mich hoffen! O Ferdinand! —

Geheimerrath. Glück in Wahrheit! — Entzückend ist der Götterrausch der ersten Liebe! Aber glauben Sie, daß auch die besten Menschen, zu denen ich nicht gehöre, obwohl ich auch keiner der schlimmsten bin, in diesem Rausche

geblieben wären? Meine Julie! es ist nicht möglich.
Es wäre vielleicht nicht einmal gut.

Geheimeräthin. Warum nicht? warum
nicht?

Geheimerrath. Der Zauber der Imagina-
tion zerflattert an den harten Ecken des Lebens und
schwindet. Aber dann bleibt den beiden, die Hand
in Hand durch das Leben gehen, ein Gut — eine
Burg, von der herab sie ruhig in die Tiefen
sehen — innige Freundschaft! Das gute Weib
bleibt erste, einzige Freundin. Ihr gehört des
Freundes Herz; ihr gehören seine Gedanken, die
ganze Geschichte seines Tages, er sey nahe oder
ferne.

Geheimeräthin. Waren Sie so gegen
mich? —

Geheimerrath. Ich will so werden.

Geheimeräthin. Entzückt. Ferdinand!

Geheimerrath. Nicht Ihr Liebhaber werde
ich mehr seyn; aber Dein treuer Mann, so wahr
ich ehrlich bin.

Geheimeräthin. O meine Mutter, meine
Mutter!

Geheimerrath. Von ihr komme ich —
Julie! ich will keine andre mehr lieben, als
Dich; ich werde mich strenge richten, wenn ich für
eine andre empfinden sollte. Das ist mein männ-

lieber Wille. Aber wenn eine Laune, ein Etwas mich anzöge — wenn ich für eine fremde Gestalt, einen Augenblick nur, das Gefühl haben sollte, was man für — ein schönes Gedicht hat — wolltest Du deßhalb die ganze Summe Deines und meines Glücks aufgeben? oder willst Du zufrieden seyn, wenn ich — und das gelobe ich mit heiliger Treue — Dir zuerst sage: — „Julie! ich bin auf einem Abwege, habe Acht auf mich — reiße mich nicht zurück — nein! wandle, wie sein guter Geist, dem Irrenden voraus — er folgt Dir!" Am Ausgange des Labyrinths reichst Du mir die Hand, und mit dankbarem Entzücken, mit herzlicher Liebe sinkt der gerettete Freund an den Busen seiner einzigen Freundin nieder! — Julie! — das kann ich geloben; was kannst Du?

Geheimeräthin. Mit offenen Armen. Dich lieben!

Geheimerrath umarmt sie.

Geheimeräthin. Dir verzeihen!

Geheimerrath. Mein treues Weib! — Nur Deine Ungeduld, das Gefühl Deines Werthes, das ich für Stolz hielt, Deine Thränen, die mich quälten, gaben fremden Lächeln Reitze. Das holde Lächeln der Vergebung, womit Du mich in Deinen Armen hältst, löscht alle fremde Reitze aus.

Geheimeräthin. Sey offen, und ich will Deinen Weg auf Deine Weise mit Dir gehen; ich will Gefahren gern ertragen; nur laß mich sie nicht rathen! laß mich sie wissen!

Geheimerrath. Bey Gott! Und hast Du Argwohn, so sprich ihn aus. Frage mich selbst! Nur forsche nicht! — nur wolle nicht den Gram des Herzens mit angenommener Kränklichkeit verbergen! Versteckter Gram, in Siechentage umgewandelt, ist ein Tyrann, der alles Band der Ehe, der Freude des Lebens selbst zernichtet.

Geheimeräthin. Hinweg damit! wir haben einen neuen Bund geschlossen. Umfasse mich — ich Dich! Den Forderungen des Mädchens habe ich entsagt — des Weibes Rechte hast Du mir neu gelobt. Sey gut und wahr — freundlich will ich seyn und muthig — so wallen wir unsern Pfad als Mann und Weib! Sie gehen Arm in Arm ab.

Dritter Auftritt.
Zimmer der Mamsell Hainfeld.

Der Hofrath tritt ein.

Er sieht sich um. Das Kind ist nicht da? Hm! ein Zeichen vom Himmel, ich soll sie nicht sprechen. Was habe ich auch mit ihr zu reden? Nichts. Zwar — wegen Julien — auch nichts; denn die geht ja triumphierend mit ihrem Mann im Hause herum. Von was denn? — Hm! eine Antwort auf mein Billet muß ich doch haben. — Aber wo bleibt sie? — Ich will husten. — Er hustet. Nichts! Ich will stark gehen. Er geht umher. Wieder nichts! Ey so erscheine, Du englisches Teufelchen! Ueberlaut. Mamsell Hainfeld! — Erschrocken. Esel! was hast Du gemacht?

Vierter Auftritt.

Mamsell Hainfeld. Hofrath.

Hainfeld. *Höflich, aber etwas zurückhaltend.* Sie hier, Herr Hofrath?

Hofrath. Ja. Gehorsamer Diener! Ich bin ein Bißchen wieder gekommen.

Hainfeld. Was steht zu Ihrem Befehl?

Hofrath. Du lieber Gott! mancherley.

Hainfeld. Ich bin —

Hofrath. *Verdrießlich.* Nicht wahr, ich komme Ihnen ungelegen?

Hainfeld. Ach nein.

Hofrath. Potz tausend! Sie sind recht auf= geweckten Geistes.

Hainfeld. Ich besinne mich; Sie wollten mir etwas sagen.

Hofrath. Das heißt: sprechen Sie, und marschieren Sie ab.

Hainfeld. Ihr Besuch ist mir sehr —

Hofrath. Gehorsamer Diener. Ich nehme es für empfangen an. — Ich empfehle mich Ihnen.

Hainfeld, die ihn begleiten will. Ihre Dienerin.

Hofrath. Ich gehe nicht weg. Ich empfehle mich Ihnen fürs Dableiben.

Hainfeld. So setzen Sie Sich.

Hofrath. Die Götter verehrt man knieend. Befehlen Sie —

Hainfeld. Ernsthaft. Mein Herr!

Hofrath. Lachen Sie, liebes Kind.

Hainfeld seufzt. Das Lachen ist gefährlich.

Hofrath. Eben darum! Das Lachen öffnet dem süßen Amor die Thore.

Hainfeld. Die Unterhaltung mißfällt mir.

Hofrath. Schön! brav! Weiter!

Hainfeld. Sie vergessen, was Sie Sich und andern schuldig sind.

Hofrath. Zorn ist ein gutes Zeichen, der letzte Ausfall vor der Kapitulation. Meine Aufforderung haben Sie erhalten.

Hainfeld. Ja. Wenn ich nun aber das Billet Ihrer Frau Gemahlin zeigen wollte? Wie?

Hofrath. Thun Sie es! Thun Sie es! Thun Sie es! Thun Sie es!

Hainfeld. Wie? Sie hätten den Muth —

Hofrath. Ach ja! dann vergiebt mir meine Frau; und niemals ist sie reitzender, als wenn sie mir etwas zu vergeben hat. Ich sündige vielleicht bloß deßhalb, weil die Aussöhnung ein Fest der Liebe ist.

Hainfeld. Was läßt sich nun darauf sagen?

Hofrath. Was Sie wollen. Es freut mich, daß Sie erschaffen sind, und so weiter.

Hainfeld. Seit Sie mich verlassen haben, ist mir —

Hofrath. Ich habe Sie nicht verlassen. Merken Sie denn nichts? Zwey Geisterchen summen um Sie herum. Der eine ist mein Geistchen, der singt ganz heimlich: — „Ich liebe Dich, ich liebe Dich!" — Der andere ist der Geist meiner Frau, der hat eine Priestergestalt, und brummt: — „Du darfst nicht, Du darfst nicht!" —

Hainfeld. Folgen Sie der Priestergestalt.

Hofrath. Ungern.

Hainfeld. Es muß seyn.

Hofrath. Singen Sie mich weg.

Hainfeld. Nein.

Hofrath. Schieben Sie mich weg.

Hainfeld. Nein doch!

Hofrath. Wie soll ich denn wegkommen?

Hainfeld. Mein Herr, wie alt sind Sie?

Hofrath. Nicht alt genug, um einen Kuß zu erbetteln; nicht jung genug, um ihn ungebeten zu hoffen; entschlossen genug, ihn zu wünschen.

Hainfeld. Endigen Sie. Was ist das Ziel Ihres Besuchs?

Hofrath sanfst. Sie zu vergessen. Ich komme aber nicht dahin.

Hainfeld. Sie fangen an mich zu ermüden.

Hofrath. Bis dato hätte ich Sie doch also amüsiert?

Hainfeld. Ich muß wünschen, daß Sie gehen möchten.

Hofrath. Ich wollte, ich hätte nicht kommen müssen.

Hainfeld. Leben Sie wohl.

Hofrath. Abschied? Auch das. Dabey giebt man sich die Hand.

Hainfeld. Französischer Abschied, sans adieu.

Hofrath. So? Erlauben Sie, das ist an dem, der geht. Ich gehe nicht so.

Hainfeld. So gehe ich.

Hofrath. Schickt sich nicht; ich bin ein funfzigjähriger Hofrath.

Hainfeld. Gut, daß Sie an Ihre Jahre denken.

Hofrath. Bey Ihnen vergesse ich sie gleich wieder.

Hainfeld. Adieu! *Sie geht.*

Hofrath. Die Hand —

Hainfeld. Nein.

Hofrath *setzt sich.* So bleibe ich die Nacht da,

Hainfeld *reicht ihm die Hand.* Da.

Hofrath *steht auf, und küßt sie mit Ehrfurcht.* Sehen Sie, das ist der Zeigefinger. Er droht, er befiehlt —

Hainfeld. Daß Sie gehen.

Hofrath *ahmt die Stimme eines zitternden Greises nach.* Ich bin ein alter Mann, werde bald Großvater; ich will Dich segnen, mein Kind. Umarme mich.

Hainfeld *geht.*

Hofrath. Ein Wort, eine Sylbe! *Stampft mit dem Fuße.* Ich will Sie ja nicht mehr lieben; kommen Sie nur wieder her.

Hainfeld. *In der Ferne.* Ich habe Geschäfte.

Hofrath. Ich hasse, verabscheue, verwünsche Sie. Sie sind häßlich; aus Ihrem Auge spricht der Tod; Ihre Hand ist breit wie ein Grenadierschuh. — Sie singen wie eine Eule.

So — Aber nicht wahr, nun darf ich doch wieder kommen?

Hainfeld. Nein, nein, nein, nein!.

Fünfter Auftritt.

———

Vorige. Hauptmann.

Hofrath. Nun so will ich auch — *Er erblickt den Hauptmann.* Die Eheſtandspatrouille! Hol' Dich der Teufel! *Er geht unwillig fort.*

Hauptmann. Verzeihen Sie, daß ich Sie unterbrochen habe.

Hainfeld. Es hätte mir nie angenehmer ſeyn können, unterbrochen zu werden.

Hauptmann. Madam Stahl hat mir aufgetragen, das in Ihre Hände zu geben.

Hainfeld. Ich danke Ihnen. Nie hat eine Frau ſo viel Eindruck auf mich gemacht. Dieſe Würde, dieſe Sanftmuth —

Hauptmann. Nicht wahr?

Hainfeld. Aber was ſchreibt ſie? — Erlauben Sie — *Sie öffnet das Billet.*

Hauptmann. Es iſt, glaube ich, lang — und ich laſſe Ihnen Raum. *Er empfiehlt ſich.*

Hainfeld. Ein Wort. Meinen innigsten
Dank für die feine und gütige Art, womit Sie
bey Tische unser aller Verlegenheit ausgeglichen
haben. Man muß gut seyn, und man muß das
menschliche Herz genau kennen, um seinen Freun=
den das zu seyn, was Sie uns allen waren.

Hauptmann küßt ihre Hand. Sie sind mir sehr
schätzbar. Er geht ab.

Hainfeld verbeugt sich, und fängt dann an zu lesen.
Nachdem sie gelesen: Ein förmlicher Antrag des Haupt=
manns? Hm! — Ueberraschend — sehr uner=
wartet! Aber doch — wenn ich genau auf meine
erste Empfindung darüber Acht habe — nicht
unangenehm. Nachdenkend. Der Mann ist kein
Liebhaber — aber ich halte ihn für einen sehr
wackern Mann.

Sechster Auftritt.

Mamsell Hainfeld. Geheimerrath.

Geheimerrath. Liebe Mamsell Hainfeld!
ich war heut ein alberner Mensch. Ich vergaß
Ihren Werth; und wenn mich etwas über die
Beschämung wegen meiner Zudringlichkeit beruhi=
gen kann, so ist es, daß meine Thorheit Ihnen

Gelegenheit gab, die Achtung, die Sie für Sich selbst haben müssen, erhöhet zu fühlen.

Hainfeld. Wie stehen Sie mit Julien?

Geheimerrath. Wir haben uns beide uns selbst wieder gegeben.

Hainfeld. Gott Lob! Gott Lob! Ja, zu ihr gehören Sie! Sie sind aber doch nicht auf meine Unkosten versöhnt?

Geheimerrath. Julien thut es weh, daß sie Sie verkannt hat.

Hainfeld. Darf ich mich überzeugen?

Geheimerrath. Im Augenblick. Kommen Sie!

Hainfeld. Ohne Sie! Dieser Augenblick hat sein Gutes für mich und Julien: wir sind die handelnden Personen, und bedürfen keines Zuschauers. Sie geht schnell fort.

Bedienter. Der Herr Geheimerath möchten zur Frau Hofräthin kommen.

Geheimerrath. Gleich!

Bedienter geht ab.

Geheimerrath. Sie ist liebenswürdig — sie ist höchst — höchst interessant — Aber Julie ist gut — höchst gut, und lieber will ich doch der Güte mein Herz anvertrauen, als dem seltensten Talent! Er geht ab.

Siebenter Auftritt.
Zimmer in des Hofraths Hause.

Der Hofrath, mit Hut und Stock. Mamsell
Stahl.

Hofrath. Laß mich ungeschoren!

Stahl. Und wenn ich Dir Zeugen stelle?
Der Hauptmann hat es gesagt, er dürfte mich
nicht heirathen.

Hofrath. Sieh in den Spiegel, so weißt
Du die Ursache.

Stahl. Bruder, Bruder! Hahaha! — Ich
kann Dich in ein Spiegelchen sehen lassen. Nimm
Dich in Acht!

Hofrath. Ach — pack' Dich fort!

Stahl. Ich werde ja behandelt, wie —

Hofrath. — Du es verdienst.

Stahl zieht ein Billet hervor. Nicht alles ist
Gold, was glänzt. Wer hat das geschrieben?

Hofrath sieht darauf. Meine Frau.

Stahl. An wen? Sie zeigt ihm die Addresse.

Hofrath liest. An Herrn Hauptmann von Berg. Er will es nehmen.

Stahl hält es zurück. Wie habe ich es erhalten?

Hofrath. Gestohlen.

Stahl. Bewahre! Den ganzen Tag sind sie hinter einander her geschlichen, der Herr Kapitän und die Frau Schwester. In die dicksten Lauben haben sie sich gesetzt. Endlich stehen sie bey Fabritius — sie faßt ihn an der linken Hand — nein — daß ich recht sage — an der rechten —

Hofrath. Wen? Fabritius?

Stahl. Den Hauptmann. Der Herr Hauptmann nun — Hahaha!

Hofrath. Weiter!

Stahl. Ja, ja! es geht weiter.

Hofrath. lebhaft. Fängst mich doch nicht, doch nicht!

Stahl. O lieber Gott! Hahaha!

Hofrath. Deine Krallen sind am Herzen; das ist sicher. — Allons, frisch abgeschüttelt! Er schlägt ihr auf die Hände. Du lügst!

Stahl. Ja? Hahaha! Hier ist's ja schriftlich. — Nun, so faßt sie ihn an der rechten Hand, sagt — „Nun, das Meinige ist für Sie gethan!" und geht stolz fort. Er, der Hauptmann, zieht das Schnupftuch heraus — heult —

so recht massive Tropfen, und rennt in einer
Furie ihr nach. Mit dem Tuche hat er ein Billet heraus gezogen und fallen lassen. Fabritius
setzt gleich den Fuß darauf, und bringt es mir.
Da — Sie giebt es ihm. nun lies.

Hofrath liest. „Wenn Sie Ihr und mein
Glück in Ihrem Glücke wollen, so bitte ich Sie,
reisen Sie nicht; ich kann sonst über Sie nicht
ruhig seyn. Wenn Sie wieder bleiben, mündlich
mehr, von Ihrer Freundin — Karoline.“ —
Nun?

Stahl. Er ist geblieben.

Hofrath. Stark. Was soll das?

Stahl. Hahaha! — Was ist das?

Hofrath. Geh fort, oder ich schlage Dich
todt.

Stahl. Nun, was meinst Du von dem
Billetchen?

Hofrath. Verflucht sind die Billetchen!

Stahl. Ja, wer einmal Billetchen schreibt —
o — der —

Hofrath. Kann doch gut seyn. Meine
Frau ist gut. Ich tauge nicht viel, und bin doch
gut. Du aber — Du taugst gar nichts.

Stahl. Das Billet ist deutlich.

Hofrath sieht es durch. Es ärgert mich —

Stahl. Es ist zärtlich —

Hofrath. Hm!

Stahl. Zärtlich und dunkel.

Hofrath. Heftig. Es ist dunkel — ja, ja, es ist dunkel; aber Du bist schwarz. Meine Frau kann gefehlt haben —

Stahl. So sieht es aus.

Hofrath. Aber ein Fehler meiner Frau kann nicht mehr seyn, als eine Schönheitsnarbe.

Stahl lacht. Sie ist etwas weniges tief gerathen.

Hofrath. Da, vor dem Billet falle auf Deine Knie, und bitte mein Weib um Vergebung! Auf Deine Knie, Ungethüm!

Achter Auftritt.

Vorige. Geheimerrath.

Geheimerrath. Lieber Vater —

Hofrath. Was soll's?

Geheimerrath. Unser Glück ist entschieden, denn —

Hofrath. Meines nicht.

Geheimerrath. Ich bin mit Julien versöhnt.

Hofrath. Es ist gut — es kann seyn — es freut mich. Ach, es hilft doch nichts!

Neunter Auftritt.

Vorige. Hofräthin.

Hofräthin. Weißt Du schon, daß dieser wackere Mann —

Hofrath. Hole der Teufel die wackern Männer!

Hofräthin. Wie? bist Du —

Hofrath. Sieh mich an! fest!

Hofräthin. Was hast Du?

Hofrath. Es ist nicht möglich — es kann nicht seyn — Pina! komm her! schiebe Deine Krallen vorwärts. Er giebt sie her. Da stehen sie alle beide — Welche ist gut, welche taugt nichts?

Geheimerrath. Ich begreife Sie nicht.

Stahl geht auf ihre Stelle zurück. Es steht ja geschrieben, woran wir sind.

Hofrath droht seiner Frau. Lina, Lina!

Hofräthin. Nun so klage mich denn an.

Hofrath. Ich kann ja nicht dazu kommen. Da, *Er deutet auf das Herz.* hier spricht ein Sach=walter für Dich, der gar nicht zu überwältigen ist. Aber Du — Du sprichst schlecht. Geh, Du bist auch nur ein ganz ordinäres Weib!

Hofräthin. Möge ich das ganz seyn, so bin ich sehr viel.

Hofrath. *Heftig.* Ich kann Dir's ja beweisen.

Geheimerrath. *Lebhaft.* Erklären Sie Sich doch endlich, Herr Vater.

Hofrath. Ich kann Dir es zeigen; ich will aber noch nicht, denn Dein Verstand lügt sich heraus.

Hofräthin. Diese seltsame Beschuldigungs=art —

Hofrath. Ach, Gott! ich beschuldige Dich ja nicht. Tugendhaft bist Du; aber Du kannst doch fehlen. — Habe gefehlt, und sage mir es nur, so umarme ich Dich! — Ich war so oft ein Spitz=bube; sey Du es auch einmal ein Bißchen gewesen, aber foltere mich nicht mit Dignitätsmaskerade. *Zu allen.* Ihr Leute sagt, kann ich denn ehrlicher seyn und thun?

Hofräthin. Mein Freund, Du beleidigst mich.

Hofrath. Himmeltausend — Nein, nun wird es zu viel!

Geheimerrath. Lieber Vater —

Hofrath. Ich habe es in der Tasche! Sie hat — sie ist — Geht, geht alle hinaus, alle, alle, alle! Ich will mir's ganz allein sagen, sie taugt nichts.

Hofräthin. Wenn Du ruhig seyn willst, und —

Hofrath. Ich schaffe Dich ab! Zu Mamsell Stahl. Dich lasse ich aber erst extra aus dem Lande kutschieren!

Hofräthin. Aha, kommt der Sturm daher?

Zehnter Auftritt.

Vorige. Hauptmann.

Hauptmann. Nun, mein Freund! —

Hofrath. Mein Feind, mein Feind!

Hauptmann. Alle ansehend. Wie?

Hofrath. Abmarschiert! Ich schließe das Thor zu.

Hofräthin. Lebhaft. Ist es das? Sehr ernst. Könntest Du in der That glauben, daß ich fähig wäre, auf einige Weise nur —

Hauptmann. Lieber Freund! ich bin so erstaunt —

Hofrath. Geht — geht alle, alle! Die Welt
her sind falsch — die Männer — ich bin falsch —
wir taugen alle nichts, wie wir da stehen —
Zu Mamsell Stahl. Die ist die allerschlechteste —
und — nun hole Euch alle der Teufel!

Er rennt fort.

Stahl. Es ist — so — eine Sache. Ja, ja.

Hofräthin. Zum Geheimenrath. Ohne Sor-
gen! Zu Mamsell Stahl. Diesen Sturm ertrage ich
nicht so ganz gelassen; meine Ehre fordert es.

Hofrath stürmt herein, in gerader Linie auf seine Frau
zu, redet aber nicht, bis er bey ihr ist. So zanke doch,
Karoline — so heiße mich doch einen Esel — ich
bitte Dich um Gottes willen! Drohe mir mit der
Scheidung, dann glaube ich Dich unschuldig.
Lina, Lina! um des Himmels willen! sey doch
nur unschuldig, und sieh mich dann meinetwegen
in einem Jahre nicht wieder an — Bist Du
schuldig, so bin ich des Todes.

Hofräthin. Ich bin unschuldig.

Hofrath. Nein, nein, nein! Du bist es
nicht. Wärst Du es, Du müßtest einen ganz
andern Lärmen machen. Er führt sie heftig aus dem
Zirkel einen Schritt vor, und zwingt sich weniger laut zu reden,
obwohl sehr heftig. Bist Du schuldig? Sage mir
es leise, ich thue Dir nichts — ich schaffe Dich
doch nicht ab — Aeußerst schnell. Sage mir es nur
gleich, so ist es gut.

Geheimerrath. Sie vergessen Sich auf die unbilligste Weise.

Hauptmann. Alle Geduld vergeht mir.

Hofrath. Von der Hofräthin sich schnell zum Hauptmann wendend, den er haftig an der Hand packt. Dagegen giebt es Mittel. Denn Du magst nun was taugen oder nicht, so will ich lieber gleich sterben, als mit Dir in Unfrieden leben. Liebes — abscheuliches Weib! Er zieht den Hauptmann mit sich fort.

Hofräthin. Um Gottes willen! Sie will nach.

Geheimerrath, der eilig nachgehet, und sie zurück weiset. Verlassen Sie Sich auf mich!

Stahl. Herr Hauptmann! Herr Hauptmann!

Fünfter Aufzug.

In des Hofraths Hause.

Erster Auftritt.

Mamsell Stahl allein, mit einem Arbeitskörbchen am Arm.

Die Frau Schwägerin mögen doch schuldiger seyn, als ich selbst gedacht habe; das Gewitter hielte sonst nicht so lange an. Sie grollen, und gehen sich alle aus dem Wege. Mir vollends weichen sie ganz und gar aus. Thut nichts. *Sie nimmt ihr Strickzeug heraus.* Ich will ihnen in den Weg gehen — einer oder der andere muß mir hier doch in den Wurf kommen. *Sie strickt, und geht auf und ab.* Jetzt brauchen sie mich, daß ich nur schweige. Wer mich nicht achten will, soll mich fürchten. Mit dem Hauptmanne habe ich ihr mein

Tage nichts Gutes zugetraut; er würde ja sonst geheirathet haben. Freundschaft? — Hm! Liebe und Freundschaft — sie sind wie die rechte und linke Hand — sie begegnen sich leicht.

Zweyter Auftritt.

Mamsell Stahl. Geheimeräthin.

Geheimeräthin. Tante! was haben Sie gemacht?

Stahl. Ey, da haben wir ja die Frau Geheimeräthin! Dienerin!

Geheimeräthin. Meine gute Mutter ist so sehr —

Stahl. Ist das der Willkommen für des Vaters leibliche Schwester?

Geheimeräthin. Hatten Sie uns einen bessern entgegen gebracht, als Mißtrauen zwischen ein gutes, glückliches Paar zu bringen?

Stahl. Es mußte doch einmal zur Sprache kommen.

Geheimeräthin. So machen Sie denn nur, daß das zwischen Vater und Mutter endlich geschieht.

Stahl. Ihre Mutter darf ja nur um Verzeihung bitten.

Geheimeräthin. Können Sie der Würde ihrer Tugend zumuthen — daß sie zuerst —

Stahl. Ey was! Mein armer Bruder hat auch Würde.

Geheimeräthin. Der Hauptmann ist so aufgebracht, daß er —

Stahl. Auch Würde? Nun vielleicht wird aus lauter Würde alles vergeben und vergessen. Wo ist denn der gute Hauptmann jetzt?

Geheimeräthin. Bey meinem Manne. Mein Vater geht hastig im Garten auf und ab. Bey meiner Mutter ist Mamsell Hainfeld. Ich komme zu Ihnen, daß Sie gut machen, was Sie —

Stahl. Der Herr Neveu Geheimerath haben Ihnen Besserung angelobt? Für dasmal recht löblich. Aber nehmen Sie Sich in Acht; der Schalk sieht ihm aus den Augen. Die Männer lassen nun ihre Tücken nicht.

Geheimeräthin. Ist's möglich? Wollen Sie denn keinen Frieden ungetrübt lassen?

Stahl. Frieden? lacht. Wenn sich die Männer nicht fürchten, so betrügen sie noch viel mehr. Sie müssen gar nicht aus der Furcht kommen. Die Angst muß dem Manne zur Gewohnheit werden.

Geheimeräthin. Das begreife ich nicht.

Stahl. Sie kennen die Männer nicht. Treibt sie der Zank weg, so bringt er sie auch wieder her!

Geheimeräthin. Aber das süße Gefühl, eines dem andern —

Stahl. An der Gränze unserer Rechte muß ein ewiger Krieg bleiben, so vergrößern wir unsre Herrschaft. Die Männer müssen von Gehorsam ermattet werden, sonst sind wir verloren.

Geheimeräthin. Das nennen Sie eine glückliche Ehe?

Stahl. Und was ist das, was Ihr so nennt? Eine solche langweilige Freundlichkeit, daß, wo man so ein Paar neben einander in Vergißmeinnicht : Frieden sieht, man gleich angenehme Ruhe wünschen und umkehren möchte. Der Ehestand muß ein immer währender Zank um die Herrschaft bleiben —

Geheimeräthin. Gott bewahre mich!

Stahl. Liebes Kind, die Männer sind dumm! alle entsetzlich dumm! Wir sind gescheidt. Der gescheidte Theil muß regieren. Ohne Zank kann man das nicht: also zanken Sie, so regieren Sie auch.

Geheimeräthin. Nimmermehr!

Stahl. Jedes Gericht, jede frohe Miene, jeden Spaziergang müssen die Männer uns abge-

minnen, nur theilweise verlangen — dann geht es,
wie es soll.

Geheimeräthin. Ungemessen will ich Liebe
geben und empfangen. Besuchen Sie mich, und
sehen Sie dann, ob ich unglücklich bin.

Stahl. Wer war heute Morgen unglücklich? he?

Geheimeräthin. Ich! weil ich mit Thränen herrschen wollte. Meine Mutter hat sehr Recht;
nicht Thränen — nicht Zank — nicht Herrschaft —
Gutmüthigkeit allein bürgt unser Glück. Sie geht ab.

Stahl. Dienerin! Dienerin! Madam Gutmüthigkeit! — Dienerin! Die muß ich auch noch
ändern! Suverän muß die gebieten!

Dritter Auftritt.

Mamsell Stahl.   Fabritius.

Fabritius, in einem Frack, Gilet, Krepperücke,
Handschuhen und rundem Hut. Hier bin ich, vielwerthe
Mademoiselle.

Stahl. So! so recht, lieber Herr Fabritius! In der Kleidung kann man Sie allenfalls
probucieren.

Fabritius. So? Ja, nach Dero Bedingungen und Willensmeinung bin ich mit anderweiten Kleidungsstücken ausstaffiert, damit an mir nichts ermangeln möge.

Stahl. So ist es recht, Herr Fabritius.

Fabritius. So? *Besieht sich.* Ich weiß aber nicht, wohin ich meine Gebeine thun soll. Es ist mir, als hätte ich fremde Arme, Hände und Füße, und einen Harnisch am Körper. Nichts dünkt mich zu seyn wie es sonst war, als mein Kopf.

Stahl. O der bleibt ewig so.

Fabritius. Nach dieser Verwandlung also sind Sie nunmehro meine deklarierte Braut.

Stahl *reicht ihm die Hand.* Ja. Ich acceptiere Sie als Bräutigam.

Fabritius. Nun, das ist gut.

Stahl. Sie könnten wohl mehr sagen.

Fabritius. Wozu? — Hier ist denn auch der Ring.

Stahl *nimmt und besieht ihn.* Nur ein simpler goldner Ring?

Fabritius. Der Brautring. Er kostet vier Thaler und —

Stahl. Da! da ist denn auch Ihr Ring.

Fabritius *nimmt ihn.* Und sechzehn Groschen. *Er verbeugt sich.* Die Kapitalbriefe lassen Sie Sich

nun vom Herrn Bruder gleich ausliefern; das muß
gleich geschehen.

Stahl. Ja freylich!

Fabritius *setzt sich.* So. Nunmehro kann
ich bald den Detailhandel aufgeben, und den Spe-
ditionshandel anfangen. Gott sey vielfältig dafür
gelobt!

Stahl. Stehen Sie auf, Herr Fabritius!

Fabritius *setzt sich gerade auf.* Ich bin müde.

Stahl. Das schickt sich nicht.

Fabritius. Wir sind ja nun Brautleute —

Stahl. Und wenn wir Eheleute sind —

Fabritius. Darf ich nicht müde seyn?

Stahl. Müssen Sie mir stets die Ehrerbie-
tung beweisen, die man einem Frauenzimmer schuldig ist. Stehen Sie auf.

Fabritius *steht auf.* Meine armen Füße —

Stahl. Ich nehme keine Notiz davon.

Fabritius. Kurios!

Stahl. Ich habe achtzehn tausend Thaler,
in lauter Kammerobligationen; die erheben wir
nun. *Sie setzt sich.*

Fabritius *lächelt.* Schön. Gott sey vielfältig dafür gelobt!

Stahl. Kommen Sie her, Herr Fabritius!

Fabritius *geht zu ihr.*

Stahl strickt. Ich bin verdrießlich, mein
Lieber.

Fabritius.   So? Das geschieht wohl; es
schadet nichts.

Stahl.   Unterhalten Sie mich.

Fabritius.   Ja. O Gott! ja. Mit hin-
länglicher Speise und Trank, was die Noth-
durst erfordert, nach christlichem Gebrauch mit
Moderation empfangen, und mit Modestie genossen.

Stahl. Aergerlich.   Was ist das?

Fabritius.   Was befehlen Sie? .

Stahl.   Sie sollen mir jetzt die Zeit ver-
treiben.

Fabritius.   So — mit Redensarten?

Stahl.   Freylich. Sie wirft das Strickzeug hin.
Mein Garn ist zu Ende.   Sprechen Sie was Sie
wollen.

Fabritius.   Ich habe fünf Kisten mit Zucker
bekommen.

Stahl.   So?

Fabritius.   Und Bourbonischen Kaffee.

Stahl gähnt.   So?

Fabritius lacht.   Ich verkaufe ihn für Levan-
tische Bohnen.

Stahl.   Hm!

Fabritius. Das trägt was ein.

Stahl. Nehmen Sie das Garn aus meinem Strickbeutel.

Fabritius. Da heraus?

Stahl. Ja.

Fabritius macht ihn auf, und läßt ihn fallen. Ey! sehen Sie einmal.

Stahl. Heben Sie ihn auf.

Fabritius. Ja. Er bläst ihn ab.

Stahl nimmt ihn, und das Garn heraus. Ihre Hände!

Fabritius besieht seine Hände.

Stahl. Halten Sie Ihre Hände her.

Fabritius. Gehorsamst aufzuwarten: da sind sie alle beide.

Stahl. Haben Sie niemals einem Frauenzimmer Garn zum Abwickeln gehalten?

Fabritius. Ach! Ach Gott, nein!

Stahl. Halten Sie Ihre Arme so. Sie zeigt es ihm.

Fabritius hält die Arme gerade auf, die Ellbogen im spitzen Winkel herab. So?

Stahl. Meinetwegen. Sie legt ihm das Garn um die Hände. Setzen Sie Sich.

Fabritius. Mit dem Garne?

Stahl. Ja.

Fabritius geht mit dem Garne, einen Stuhl zu holen. Mein Gott! Er betrachtet den Stuhl. das geht nicht. Er sieht Mamsell Stahl an. Ich kann den Stuhl nicht anfassen.

Stahl. Warum nicht? Nehmen Sie den Stuhl mit beiden Händen.

Fabritius faßt ihn an. So?

Stahl. Ja. Bringen Sie den Stuhl da zu mir her.

Fabritius. Ja, ja! Er thut es. Es geht doch. Sehen Sie einmal.

Stahl. Setzen Sie Sich.

Fabritius versucht es. Das geht aber nicht.

Stahl. Zornig. Warum nicht?

Fabritius. Mein neues Kleid —

Stahl. Aus der Trödelbude — Sie lacht. Gleichviel!

Fabritius setzt sich ängstlich. Das wird ja mes schant zugerichtet.

Stahl. Drehen Sie Sich mit dem Stuhle zu mir her.

Fabritius steht halb auf, hält die Hände mit dem Garne ausgestreckt vor sich hin, und sucht mit dem Fuße den Stuhl zu rücken.

Stahl. So. Sie fängt an Garn abzuwickeln. Sie geberden Sich etwas einfältig, mein Schatz.

Fabritius. Es ist mir auf einmal — ganz angst und bange geworden.

Stahl. Weßhalb?

Fabritius. Das weiß ich — nicht.

Stahl. Sie müssen viel manierlicher werden. Nun, ich will Sie schon informieren.

Fabritius. *Für sich.* Ach!

Stahl. *Schnell.* Was?

Fabritius. *Erschrocken.* Mich gehorsamst zu bedanken. *Pause.* Wollen Sie denn alle das Garn abwickeln?

Stahl. Ja.

Fabritius. Von meinen Händen?

Stahl. Ja.

Fabritius. Die ich so hinaus halten soll?

Stahl. Ja.

Fabritius. So?

Stahl. Wie viel Geld haben Sie?

Fabritius. Acht und zwanzig tausend Thaler.

Stahl. Meines dazu sind sechs und vierzig tausend Thaler.

Fabritius. Ja. Fehlen noch vier tausend an den funfzig tausend Thalern. Wenn wir uns recht behelfen, so können wir die vier tausend Thaler bald erübrigen.

Stahl. Sparen wollen wir.

Fabritius. Ach ja, ja, ja!

Stahl. Wir wollen uns aber nichts abgehen lassen.

Fabritius. So?

Stahl. Sind Sie in dem Koncert abonniert — gehen Sie dahin?

Fabritius. Ich mache mir nichts aus der Musik.

Stahl. Warum nicht gar?

Fabritius. Man hat sie ja ohnedieß umsonst; Mittags vom Thurme, und Abends den Zapfenstreich.

Stahl. Fi donc!

Fabritius. Unsere Pfeifer blasen ganz lustig.

Stahl. Wir müssen eine Loge nehmen.

Fabritius. Freymäurer? Er läßt die Arme sinken. Gerechter Gott!

Stahl. Im Theater; eine Loge im Theater.

Fabritius. Dem sündhaften Spiel habe ich mein Tage noch nicht beygewohnt.

Stahl. Halten Sie doch die Arme gerade.

Fabritius. Sie thun mir weh. Er hebt sie wieder auf.

Stahl. Nicht doch! — Sind Ihre Zimmer tapeziert?

Fabritius. Nein.

Stahl Das muß geschehen.

Fabritius. So?

Stahl. Nicht kostbar.

Fabritius. Ganz recht. In meiner Stube ist die Land = und Postkarte vom Römischen Reiche angeheftet, und zwey Gemählde von — von — Schiffen, glaube ich.

Stahl. Wir werden recht glücklich seyn.

Fabritius. O ja! Nur — kein Garn ab= wickeln.

Stahl. Sie werden mir recht wohl ge= fallen.

Fabritius. Gehorsamst obligiert. Er dreht den Kopf verlegen. Ach!,

Stahl. Was ist Ihnen?

Fabritius. O Gott!

Stahl. Nun?

Fabritius. Der Angstschweiß bricht mir aus.

Stahl trocknet mit dem Tuche seine Stirne. Ihre Gattin wird Ihre Mühseligkeiten erleichtern.

Fabritius. Ach ja!

Stahl. Nur müssen Sie hübsch folgsam seyn. Was machen Sie für Gesichter, Herr Fabritius?

Fabritius. Ich? Ich bin vergnügt.

Stahl. Wie ist Ihr Taufname?

Fabritius. Christoph.

Stahl. Pfui! Ich werde Sie Ludwig nennen.

Fabritius. Ich heiße aber nicht so.

Stahl. Thut nichts. Aber was machen Sie? — Was haben Sie denn mit Ihren Armen?

Fabritius. Ich kann's nicht mehr halten.

Stahl wickelt fort. Einbildung!

Fabritius. Ich lasse das Garn fallen.

Stahl. Sie müssen Sich niemals widerspenstig gegen mich bezeigen, mein lieber Louis —

Vierter Auftritt.

Vorige. Hofrath.

Stahl. Wir sind Braut und Bräutigam, lieber Bruder.

Hofrath. In Ewigkeit, Amen.

Fabritius steht auf. Lieber, werther Herr —

Stahl. Bleiben Sie sitzen.

Hofrath. Unwerther Herr Fabritius! warum haben Sie dem Hauptmann das Billet, das er

Fabritius. Aengstlich die Hände nach Mamsell Stahl, den halben Leib nach dem Hofrath zu halten. Ich hielt es für Neuigkeiten, und —

Hofrath. Wann heirathen Sie meine Schwester?

Fabritius seufzt. Ach Gott!

Stahl steht wüthend auf, und reißt ihm das Garn weg. Sobald es mir gefällt.

Fabritius. Und es — und —

Stahl. Heftig zu Fabritius. Was?

Fabritius. Ich — ich — Er faßt an den Kopf. weiß selbst nicht.

Stahl. Stehn Sie auf!

Hofrath. Auf — und führen Ihr Glück bald mit Sich heim.

Stahl. Ich bleibe ja hier in der Stadt, Bruder! Herr Fabritius, kommen Sie mit herein; man hält Sie für einen Narren. Geht ab.

Fabritius. Ich will nur wegen des Geldes.

———

Fünfter Auftritt.

Hofrath. Fabritius.

Fabritius. Liebwerther Herr Hofrath —

Hofrath. Marſch, Herr Bruder! Fort!

Fabritius. Nein, nein, nein! Kein Herr Bruder!

Hofrath. *Halb lachend.* Was?

Fabritius. Ich bin's nicht würdig. Ach, ſehen Sie einmal! Gott hat mich ſichtbarlich geſtrafet.

Hofrath. Womit?

Fabritius. Ich kann's nicht von mir geben. Helfen Sie mir! Mein armes unſchuldiges Gemüth —

Hofrath. Wie Sie mit dem Billet — ich trete mit dem Fuße darauf.

Fabritius. Auch? Und ſie — die Mamſell Pina, ſtehen ſchon mit beiden Füßen darauf! Sie ſind ja ein chriſtlicher Mann — helfen Sie mir doch von dem Glücke!

Hofrath. Was ist das?

Fabritius. Ich sage es ja: ich bin es nicht würdig. Ach, nehmen Sie doch hier das Ringelchen. Den meinen will ich gern im Stich lassen, nur daß ich die Kleider wieder vom Leibe kriege.

Hofrath. Jämmerlicher Mensch!

Fabritius. Sie haben ganz Recht. — Sie will — Was will sie? Ach Gott — Koncerte — Garn wickeln — Komödien — mich Louis heißen — tapezieren — Ich — ich —

Hofrath. Will er hinein! Er treibt ihn der Mamsell Stahl nach. Will er hinein!

Fabritius. Herr Hofrath — um meines armen Lebens willen!

Hofrath. Da Fabritius nahe an der Thüre ist, stampft er mit dem Fuße, und schlägt in die Hände. Willst Du fort!

Fabritius erschrickt und stolpert — ohne zu fallen, mit dem Geschrey: Gott sey mir gnädig! — aus Unbeholfenheit rücklings in die Thüre.

Hofrath. Es läßt sich niemand sehen, weder die Frau Gemahlin, noch die Kinder, noch der Herr Hauptmann. — Habe ich Unrecht — so ist es diesmal schwer, mit Anstand durchzukommen. — Wenn ich nur selbst wüßte, weßhalb ich den heillosen Lärmen angefangen habe? — Ich war freylich sehr allarmiert von — von — Nun, wos von? — Hm! — von eigner Schuld! Da sucht denn jeder arme Sünder gern Leute, die nicht besser sind, als er selbst! — Et! — man kommt — Meine Frau? Wahrhaftig! Nimm Dich zusammen — vielleicht glückt es Dir, daß Du noch das Ansehen haben kannst, großmüthig zu vergeben. Ja, ja! so kommst Du mit Ehre heraus! Ich will mir ein sträfliches Ansehen geben!

Sechster Auftritt.

Hofrath. Hofräthin.

Hofrath. Was giebt's? Wer hat Dich gerufen? Was willst Du hier?

Hofräthin. Dir aus der Verlegenheit helfen.

Hofrath. *Heftig.* So weit sind wir nicht. Dießmal mußt Du erst demüthig werden. Du hast —

Hofräthin. Dießmal?

Hofrath. Du hast gefehlt: Du mußt es bekennen, und um Vergebung bitten.

Hofräthin. Nein, mein Freund.

Hofrath. Bringe mich nicht noch mehr auf, das rathe ich Dir!

Hofräthin. Und hätte ich mir auch einen leisen Vorwurf zu machen, was doch wahrlich nicht ist — wie manches hätte ich mit Dir abzurechnen! Du kannst schnell vergessen.

Hofrath. Laß den Verstand weg. Schlag an Dein Herz, und bekenne Dich zur armen Sünderin.

Hofräthin. Du bist unartig gewesen, und wohl noch viel mehr. Du bist es öffentlich gewesen. Genugthuung steht mir bevor. Ich verlange sie nicht glänzend, weil ich die Auftritte von Geräusch hasse. Ich will Dich überzeugen, Dir verzeihen, daß Du uns beiden einen drückenden Augenblick gegeben hast, und dann in Hoffnung auf Dein Herz zufrieden und glücklich mit Dir leben.

Hofrath. Das ist zu toll! Er geht.

Hofräthin. Du gehst?

Hofrath. Ich will wieder kommen. Sieh mich an! — Bey meiner Seele! ich glaube — ich fürchte — ich hoffe und fürchte, Du bist uns schuldig.

Hofräthin. Gewiß bin ich es.

Hofrath. Ach Du bist ein prächtiges Weib; das habe ich ja immer gesagt. Aber jetzt bist Du ein wenig schuldig.

Hofräthin. Nein.

Hofrath. Du mußt es seyn, damit ich Dir etwas zu vergeben habe.

Hofräthin. Nicht im mindesten.

Hofrath hält ihr das Billet vor. Nun, aber das da?

Hofräthin. Das habe ich geschrieben.

Hofrath. An den Hauptmann?

Hofräthin. Ja.

Hofrath. Der mich für Dich ausspioniert hat, der Dir verrathen hat, daß ich bey der — Holla!

Hofräthin. Wäre Dein eigenes böses Gewissen die Grundlage Deines Zorns gewesen?

Hofrath. Das bitte ich mir aus. Mein Gewissen ist —

Hofräthin. Pst! pst! Sprich nicht weiter!

Hofrath. Nun, das lasse ich mir auch gefallen.

Hofräthin. Und mein immer gleiches Betragen durch zwey und zwanzig Jahre, und so

manche Nachsicht mit Deinem höchst ungleichen
Betragen, konnten mich nicht gegen einen wilden
Sturm schützen?

Hofrath. Die Wildheit kam aus meinem
Herzen, das Dich liebt.

Hofräthin. Deßfalls verzeihe ich Dir. Aber
vorher will ich Dich auch überzeugen. Als ich —

Hofrath. Ein Wort. Ich will platterdings
ein Verdienst gegen Dich haben. Wir wollen
uns versöhnen, ehe ich noch ein Wort weiß.

Hofräthin. Das kann nicht seyn.

Hofrath. Sieh, das ist doch ehrlich. Du
könntest mir ja auch etwas vorlügen. Ich würde
Dir es glauben, denn ich glaube Dir gern. Ich
liebe Dich über alles in der Welt, und will Dir
einen Beweis dadurch geben, daß ich jetzt ohne
alle Ueberzeugung Deine Hand auf Treue und
Glauben Deines Herzens annehmen will.

Hofräthin. Ich ehre dieß Gefühl; aber —

Hofrath. Ich will noch mehr thun. Ich
erkläre mich — es hört uns doch niemand? — ich
erkläre mich für eine Art von einfältigem Mann, daß
ich den häßlichen Leuten glauben konnte. Ich
will auch noch mehr thun — ich erkläre mich für
eine Art Spitzbuben, weil ich — weil ich selbst
eine Art von — wie will ich sagen — von Deficit

in der honetten Eheſtandsrechnung meinerſeits
merke; und weil — — Mein Engel, nun ſey
ſo gut und ſprich Du ein wenig.

Hofräthin. Ja, Du kannſt vollauf gut
machen, wenn Du fehlteſt. Deßhalb biſt Du ja
der Mann meines Herzens, und keiner konnte es
ſeyn, wie Du! Du, Du allein!

Hofrath. Ach, das lautet überaus lieblich!
Aber ich ſtehe entſetzlich albern daneben.

Hofräthin. Sehr ehrlich und herzlich ſtehſt
Du neben mir. Laß Dich umarmen.

Hofrath. O ja! von Herzen gern.

Hofräthin umarmt ihn.

Hofrath. Mir kommt es jetzt nicht zu, Dich
an mein Herz zu drücken, ſo gern ich es wollte.

Hofräthin. Wie ſüß iſt mir die Geduld
belohnt, die mir nichts gekoſtet hat, da ich Deiner
gewiß war!

Hofrath. Ach Du biſt ſehr liebenswürdig! —
Aber — aber wie trete ich nun mit Ehre und Autorität wieder unter die übrigen Menſchenkinder?

Hofräthin. In meinen Armen.

Hofrath. Das iſt die beſte Explikation.
Er küßt ſie. Komm! Sie gehen, indem begegnen ihnen
der Geheimerath und der Hauptmann.

———

Siebenter Auftritt.

Vorige. Geheimerrath. Hauptmann.

Geheimerrath. Wollen Sie so gut seyn, und einen Augenblick dort in den Vorsaal gehen?

Hofrath. Wer? Ich?

Geheimerrath. Alle beide.

Hofrath. Ja, ja! Er geht, und kommt zurück. Hauptmann! ich bin jetzt nicht mehr so — Du siehst weg? So! Verlegen. Ich bin — Unmuthig. Was bin ich denn — Lebhaft, mit gutmüthigem Ungestüm. Will es denn kein Mensch merken, daß sich das Firmament changiert hat? Heftig. So höre es wer es hören will — mein Zorn ist bankerot. Er geht mit der Hofräthin nach der Seite, wo Mamsell Stahl abgegangen ist.

Achter Auftritt.

Geheimerrath. Hauptmann.

Geheimerrath. Es ist doch ein vortrefflicher Mann!

Hauptmann. Ja, er ist gut, und verdient so eine Frau. Seine Fehler — ach! mache jeder die seinen so gut wie er. Aber — was wollen wir hier?

Geheimerrath. Unser Gespräch von vorhin schließen. — Steh da! — wir werden hier nicht allein bleiben, wie ich höre.

Neunter Auftritt.

Vorige. Geheimeräthin. Mamsell Hainfeld.

Geheimeräthin. Sind Sie da, Herr Hauptmann? — Friederike! hier verlangt man nach Ihnen. — Ferdinand! — Sie winkt dem Geheimenrath, und geht mit ihm in das dem Hofrath gegenüber liegende Nebenzimmer.

Zehnter Auftritt.

Hauptmann. Mamsell Hainfeld.

Hauptmann. Sehen Sie mich ungern hier mit Ihnen allein?

Hainfeld sieht ihn an, und sagt dann freundlich unbefangen: Nein.

Hauptmann. Ich danke Ihnen. Nach einer Pause. Mademoiselle, ich weiß des Guten viel von Ihnen. Ich habe davon mit der Hofräthin gesprochen, sie mit mir. Sie zeichnen Sich sehr, sehr vortheilhaft vor der Mehrheit aus.

Hainfeld. Das habe ich wohl immer gewünscht.

Hauptmann. Ihr Betragen in des Geheimenraths Hause, in einem so kritischen Zeitpunkte, hat mich unbeschreiblich interessiert.

Hainfeld. Wie hätte ich wohl anders handeln können?

Hauptmann. Ganz recht, ganz recht! Aber doch haben Sie ganz besonders vortrefflich

gehandelt. Lassen Sie mich zur Sache kommen. —
Die Hofräthin hat Ihnen einen langen Brief
meinetwegen geschrieben.

Hainfeld. Ja, mein Herr.

Hauptmann. Was empfinden Sie darüber?

Hainfeld. Muß ich das jetzt gleich sagen?

Hauptmann. Ich bitte darum.

Der Hofrath und die Hofräthin waren schon vorher an
ihrer Seite, so wie der Geheimerath und die Geheimeräthin an der andern Seite, sichtbar

Hainfeld. Das Ganze hat mich überrascht,
aber in Wahrheit — nicht unangenehm überrascht.

Hauptmann. Sie erfreuen mich so — daß
mir das Wasser in die Augen tritt.

Hainfeld. Ich habe eine sehr gute Meinung von Ihnen, und Sie verdienen sie. Aber
doch —

Hauptmann. Gespannt. Aber doch?

Hainfeld. Alles, was ich seit kurzem hier
erlebt habe — Ach, die Männer, die Männer!

Hauptmann. Ich gebe mich für keine Aus-
nahme, aber ich bin ein ehrlicher Mann. Schlimmer, als Sie mich jetzt kennen, werden Sie mich
nicht kennen lernen.

Hainfeld. Nun — das wäre etwas. Das wäre sogar viel.

Hauptmann. Ihr Herz ist frey — Sie sind unabhängig —

Hainfeld seufzt. Ach ja!

Hauptmann. Annehmlichkeiten des Lebens beut mein Vermögen Ihnen dar. Für das Glück des Herzens — wenn ich der Mann seyn könnte, von dem Sie es erwarten möchten, bürge ich Ihnen.

Hainfeld. Sie haben viel Güte, viel Wärme des Herzens; ich glaube, Sie wären wohl der Schwärmerey fähig.

Hauptmann. Für jedes Gute.

Hainfeld. Die Schwärmer fürchte ich. Man kann ihnen wahrlich nicht trauen. So ist der Geheimerath auch, und doch — doch konnte er seine gute Frau vernachlässigen.

Hofrath droht dem Geheimenrathe.

Geheimeräthin fährt mit der Hand über seine Augen.

Geheimerrath zieht sich etwas zurück.

Hauptmann. Ich bin nicht so leichtsinnig wie er.

Hainfeld. Dann ist der Hofrath —

Hofrath streckt den Kopf hervor.

Hainfeld. Hat er nicht die liebenswürdigste Frau? Und doch betrügt er sie.

Hofrath verbeugt sich.

Hainfeld. Hat er mir nicht die sonderbarsten Zärtlichkeiten vorgeschwatzt?

Hofräthin zieht ihren Mann zurück.

Hainfeld. Hat er mir nicht —

Hofräthin macht die Thüre zu.

Hainfeld. Wer ist da?

Hauptmann. Niemand.

Hainfeld. Hat er mir nicht einen vollständigen Liebesbrief geschrieben? Wie kann man dabey noch an Beständigkeit glauben?

———

Elfter Auftritt.

Vorige. Hofrath. Hofräthin, und wie der Hofrath redet, Geheimerrath und Geheimeräthin.

Hofrath tritt zwischen beide, und deutet auf den Hauptmann. Ist der der Rechte?

Hainfeld. Erschrocken. Mein Gott! Herr Hof —

Hofrath. Sie erschrecken? Victoria! Sie ist Dein! Er legt ihre Hände zusammen. Und nun stelle Dich daher, liebliche Tyrannin meines zerschlagenen Gemüths, zu den zwey Glücklichen, seht herab auf mich Prostituirten, und brüllt: Victoria!

Alle, außer der Hofräthin. Victoria!

Hofrath. Er nicht, Herr Sohn! — Da herüber! Er gehört zu den miserabeln Gefangenen.

Hofräthin. Los gesprochen beide! frey und ledig. Nun bist Du überzeugt — nun söhne Dich aus für Deinen Ungestüm. Ich danke ihn Dir; er kam aus dem Herzen, das ich verehre.

Sie umarmt ihn.

Hofrath. In ihren Armen. Hört Ihr's? Ihr — Amtsbrüder und Kandidaten — sie verehrt mich — ich bin ein honorabler Sünder. Macht's nicht schlimmer, fallt nicht tiefer, steht geschwinde wieder auf, lauft nach Hause, und sagt: — „Frau, ich bin gefallen." — Das ist mein Segen über Euch.

Hainfeld. O mein Herr, ehe Sie glauben, daß Sie segnen dürfen — erlauben Sie doch, daß ich Ihre Hauptsünde produciere.

Sie zeigt sein Billet.

Hofrath reißt's ihr weg: Liebe Lina! da — Er holt das Billet an den Hauptmann auch hervor. da sind zwey unnütze Papiere! ich gebe sie Dir zu Papillotten.

Hofräthin. Mein Freund, Sie thut einen Riß durch beide Papiere zugleich. ich quittiere im Einzelnen und im Ganzen. Sie giebt ihm die Stücke. Zu Mamsel Hainfeld: Haben Sie denn zu der ungestümen Verbindung meines Freundes Ja gesagt?

Hainfeld. *Zur Hofräthin.* Glückliche Freundin, Gattin und Mutter — Sie haben eine Hand, die segnen darf — geben Sie uns Ihre guten Wünsche. Unser Glück ist Ihr Werk.

Hofräthin. *Auf beider Hände die rechte Hand legend.* Seyd guten Muths! —

Geheimeräthin *umarmt Mamsell Hainfeld.*

Geheimerräth *um Hauptmann.*

Hofrath. Mich lassen sie da stehen, wie einen, der Kirchenbuße thut! Ihr Gerechten seyd ein stolzes Gesindel! *Zum Hauptmann.* Erst das Probejahr bestanden! *Zum Geheimenrath.* Der Herr ist ein Hauptsünder. *Zur Geheimenräthin.* Du bist lange nicht, was Deine Mutter ist — Also ziehet die Flaggen etwas seht auf Euren Weg, und überhebt Euch nicht.

Zwölfter Auftritt.

Vorige. Mamsell Stahl. Fabritius.

Stahl. Von innen. Haltet den Spitzbuben!

Alle sehen dahin.

Fabritius läuft heraus.

Hofrath faßt ihn auf. Wer da?

{ **Fabritius.** Gott sey mir gnädig!

{ **Stahl.** Meschanter Affe!

Hofrath. Recht! er darf seiner Strafe nicht entgehen. Er wirft ihn der Mamsell Stahl in die Arme. Da, umarme den todten Hahn.

Stahl. Treuloser Fabritius!

Fabritius. Ach, höre mich, wer ein Chri-stenkind ist! Ich gebe den Geist auf in den ersten acht Tagen.

Hofrath. Immer noch zu spät, vielwerther Herr Fabritius.

Stahl. Denke nur, Bruder, er will zurück gehen.

Hofrath. Er hungert sie todt; sie verleumdet ihn todt. Das ist Deine Genugthuung.

Hofräthin. Unser Frieden ist meine Genugthuung.

Fabritius. Ich zahle ja Abstand —

Stahl. Hören Sie? Sie haben es alle gehört — Abstand zahlt er.

Fabritius. Ach ja, ja! was Konsiderables!

Stahl. Jetzt können Sie gehen wohin Sie wollen.

Fabritius. Gott sey vielfältig gelobt!

Er geht ab.

Hofrath. Zu Mamsell Stahl, auf den Hauptmann und Mamsell Hainfeld deutend. Die beiden sind ein Paar.

Stahl. So? Hm! — Verbeugt sich. Ich habe die Ehre —

Hofrath. Halb laut. Das Glück nicht zu hindern. Zur Hofräthin. Alles Glück hast Du stets befördert — meines hast Du geschaffen, mit

Freundlichkeit, mit Nachsicht, Geduld und Liebe. — Vor allen bekenne ich es rund heraus; ich bin es nicht werth; aber ich bin kein ehrlicher Kerl, wenn ich es nicht tief empfinde.

Hofräthin. Kinder! unser Leben ist fröhlich und der Menschheit nützlich. Umarmen wir uns in einem dichten Zirkel —

Alle wollen sie umarmen.

Hofrath. Halt! Zu Mamsell Stahl. Dich ruft jemand.

Hofräthin. Ich! ich! meines Mannes Schwester —

Stahl. Ich bin ja eine ledige Person. Geht. Was soll ich länger hier?

Hofrath. Loos — leer — und ledig — das weiß Gott! — Jetzt — Ehre, dem Ehre gebührt. Meine Frau hat gegeben; wir haben empfangen. Von daher, von dieser reinen Seele kommt alles Gute. — Den Handkuß legt ihr ab.

{ **Geheimerrath.** Von Herzen!

{ **Geheimeräthin.** Mein ist sie!

Beide nehmen die eine Hand.

{ Hauptmann. Theure Freundin!
{ Hainfeld. Mutter!

Sie nehmen die andere Hand.

Hofräthin. Kinder! Freunde! — Mann!

Hofrath umarmt sie außer der Gruppe von hinten zu.
Peccavi, Peccavi! Aber ich bin doch kein Taus
genichts! Laßt sie — geht — mein ist sie!
Er umarmt sie. Lina, bey Dir ist mein Glück! —
Verlasse mich aller gute Muth, wenn ich das je
vergessen kann!

Die übrigen sammeln sich um beide.